山崎の鬼

高畠寛

鳥影社

山崎の鬼　目次

山崎の鬼

1

名神高速道路が開通し、その後大阪万博が開催されるまでの期間、その期間はせいぜい一、二年だと思っていたが、そうではなかったらしい。東京オリンピックと東海道新幹線との関連から、基盤整備の一環として、万博に間に合わせるために名神を開通させた、とばかり考えていたが、両者は直接関連がないことをずいぶん経ってから知った。万博は一九七〇年ということが判っているが、そしてその年、私たちは七年間住んだ山崎の地を去ったのだが……名神の開通がいつなのかわからない。調べればよいのだが、わざわざ調べるほどのこともない、とずっとそのままにしてきたから、いまだにわからない。

結婚して五年間、子供が生まれなかった。二十四歳で結婚して、すでに二十九歳になっていた。妻は、一週間遅い同年同月の生まれである。当時の初産の出産年齢は、三十歳ぐらいが平均的上限だといわれていた。高槻の医大に通っていろいろ指導を受けていて、卵管造影などもやった。卵管造影というのはどんなことをするものか、痛いか痛くないのか、妻に聞かなかったのでまるでわからない。

そういうことは苦手なのだ。中学生の頃、重い風邪にかかって医者が往診に来て、かばんから注射を取り出したのを見て、私は高熱にもかかわらず、布団を跳ねのけて裸足で庭に飛び降りて逃げた。熱など吹っ飛んだ感じだ。ずっと妹に笑われっぱなしである。その後病気らしい病気をしたことがないこともあって、医者には行かなかった。医者は大嫌いだ。あの臭いにはぞっとする。病院などというとおぞけをふるう。ところが妻は小さい頃から病弱であったせいか、医者や病院や薬がわりあい好きなのだ。私などと違って、医者にかかると安心するらしい。そうしないでいると、自己診断してくよくよ悩む。たくさんの病名やその症状を知っているのだ。あきれるばかりである。これとは直接関係ないが、妻は主食はあまりとらないで、間食が大好きで、しょっちゅう食べている。少しずつ長時間かかって食べないで、一度に大量に食べると下痢をする体質なのだ。こうして一日中胃を働かせていることになって、胃が弱かった。そして疲れやすかった。体育の授業はいつも見学していたといっていた。

　実をいうと、結婚してすぐに妻は妊娠したのである。しかし死産であった。生まれていれば長男であり、妻はその子のことが忘れられないのである。そしてその次が流産、以降うんともすんとも徴候がない。そうなって妻はいよいよ子供を欲しがり、彼女の買っていた婦人雑誌に、子供を産むためのハウツーものの特集があって、いろいろ試したりもした。

　排卵日を調べるために毎朝体温を測定した。最初膣内の温度を計るのだと早合点して、毎朝差し込んでいたが、口内でもいいということがわかり、起きる前に口に体温計をいれた。そのまま居ねむりをしてしまい、思わず体温計を噛み砕き、水銀が食道に入って大騒ぎをしたこともある。また射精のあと、そのまま三十分は結合していた方がよい、というようなことしやかな説明があった。それも膣が上を向いた状態でなければならないと、図解までついている。妻の腰の下に枕をあてがい、その上に三十分乗って、図解の絵を思い浮かべる。じっとしてなんにもしないでいると、これが気が遠くなるほど長いのである。そんなことでいろいろ努力を重ねたが、まるで効果がなかった。

この期間が、名神が開通し、万博が始まるまでの三年間ほどのことである。新居は京都と大阪の府境の京都側にあって、淀川沿いなのである。桂川、宇治川、木津川の合流地点（だから正確にはまだ淀川ではない。大阪に入って淀川になる）で、松並木や広い芦原が望まれる、その合流点の西側、天王山の麓で大山崎といい（大阪側は単に山崎といった）、対岸に男山が見えた。名神高速道路の沿道であり、天王山トンネルを境にして大阪側と京都側に分かれるが、トンネルから顔を出さない京都側になる。

そのあたりは山（天王山）と川（淀川）の間がくびれて狭く、狭い隙間に東海道線と阪急と新幹線、国道と西国街道と名神高速と、新旧の大動脈が通っている。そこはまた豊臣秀吉と明智光秀との天王山の決戦の場所でもある。南北朝時代には楠公父子の別れの場所で、桜井の駅跡がある。朝夕よく霧が立ち、西に山をひかえているから、日が早く暮れる。そのかわり水は夏でも冷たく、大変にうまかった。サントリーの山崎工場が近くにあった。

大阪側は、大阪の鬼門筋に当たっていて開発が遅れていたが、京都側の方は長岡京があったりして早くから拓けていた。つまり大阪の方から見れば、山崎は陰陽道でいうところの、鬼の出入りする場所なのである。

二十数坪の敷地に十坪ほどの家、という建売り住宅である。土地は坪二万円、道路も敷地に入っていて計五十万円、家の建築費は坪五万円でこれも計五十万円、合計百万円の買いものである。もちろんローン。家は自由設計であり、そのあたりではとびきり一番小さい家であった。犬を飼っていた。国鉄の山崎駅は古い木造の駅舎で、夕方ベンチの上に乗って尻尾を振っていた。周辺はまだ新しい団地ができていなくて、乗降客もそんなに多くはなかった。仔犬を捨てるにはいい場所かもしれない。ベンチから飛び降りられないぐらいの、生まれてまもない仔犬を、勤め帰りに拾って帰ってきた。

子供が生まれない妻は、犬を猫かわいがりしたので、わがままな犬に育った。トンカツを揚げても三人前作るのだ。雨の日には犬小屋の前にしゃがんで傘を差しかけ、妻は家に入ってこないことがしばしばあり、仕方がないから犬を部屋に上げた。犬を飼うこともそうだが、何かを愛すると、妻はひたむきに愛するのだ。それらが全般的に少女のような感性によっている。肉体的にも精神的にも、成長しきれていないところがあって、そこが可愛いといえば可愛かった。この女を守らなければならない、という思いをいだかせるのだ。

二十九歳の私は建築部の営業課長代理になっていた。仕事上の必要からもゴルフを始めなければならなかった。宅配便が発達していない時代であり、ゴルフをするにはどうしても車がなければならない。入社したての頃は現場勤務であって、車に乗っていたが、それは一年ほどで、以来ペーパードライバーであった私が、はじめて中古車を買ったのはこの時である。

開通して間もない名神高速道路……と思っていたのは私の記憶違いで、開通後すでに三、四年経っていたことになるが……夕方は早くも交通渋滞が始まっていた。名神のインターチェンジがある茨木に広い打ち放し場があり、休日、車でそこに通った。家を二時から三時までに出発し、京都南インターから名神に乗った。下を走ってもいいのだが、下の国道は狭く、高槻あたりでよく混んだ。名神は景色がいいし、第一日本ではじめての本格的な高速道路であり、走る気分は最高だ。渋滞に引っかかるのは帰りであったが、渋滞といっても今のように何キロも続くというものではなかった。トンネルの続く山崎あたりは、道の両側とも景色が良く、とくに淀川の夕景はすばらしかった。高速道路の両側の防音壁がまだそんなに高くない頃で、山あいのあたりはその低い防音壁すらもなく、ロープ式のガードレールだけである。

京都行き車線は淀川とは反対側で、天王山の麓を眺めて走ることになる。谷あいの集落や、家がぽつんぽつんと数軒しかない谷間を、ぼんやり眺めながら、時々アクセルを踏んでゆっくり過ぎ去る。山が間近に迫っていて、居間やら台所が見える家がある。たいてい夕食の準備の最中だ。こちらも夕食までに帰ればよい。家でも妻がエプロンをつけて流しの前に立っているだろう。

五月の初旬の頃であった。名神が一番混む五時半頃、私はゆっくりと山崎あたりに差しかかった。天王山トンネルに入る前あたりである。その家は麓の集落から少し離れて、一軒だけぽつんと谷あいに建っていた。農家風の家だが、そんなに古い建て方ではなく、窓にはアルミサッシが入っていて、台所はステンレスの流司であり、食堂はテーブルに椅子であった。居間とダイニングキッチンは南に面していて、その前には木の茂る山の傾面になった庭があって、そこは農家風に夏ミカンや柿が植えられていた。名神からは家の東側からしか見えないから、台所の窓を通して食堂が見えるだけである。居間は車が接近する時に木の間越しにちらっと見えたが、縁側があり床の間のある座敷のような感じであった。

流司に向かって若い主婦がしきりに何かをきざんでいた。窓からは手元が見えない。和服姿で白いエプロンをつけている。女はふと目を上げた。目がきらりと光った。黒い目が流司の上の蛍光灯に光ったのだ。蛍光灯もここからは見えない。白目の部分が深い色をたたえている。彼女が私の乗っている車を見たことで、私はあわてて目をそらし、前方を見つめた。家の中の彼女と、名神の車の中の私とでは、かなりの距離があるはずなのに、その距離が一瞬吹っ飛んだ。前の車との間隔があいていて、私は無意識にアクセルを踏んだ。次に見た時には、角度が変わってしまい、すでに姿が見えなくなっていた。もう一度顔を見たかったが、どうにもならない。

あれは妻ではなかったか、という思いが、じわりと広がった。和服エプロン姿の撫で肩が見なれたものであったのだ。髪の形や顔つきがそっくりなのだ。私はそれに見とれた。

普段は流司に立っている妻は後ろ姿しか見ていない。真正面から見ることはできない。だから見ていて見ていないのだ。今、はからずも窓越しに正面から見たことになる。まなざしの強さ……見知らぬ人に対するものではない。彼女も私を見とめた目の色であった。見ず知らずの男にあんな目をするはずがない。そこには深い愛情の光があった。それをじわりと感じた。私はそんな思いにとらわれ、心ここにあらずの状態で、すでにトンネルにさしかかった渋滞の中にいた。ナトリウムランプにてらされ、見るものすべてが白く見える車の中にいた。

この頃の写真はいっぱいある。父親が月に一度、単車で大阪市内からやってきて、私たちの写真を撮ってくれたのだ。息子の嫁というのは可愛いものらしい。私の妻はとくにそういう傾向があった。少し頼りない妻は、父には従順な娘に見えるらしい。実の娘ならこうはいかない。そういう役割が、妻は自然にできた。

父はアマチュアの写真家であった。若い頃から写真をよく撮っていて、新婚の夫婦というのは絶好の題材であったらしい。室内はもちろんだが、景色がよく、屋外も背景にことかかない。母が持たせたさまざまな品を積んでやってきて、一服する間もおしんで、二人を連れ出した。家から山を登ると山崎聖天である。東に下ると三本の川が流れ、果てしなく広がる川原がある。長岡天神の方へ行くとうっそうとした竹林、大阪の方の山を登ると名神のパノラマが広がる。

父の来る日は撮影会であった。そこでの妻は、つまり写真の彼女は別人に写っていた。そのために化粧し、そのために髪型を変え、そのための服装をした。つまり演出があったのだ。だから私も別人だった。ポーズをとり、会話を交わすふりをした。桜の花びらを浴び、若葉の匂いをかぎ、秋の日ざしにつつまれ、すすきの原に佇《たたず》み、流れの岩に腰かけ、河原の砂に寝ころび……さまざまな妻がいた。当時から、父が引き伸ばした写真を見て、そこに写っているのは別人の妻だと、私はそう感じていた。

写真の妻が別人であるように、山崎の山間部にもう一人別人の妻がいてもおかしくはない、という妙な気分になっていた。なにしろ山崎は鬼門筋で、鬼の出入りするところだから、何があってもおかしくはない。鬼は普通男のように考えるが、女の鬼だっているに違いない。そうでなければ子孫が絶えてしまうではないか……。

結婚して五年目、あいかわらずの被写体にあいてしまったらしいセミプロのカメラマンは、写真を撮らなくなっていて、したがって訪問も間遠になりはじめている、そんな頃だった。写真の中の別人の妻ではなく、もう一人の山崎の妻と私は名神の車上で出会ったのであった。一瞬の幻想が私を熱くしたのである。しかしこの時は、残念ながらそれ一度きりだった。時間が合わなかったり、名神がスムーズに流れたり、打ち放しに行かない日があったりで、一ヵ月半ほどが過ぎた。

2

六月の末である。平日の夕方、会社からの帰りである。渋滞の時間は過ぎていて、名神は嘘のように流れていた。日は長くなっていて、あたりはまだ明るかった。通勤に車を使うことはなかったのだが、この日は営業の都合で、つまり接待ゴルフで、車を久しぶりに平日にころがしたのだ。会社からの帰りというのは、だから名目上のことで、ゴルフ場からの帰りのことである。

この車は一時代前の形式で、フロントあたりも流線型にはなっていないが、エンジンに定評のある車体であった。エンジンの響きも快調で、私は運動後の気だるい心地良さの中にいて、オレンジ色の外灯が光り出した高速道路をひた走った。

少し前から細かい雨が降り始めていた。ワイパーに雫《しずく》を落とす雨は、霧のように一面にガラスに貼りついた。タイヤがぴちぴちと気持のよい音を立てる。ゴルフを始めて、今日は初めてスコア一〇八を切ったのだ。三月から始め、グリーンへ出るのは四度目である。五番アイアンが、思い通りにボールを捕えた。ドライバーもOBが少なかった。だから二桁のスコアが一つもなかった。私のような初心者は、ショートホールもロングホールも関係がない。スコアは六から八の間である。ドライバーで何発もOBを出さなければよい。あとはアイアンできざむのだ。五番アイアンがボールを捕えるピチッという感触が今も腕にある。

次回からハンディーを三〇に格上げされてしまった。それを充分クリアする自信がある。なによりも客に迷惑をかけないで廻れたのがうれしい。古いなじみの客で、彼に手取り足取り教えてもらったのだ。もちろん費用はこちら持ちだ。名目は営業接待なのだから。……高槻の町を出外れて、カーブの多い山道にさしかかった頃、いろんな思いにふけっている私に、ハンドルの遊びが気になりだした。

この時道路の上が急に明るくなった。背後の大阪平野に沈もうとする夕陽が、不意に雲の切れ目から顔を出したのである。霧のような雨はそのままだ。道路はべたりと油のようなその背中を光らせている。細かい土やほこりを溶かした雨は、事実、路面を油のようにしていた。その油にハンドルを取られているらしかった。運転歴の浅い私には、こんな体験は初めてである。夕陽の中に雨が降る不思議な光景の中で、おおげさではなく、正直私は恐怖におののいていた。

この時よりかなり後だと思うが、名神高速の天王山付近の黄昏時の事故多発について、テレビで特集していた。トンネルの出入りの度に起こる、夕陽とトンネル内のナトリウムランプの光線の変化が起こす、目の錯覚についてだ。そのテレビを見た時、私はもう一つの光の変化を見落としていると思った。つまり山は西側にあり、山かげに入った瞬間に、時刻によっては、周囲がずり落ちたように暗くなることがある。

足元の不安定さに加え、私に恐怖を抱かせたのは、この三種類の光の変化であった。天王山トンネルの手前で、この恐怖はとうとう本物になった。私の胸の中はカッーと熱くなった。事故を起こす直前のしまったという後悔である。私の車はそれ自身の意志を持ちはじめ、ガードレールの方へずずっと吸い寄せられた。道はゆっくり右へカーブしているのに、車は右へ曲がらないで、左に寄っていくのである。

ロープ式のガードレールに接触した衝撃で、車はガードレールにバウンドしながら離れたが、あくまでも左に寄って行って右へハンドルが切れない。私はブレーキを嫌というほど踏んだ。車は急停止しながら油のような路面をスリップして、ガードレールの支柱に激突し、私はもろにハンドルに胸を打ち、額をフロントガラスにぶっつけた。

しばらく意識がもうろうとしてしまって、蝶々の飛ぶさまをぼんやり眺めることになった。金粉を撒き散らしながら舞い狂うその羽が、ときどききらりきらりと光った。どれくらいそうしていたのかわからない。ハンドルに打ちつけた胸が痛かった。その痛さが私の意識を支えていた。ハンドルを握ったまま、頭を二、三度振ってみた。頭が、がさがさなった。どこかがおかしくなっているようである。

思い直して、何度もキイを廻したが、エンジンがかからない。もともとかかりが悪いのだが、やはり故障らしい。キイを抜き、キイを眺めたが、どうしようもない。私はダッシュボードをたたいて、ひとしきりぼやき、それから煙草を出して口にくわえ、火をつけた。落ち着かなければならない。

肩をまわし、首を左右に振ってみた。ぼりっぼりっと音がするが大丈夫らしい。足の方も、どうやら五体は無事のようだ。エンジンはかからないが、車の方は？　見渡した限りでは大きなダメージはないようだ。左側は多分ヘッドライトがやられ、車体はかなり大きな傷跡を残しているだろうが、メカそのものには損傷はないと思う。少しこのまま休んで、それから外に出て点検してみよう。どうしてもエンジンがかからない場合は、高速道路の非常電話で連絡しなければならないだろう。

道路の端に一人の男が傘を差して立っているのが見えたのは、そんな時だ。ガードレールの外の路肩を、男はこちらへやって来ていた。横をびゅんびゅんと車が走り抜けていく。男は走り去る車を見やり、ゆっくりと近づいてきて、サイドウィンドウから覗きこんだ。

そんな男の顔に、当たるはずのない光が一条差し込んだ。サイドウィンドウかサイドミラーに当たった光が反射したのだろう。髪がざんばらで、鼻が高く、唇が厚くて、皺だらけ、赤黒く陽焼けしている。しかもぎょろ目である。こんな時、こんな場所で、よりにもよって赤鬼のような顔に出会うことになって、ぎょっとした。黄土色の菜ッ葉服が、なんとなくふさわしい。前回の、妻にそっくりの女のことといい、ここらあたり鬼が何匹いてもおかしくはないか……。

「これは！……おえりゃせんがな」

鬼は岡山弁を喋った。

「顔が血で真っ赤じゃ」

たまげたのは、鬼を見た私の方ではなく、私の血を見た鬼の方である。そんなひどい顔をしているのだろうか。男は気を取り直したように車外を見、車内を見た。

「故障かい？」

「どうもそうらしい」

私は男の側の窓ガラスを降ろしながら、ちょっと苦笑して見せた。血だらけの顔の苦笑はぞっとしないに違いなかった。

「車もへこんどるが……。あんた、ひどい怪我をしとるよ」

「見かけほどでもないと思うけど」

私はフロントガラスの上の小さな鏡を見ながらつぶやいた。暗くてよく見えない。事故から思ったより時間が経っているのか、手で触ってみると、額の部分を除いて血はかわいているようだ。が、声の方がうまく出ない感じである。

「ハンドルに胸を打ちつけたか？」

鬼は……いや男は、私の胸のあたりを覗きこみ、つぶやくようにいった。窓を開けたので、自動車の音はうるさくなったが、大きな声を出さなくても聞こえるのだ。

「ひどいもんだ」

私はぜえぜえ息をして答えた。自分の顔はよく見えないが。こちらの方は実感としてある。

なんだか急に重体のような気がしてきた。肋骨の二、三本も折れているような感じである。

「体は動かせるかな」

「とても駄目だ、目がかすんできた」

事実そんな気がしてきた。

「そろっと、出てきんしゃい」

鬼はまた岡山弁になり、その言葉にはげまされて、私はゆっくりと身をずらした。

「高速道路の電話で、救急車を呼んでもらった方がいいかな」

ドアを開け……ドアはなんなく開いた。ガードレールと四十五度ぐらいの角度で停車している……道路に足を降ろして、私は男に頼んだ。

「そねえなことをいわれても、それは無理じゃ。どこに電話があるか、わしは知らんし。わしの家はすぐそこじゃで、応急手当てをしてあげよう、電話を捜すより、手っ取り早いわい。たいしたことないかもしれんのじゃ……さあ、立ってみんしゃい」

男の言葉にはげまされて、私は車外に出た。雨はたいしたことはない。体を伸ばしてちゃんと立ってみる。肋骨の二、三本も折れているというような感じではなかった。外気を吸うと、呼吸も楽になり、胸の痛みの方もたいしたことではない感じである。ぴちぴち音を立て、横を車がひっきりなしに疾走していく。

「ずいぶん無責任だ、気づいて止まってくれてもよさそうなもんじゃないか」

行き過ぎる車に、私は一人ぼやいた。

「まあそんなもんじゃろう、みんな急いどるんじゃ、……あんた、ぼちぼちなら歩けるじゃろうが」

「車おきざりで、連絡しとかなきゃ」

「そんなもん、家から電話すりゃええがね」

……こうして見も知らぬ男。ひょっとしたら鬼かもしれない男の家に案内されることになった。

大阪側から入ると、陰陽道の時代から、山崎は鬼の名所であるのだ。前回といい今回といい、鬼の出没するタイミングが良すぎる。こちらが見た時、あの女もこちらを見た。かなりの距離なのに、すぐそこのように目と目が合った。それが妻そっくりの女だ。普通なら、人の居そうもない山間の高速道路の路肩に、この男は傘を差して立っていた。まるで私の事故を予測していたように。しかもだ、この男は岡山弁を喋る。岡山といえば、桃太郎だ。桃太郎といえば、鬼ヶ島へ鬼退治に行く。これも偶然とはいえない。あたかも、逢魔が時……鬼の出没する時間である。条件がそろいすぎる。こうなれば、招待に乗らぬ手はない。現代の鬼なんて、めったに会えるもんじゃない。体の方は少々心配だが……。

雨は早々に上がったけれど、男の家は、気がおかしくなるほど遠かった。山あいの暗い小道を進む心細さが、私にそう感じさせたのかもしれないが、重傷の（軽傷の?）私を案内するには、いかにもふさわしくない道のりである。

「ずいぶん遠いのだね」

「なにすぐそこじゃて」

こんな会話が、不機嫌な私と、頑丈そうな男の背中で、幾度か交わされた。

「まだまだ？」

「我慢して歩きんしゃい」

男は度々のことで、うるさくなったのか、しだいに態度が邪険になった。ずいぶん人をくった話ではないか。来たくて来たのではない。男が言うから来たのだ。これではたいがいの傷なら治ってしまうか、もしくはくたばってしまう道のりである。濡れた雑草を踏みしだき、木々の隙間なく茂る谷間の道を、私たちは小一時間も登っている感じである。こんな山の中では、こんなに暗くなっては、引き返そうにも引き返せない。

「すぐそこじゃ、て……もう一時間も歩いているよ」

泣きそうな声で、否応なく引っ張っていく巌《いわお》のような男の背中に、私は同情をひこうと訴えた。

「あんた、まだそんなに歩いていやせんがな、……それに、ここはわしの屋敷の中じゃよ」

男は振り返りながら、あきれたように笑った。

「ここというと？」

「名神からずっとじゃわいさ」

彼のへんてこないいまわしを聞きながら、私は疑わしそうに、あたりの若葉の匂いのする木立を眺めまわした。

……馬鹿でかい屋敷もあったものだ。天王山のたぶん東南の斜面。何万坪もありそうだ。やがて遠望される時代離れのした男の家が見えてきた時、彼のいいぐさがあながち大言壮語でないことを知った。これはやはり、山崎の鬼の屋敷だと思った。大江山の鬼など、鬼の起源は西洋人だという説があるが、その建物は京都と大阪の境を扼《やく》する砦《とりで》のような洋館であった。

木の間がくれに彼の家が浮かび上がってくるにつれ、その場所からまだかなり歩かなければならなかったのだが……私はひどい錯誤におちいった。それは時代と場所に対しての錯誤であった。ドイツのライン川上流の山あいの古い館を訪れようしている気持にさせられたのだ。雨の上がった空はぼんやり明るく、木立の闇からぬうっと聳《そび》える巨大な黒い建物は、時代と場所を超えていた。近づくにしたがい、その錯誤の世界は、しだいに確定したものとなっていったのである。

以下書くことは、建築部の営業課長代理としては、その程度の建築知識は持っていなければならないものだが、実をいうと後で本を調べて、その時のイメージを確認したものであることをことわっておきたい。

ゴチック風の尖塔に建てられた、棟飾りの風見鶏とその下の葉飾りが、まず私の目をひいた。黒々と静まり返る得体の知れない建物の、それは帽子と飾りであった。その下のどっしりと重いドイツ風のレンガ造り、或いはいかめしい石造の構造物の、それは洒落っ気《け》でもあった。上部にアーチを持った上げ下げ窓の配置から考えて、建物は三階、一部四階建てであろう。いや山の斜面の傾斜から考えて、見えない向こう側の下部にもう一階ありそうだ。それが地下一階で、下部は鉄筋コンクリート造り、上部は木造の変型五階建てのようである。

中央に張り出したベランダの石造りの手摺の意匠が次に私を捕えた。それは建物の二方をとりかこみ、大阪の石橋に見かける明治時代の重厚な意匠である。手前側、その下がポーチになっていて、玄関があるのだろう。ポーチ自身がすでに石段を上がるようになっている。だから玄関は二階の高さになる。そして一階は、つまり建物の腰廻りはこぶのごつごつ突き出した野面《のづら》石積みである。そこに鉄格子の嵌《はま》った小さな窓がいくつかあり、その中はまるで牢獄のようだが、多分洋酒庫などの半地下倉庫なのだろう。

とすれば、見えてきた地下一階はポンプ室などの機械室か。玄関のある二階は、つまりこの建物の二層目は、レンガ造り、もしくは鉄筋コンクリート造りのレンガ貼りである。高さの不揃いな窓のある三階の部分と、二棟になった切り妻屋根……赤みがかった厚型スレート葺きだが……その上の階、棟飾りのついた塔屋の部分が、時代がかった木造である。

とがった屋根が峰のようにいくつもあり……大きな裳階《もこし》屋根がそう見せているらしく、それが一部四階のように見えた……屋根には三角窓があり、屋根裏部屋がある。角度を変えて近づくにつれ、形の変わった窓や大小のベランダが現れたり消えたりし、屋敷にはまだ煙突やら小さなたくさんの裳階屋根やら彫刻やらさまざまな出っぱりがあって、建物を複雑にしていた。

巨大な六角の張り出し窓の下を通る時、私は不意にぞくっとした。黒々とした巨大な山中の建物に、灯が一つも見えなかった、ということに対してではない。六角の張り出し窓の一部、カーテンの隙間からでも洩れているらしい一条の光によってである。誰かいるのだ！　誰もいないより、こんなお化屋敷に誰かいる方が怖かった。

男が玄関の鍵をじゃらじゃら鳴らした。彼の鍵束にぶらさげられた鍵の数の多いこと、まるで牢番だ。扉がようやく開き、私は一言も発することなく、男に続いて、かび臭い真っ暗な建物の中へふらふらと入りこんだ。こうなれば、もうどうとでもなれというのだ。まさか取って食おうとはいわないだろう。玄関から部屋にはいり、男がスイッチを押すと、シャンデリアが光り、そこは広々としたホールであった。正面やや左にがっちりした大理石造りの暖炉があり、その前に応接セット、右側二方はベージュの厚いカーテンが降りている。壁はすべてウォールナットの木目貼りであるが、上部は白のシックイ塗りになっている。左手に黒々とした風格のある階段があった。

「そこの椅子に腰かけてつかあさい」

暖炉の正面のソファーを指差し、男はそういい捨てると、救急箱を取りに行くのか、階段の向こうへ消えた。

この後、ソファーに横になり、私は時々眼を開け、男の手当てを受けることになる。男、男と書いてきたが、老人と書くのがふさわしいことにまず気づいた。それも日本の老人ではなく、西洋の老人といった方がいいだろう。

白髪まじりのざんばら頭と、これも白髪まじりのげじげじ眉毛、ぎょろりとしたうわばみのような目と目の下の袋、それは蛙の腹のようにひくついていたが、なんといっても、顔の中央に防波堤のように突き出している赤肌の巨大な鼻が、そう思わせたのである。そこだけ皺がなく、間近で見ると、毛をむしられた鶏の尻みたいであった。それが唇の上に垂れ下がっている。最初分厚い唇だと思ったのは、これも近々と見ると、唇というものではなく、そこはたてじわの寄った象の耳のようななめし皮であった。

口全体が鳥のようにとんがっていて、それがぱかぱかと開くのである。そういえばこの老人には頤《おとがい》というようなものもない。口の下は二重にくびれた毛穴だらけの首である。下から見上げていると、そこらあたりが拡大して見える。引き寄せた椅子に浅く腰掛けていて、男は身軽そうである。

消毒が終わり、おでこに大きな絆創膏を張られた。

「さあ、これで大丈夫じゃわい」

老人がにやりと笑った。実際に鬼の笑い顔は見たことはないが、多分これがそうなんだろう。怖いというより先に滑稽であった。思うに、というか、私は鬼を研究したことがないので、思いつきでいうのだが、この老人は鬼科は鬼科でも、天狗属に類するらしい。天狗が笑うと鶏が鳴いているような感じで、多分あまり怖くないだろう。全体として滑稽に感じられるに違いない。

老人は、暖炉の横の黒っぽいマホガニー造りらしい飾り棚から、ウイスキーとコップを持ってきた。

「山崎の特産じゃ、気つけ薬にはこれが最高じゃろて……一杯いきんしゃい」

コップに三分の一ほどついで、私に差し出した。それを持ってためらっている私をじろりと見て、自分のコップにもついだ。

「胸の方が、まだ痛むのか」

「だ、だ、だ、いじょうぶ」

私は思わず、どもってしまった。冷静に観察しているつもりでいて、やはり緊張しているのだろう。そうして、あわててコップに口をつけ、目をつぶって三口ほどで飲みほした。ベテランのゼネコンの営業課長代理である。これぐらいのウイスキーなどは、どうということはないのである。胸の中がカーッと熱くなり、痛みなど吹っ飛んでしまった。そして涙が出てきた。涙を流しながら、手当ての礼をいったので、えらく感激しているような感じになった。

ウイスキーの後、老人は自慢のコーヒーだというのを入れてくれた。老人はミルクも砂糖も入れさせなかった。コーヒーをブラックで飲んだのは初めてである。ところがそれが実にうまかった。ストレートで口にしたウイスキーの直後に飲んだからかもしれない。ブラックがうまいと思ったのは、後にも先にもこの時だけである。私はそんな間にも、この屋敷のことや、老人のこと、ちらりと見えた明りのことなどを聞きたかったのだが、どう切り出せば良いのか、まだ緊張しているせいか、うまいきっかけがつかめなかった。そんなこんなで、老人に先手を打たれてしまった。

「落ち着いたところで、どうじゃな……、一つ碁を打たんか。わしは碁気違いでな、あんたはだいぶ打てるとにらんだが、……自動車の床に碁の本が散らばっとったじゃろう」石を置く真似をしながら、老人は身をもじもじさせている。このことをさっきからいい出したかった様子である。ひょっとしたら、ここまで私を引っ張ってきたのは、このためであったのかもしれない、と思わせるようなわくわくした期待に満ちた顔である。

私も碁はとことん好きな方である。一晩中でも碁をうっている質《たち》だ。得体の知れないこんな男の碁風には興味がある。碁にはその人の個性が強く出るのである。どんな碁模様をくりひろげるのだろう。こんな屋敷で鬼と碁を打てるなど、めったにない経験ではないか。

「わし流に碁の奥義を理解しておるつもりじゃ……『セキ』というのがあろう。殺そうとすれば、殺そうとするほうが死ぬ、しかし殺そうと互いに思わねば、双方生きておられる。勝負ごとで、こんな形があるのは碁だけじゃな。それでいて全体としては勝負がつく。これはまあ、人生の奥義じゃのう……ぴゃあぴゃあぴゃあ……」

鬼はまた笑った。その鳥のような笑い声を聞きながら、私は腕時計を見た。

「まだ八時か……電話はあとでいいか」

「そんなのは、あとでいい、あとでいい……」

玄関の左手の、さまざまな鳥の剝製が飾られた応接間で、老人と対局したのは、それからまもなくであった。

「わしが若い頃、撃ち落としたやつじゃよ」

碁盤を前に、それらを見廻している私に、自慢の鼻をひくつかせて老人はいった。

「鳥、専門ですか？」

「まあ、そうじゃなあ」

相手が鳥でこちらが天狗なら、両方鳥科で同士打ちじゃないか。老人は自慢話をはじめるかと思ったが、それきりである。二方の壁のガラスケースを埋めている大小の鳥は、大部分が外国の鳥らしい。老人が黙っているので、こちらも聞くわけにはいかない。碁の方によほど心がせかれているらしい。

「腹の方はだいじょうぶかな……」

「腹？………ああ、腹。ゴルフ場ですませてきました」

「ゴルフの帰りか、そういうことか……」と一人で納得し「じゃ、さっそく一局といくか」老人はいそいそといいながら、悪びれずに、白石の碁笥《ごけ》をつかんだ。

明りは碁盤台の横のフロアスタンドだけである。尻を動かすと、革貼りの椅子が鳴った。音はそれと、屋敷の壮大な闇にこだまする、碁石の音だけである。二人は終始無言であった。一局目が終わった後、老人はにこやかに話しかけてきた。

「もう一局どうじゃな」

「いや、もう充分お手並み拝見」

実のところ、そういいながら、何故私が負けたのかさっぱり理解できなかった。だからお手並み拝見なんてものではなかった。こちらに勝負させてくれないのだ。だから勝負らしい勝負もなく、いつのまにか終わってしまったのだ。コミを入れて十目足らずの負け。時間も三十分ぐらいしか、かかっていない。彼が『セキ』の理論で話したような、つりあいばかりの碁だ。面白くもなんともない碁である。

「まあ、そういわず、もう一局どうじゃ」

老人は石を片付けると、もう私の一手目を待っている。

二局目も……またもや私の負けであった。十数目の負け……やっぱり何故負けたのかよくわからない。彼の碁は、見かけとは違う、ひどく上品な静かな碁であった。石音だけが屋敷の沈黙の闇にのみこまれていって、盤外人なきがごとくであった。

私は碁によって彼を知ろうとしていた。彼の少年時代、青年時代、壮年時代、そして老年……それは序盤、中盤、終盤と続く、碁の進行の形によってである……つかみとろうとすると、男はするりと体をかわすのだ。何かありそうだと様子をうかがっていると、男はふいっと姿を消す。男の石はずいぶん軽かった。するりとすり抜け、正体を見せない。後には、老人の静けさだけが残った。眼の前にいる鬼のような男ではなく、この屋敷の持ち主にふさわしい、枯れた老人が通り過ぎた後の気配……無駄な石ばかりを打たされていた。

「やっぱり駄目だ」

私はうめくようにいった。しかし私の方は、実は少しも本領を発揮してはいなかった。相手を知ろうとして、それにばかり注意を払わされていた。こんな得体の知れない相手に、私流の陣構えを見せるわけにはいかないとも、強がりではなく思っていた。

二局とも私の碁を打たせてもらえなかったわけだが、もう一局と所望されたら……間違いなくそういうだろうが……今度こそは、このにせものの上品な静かな碁を、粉砕する目途はすでにつけてあるつもりなのである。今度は、見かけだおしの碁の、チークダンスのような……なぜこんなところまで来て、チークダンスのような碁を打たなければならないのだ……彼の誘いの手にはのらない。彼については歩かない。絶対にだ！

「まだ遠慮があるようじゃな、遠慮があるうちは本当の碁は打てやせん……わしを負かすまで今夜は休ませんぞ」

男は面白くもなさそうにいい放ち、目袋の上の濁ったうわばみのような目をぎょろりと光らせた。役に立たないものは容赦なく始末してしまうぞ、というすごみのようである。これがこの男の正体だということはわかっている。私も魑魅魍魎《ちみもうりょう》の建設業界に生きている身だ。こんなおどかしには屈しない。

「じゃ次は、遠慮なくやらしてもらいましょうか」

宣戦布告である。私の得意の布石の中で、男がどんな動きをするか、じっくりと見とどけてやろうじゃないか。私は黒石を星の上に打ち降ろした。

こうして三連星《さんれんせい》の陣を構成した。彼はあいかわらずの小目《こもく》だ。彼が隅の確保に二手かけなければならないところを、私は一手で切り上げているのだ。おまけに私は先手である。静かにそして大胆に、私は得意とする大模様作戦に着手した。彼が先ほどのような上品な碁を打っていたら、私の大模様の中で、老人は小さな地を持ってしか生きられないだろう。小目というのはこちらが相手をしてこそ、隅を締まれるのだ。私はそれを無視して、次々と星に布石していっている。

さあ老人はどう動くか。上品にちっちゃく生きるか、それとも大模様の中になぐりこみをかけてくるか。前二局の老人の碁が彼の本領であれば、小さくても陣地を確保してから、戦いを仕掛けてくるだろう。私の方は模様に過ぎないのだから、それからでも遅くはない。しかし、この男はそんな戦法は取らないと私は見ている。案の定彼は私の懐深く石を打ち込んできた。しめしめである。気づかれずに、そっと大包囲網を私は引き始めた。

もし相手が私より実力が下なら、この包囲の中で圧死するだろう。しかし実力が上だと判ったら、それと気づく小さな出口を用意しておこう。男は二つ三つ捨て石を打った。やはり男の実力はあなどれない。私の包囲の中で生きることはむつかしいと判断したようだ。捨て石をテコにして彼は逃げにかかった。そして小さな出口を発見した。男はそこからするりと外に出た。よしよしそこから大海に出るがよい。しかしお前は根無し草だ。どこか味方のいる安住の地につくまで、お前はまだ生きてはない。お前が安住の地へ行きつけないように、追って追って地の涯《はて》まで追いつめてやろう。

男の石は蛇のようにのたうって、細く跡を引きながら中原へと逃げ出した。私は蛇遣いのように、男の行く先々に石を打ち、その進路を右へ右へと変えていった。そこには一群の私の石が待ちかまえているのだ。男は盤上にかがみこみ、必死に読んでいる。狭い額の二条の肉こぶに脂汗が浮かんだ。毛穴だらけの喉仏が音たてて上下する。今唾を飲み込んだ。目は細くなり、血走りはじめた。

ついに男の死命を制する時がきた。瞬間、蛇の胴体は二倍にふくれ上がった。蛇に巻きついていた、無理に伸ばした細い鎖は、四方に飛び散った。みるも無残な私の敗北である。男は読み切っていたのだ。

「どうじゃな……」

男は会心の笑みをもらした。本当にうれしそうな笑いである。きゃっきゃっという感じの天狗の笑い顔に見えたが、今度はとりたてて滑稽には見えなかった。私はぐったりと椅子の中でうしろに倒れ、目をつぶった。

「どうじゃな、夜明けまでにわしに勝てるかな……どうじゃな」

男の声がどこか遠くの方から聞こえる。彼は椅子を引いて立ち上がった。うまいコーヒーでも入れてくれるつもりかもしれない。私は横のテーブルから煙草を取り寄せ、一本抜き出して火をつけ、一口吸ったがほとんどの煙を吐き出した。

男はこの屋敷を、遺産として相続したのではないに違いない。この屋敷の正当な後継者の碁とはとても思えない。彼は一代で財をなしたのだ。一部上場のゼネコンの営業課長代理としては、そういう営業先とのつき合いが多い。そういう人がビルや工場を建てるのだ。

想像をたくましくすれば、彼の年齢から考えて、戦争中か戦後のヤミ物資でもうけて、一財産つくり上げた公算が一番高い。実をいうと今日の接待相手が、そういう会社の総務課長だった。その会社に出入りする設計事務所の主任と三人、私の会社の営業経費でゴルフをしたのだ。

この屋敷は、明治時代の華族、それも洋行帰りの華族が、金にあかせて建てたものだ。この造作からしてそうに違いない。それを戦後のどさくさに、この男は買いたたいたのだろう。私は勝手に想像して、溜飲を下げた。男がいつのまにか戻っていて、声をかけられ、私は飛び上がった。

「ちょっと来てみんしゃい」

男は岡山弁に戻っていた。

彼は私をホールに伴い、どんちょうのようなカーテンを開いて、ベランダに通じるガラス戸を開けた。小雨の降りやんだ外は、あざやかな月夜だ。

ベランダの下も木がうっそうと茂っていて、庭があるらしいが、なにがどうなっているのかよく分からない。しかしその先、かなり下の方は、黒っぽい一面のジュータンのようで、多分芝生の庭なのであろう。右手にパーゴラがあり、その手前に西洋庭園風の池が見え、一条水が吹き出し、月明りに見えるのは噴水がわりの実物大の小便小僧のようで、それが愛嬌である。谷川の水を利用したものらしい。そこからはるか向こう、広い川原がかすみ、淀川の川面が月の光に一筋の流れを見せている。

男はベランダへ出て大きく一つ伸びをすると、私に目くばせして、左手の廻り階段を登りはじめた。古ぼけた貧相な鉄骨階段である。消防署の注意で、かなり後に造られたものなのだろう。避難用階段だが、それはまた外側からこっそり内部を覗ける仕掛けにもなっている。登ったところも小さなバルコニーで、そこは最上階であった。

男は壁に身を寄せ、まるで人の家を覗き見するように、カーテンの隙間から室内を物色する。後ろ手で私を誘い、覗くように合図した。

……寝室らしい。窓ぎわのベッドで誰か寝ている。月明りがカーテンの隙間から差し込み、室内を切り裂いているが、その光はベッドには当たっていない。だからよけいベッドは暗い。髪の毛が白い顔に乱れているから、どうやら女のようだ。この暗い広大な屋敷に、もう一人居ると気づいていたが、その誰からしかった。男は私にうなずいて見せる。

窓を離れ、月夜の庭を見下ろし……そこから見ると山の傾面が急勾配に見え、足が震えたが……非常階段を下り、元のホールに引き返した。

「どうじゃ、ふるいつきたくなるような女じゃろうが」

「……暗くて、よく見えなかったけど」

部屋を入りカーテンを引きながら、男はいい、私は不愛想に返事をする。

「わしが手塩にかけて育て上げた女じゃて」

私の言葉を無視して男は続けた。

「コーヒーを入れるから、さっきの部屋に戻っとってつかあさい」

男は愛想よくいい、なにかたくらんでいるような、浮々とした足取りで部屋を横切って、階段の向こうの闇へ、ふいっと消えうせた。

碁盤を間にして座り、横のテーブルに置いたコーヒーを飲みながら、老人は続けた。

「夜明けまでに、わしを負かせば、一夜あの女を進呈しようと思うが……どうじゃな」

老人はしたり顔で、そんな提案をしてきた。廻り階段を登って、私に女を見せたのは、そういう趣向だったらしい。面白いではないか……というのが、私の最初の感想であった。

あの女をエサに、老人は碁の相手をここへ呼び寄せているのかもしれない。それも死にものぐるいでかかってくる相手を……。次に湧いた第二の感想は少し違っていた。老人はすでに男の機能を失っていて、その方面の女の欲求を満たすために、若い男を必要としているのだ。そしてそれは見ず知らずの男でなければならない……そうか、そのために名神の路肩に立って今日のように事故を起こす車を待っていたのか、あそこは事故の名所だ。そこはまた、鬼の名所……なんだか見えてきたぞ……という推測である。

三番目の思惑は、これは百八十度違っていて、結婚して五年目になる妻、子供が生まれないから、今も新妻のような連れ合いのことである。新婚当時、電話がかかってきて、「いま裸でシャワーにかかってます」と思わず私は返事をし、妻は赤くなって私に抗議してきて、そのくせ裸で電話をとる、そんな彼女が思い浮かんだ。

……一緒に寝るかどうか、その時に考えればよい。いくらふるいつきたくなる女であってもあの海千山千の老人のいうことだから、多分そうなんだろう……私はふるいつきたくならないかもしれない。私は今のところ妻を愛しいものに思っているのだ。そんな妻を裏切れない。どうしてもという時は、その時はその時で、今結論を出すことはない。

「夜明けまでに、私が勝てない場合は、どうなるんですか」

取り引きだから、当然逆の場合の条件もあるはずだ。私は空になったコーヒーカップを置いて聞いた。

「命をもらおうとはいわんよ」

そんなの当たり前だ。今昔物語に出てくる、鬼の話ではないのだから……ところがこの鬼は、笑いもしなければ、目をつぶっていて、その先をいわない。私は少し気味が悪くなってきた。いったいどんな条件を考えているのか……。

「……そうじゃのう、……わしに勝てるまで、毎週ここへ通ってきてもらおうかのう……、家は京都か？」

老人は考え考え続けた。これなら妥当な取り引き条件といえる。

「家は、……まあ京都です」

天王山トンネルの京都側に住んでいるのは事実だ。「大山崎」だと答えたら、毎日でも通ってこい、という条件に変更しかねない。

……今十一時か……夜明けまで五時間はあるだろう。勝負の成り行きによるが、五局は打てるに違いない。しかし体力が続くかどうか。ゴルフをやって来て、その帰りに事故ったのである。胸を打ち額を打ち、一時は意識がもうろうとしていた。まず気力が続かないだろう。二局くらいで片をつけなければならない。

二局とも形勢が不利ならさっさと負け、さっさと引きあげよう。タクシーを呼んでもらえば、一時過ぎには帰りつけるはずだ。国電の最終で帰ったのと同じ時間である。そして来週から毎週ここへ通えばいい。そのうち男に勝って、女をものにできるに違いない。

「いいでしょう」

私はそういって、黒石をつかみ、第一着手を、盤のまんまん中へ降ろした。天元《てんげん》である。

無雑作に降ろしたが、これは考えた末の結論であった。この石が男にどういう効果を現わすのか、それがよく分からなかった。ありきたりの手では勝てないことだけはよく分かっている。

「天元」に第一着手するのは、碁の完全な逆説であった。地取りが碁の成立の要素であれば、中央に置かれた石はこの基本を完全にくつがえす。中央に地所を囲い込むのは大変に困難である。当然隅の方が囲いやすい。野原の真ん中に杭を一本打つようなものだ。見晴らしはいいが、見晴らしが良すぎて完全に無防備である。地取りからいえば、この石は無意味である。

しかし天元というのは一ヵ所しか存在しない。最初に着手したものしかそこを占めることはできない。この意味でいえば、碁の第二の要素である釣り合いということを、この石は最初から破壊しているのである。

男は私の意図をはかりかねているようであった。これは人をくった手だ。のみならず、いかにも相手を馬鹿にした手である。前回の碁で、私は相手の手を無視し、一方的に大模様を形成した。そして男を追いまわし苦しめた。その次の局面の第一手がこれである。男がとまどうのも無理はないと思った。まずは成功である。

こうして第四局目の碁はスタートしたのだが、ふと気づいて顔を上げると、男は顔を上気させ、うなっているのである。とんでもない第一手と、続く手で、中央に三連星の十文字とX文字を、無意識に形成する成り行きになっていたのだ。それが男の平衡感覚を狂わせたらしい。

打ち進むにつれ、男のうなり声は大きくなっていった。中盤に入る前に、すでに血みどろの戦いは始まっていた。隅を無視して、最初から中原を取るかどうかの戦いになった。まるで先の見えない、暗闇の戦闘であった。勝算のある戦なのか、まるっきり絶望的な戦なのか、状況がつかめなかった。攻めているのか、守っているのか、その判断さえつきかねた。

しかしこういう戦いを、私が挑んだのには理由があった。かつてプロの女流棋士を打ち負かしたのだ。もちろん四目の置碁だから、三連星は作りやすい。相手の手に応手せず、中原の戦いに引き込んだ。だから戦いそのものは互角の場面であった。戦いの中で、なぜかしらないが、不意に形勢が見えはじめた。相手の石が震えているのが、まざまざと判った。その途端、女流棋士は「ありません」といって石を置いた。

その時とよく似た手応えを、今この瞬間に私は感じ取った。あの時のように、太陽のように明晰《めいせき》に石が見えたわけではないが、霧が吹き払われていくような、そんな感じを味わった。男は「シチョウ」を巧みにあやつるのだ。彼の力の秘密がそこにあることに気がついたのである。

第一局、第二局、私がいつも戦いが仕掛けられなかったのは、このせいだということが判った。霧が吹き払われたと感じたのは、この理解によるらしい。

「シチョウ」は、生死の永久律である。生の顔と死の顔を交互に見せながら、地の果てまで続く、階段状の絶望的な行進である。その階段が天国に登りつめるか、地獄に転落するかは、その進行方向に置かれた石により決定する。

前回まで、シチョウの石は、男の生、私の死につながっていたのだ。だからいつも不利な戦いをしいられていた。男はいつも太陽を背にしていた。前回の私の完全な包囲網をずたずたに切り裂いた男の魔力の秘密もここにあった。男はシチョウをしっかり読み切ったのだ。しかし今、「天元」には私の石が太陽のように輝いている。中央を通過するシチョウは、すべて私の生につながる。絶対的無意味のこの石が、男の魔性を消し去ろうとしている。男は最初にこれに気づき、脂汗を流してうなったのだ。この石は予言の石であった。

もちろん戦いは一ヵ所ではない。いくつかの局面の戦闘は、どんどん中原に発展していって忙しい。神秘さを失った男の石は、めくら猪であった。進行方向にある私の石を力まかせに蹴散らす。そして戦いが盤上全面に拡大していった時、男はまたもや大蛇に変身した。

男はにやりとすごみのある笑いを浮かべた。やっぱりこの男は鬼だ。おくめんもなく鬼の形相を現す。髪の毛は逆立ち、二重まぶたのうわばみの真っ赤な目は飛び出し、耳までもとどくかと見える鎌のような口は、一面に泡のるつぼで、巨大な赤黒くてかてか光る鼻からは、火のような息を吐いている。そんな男を前にして、私は、私の手は、私の打つ石は、着実に男を追いつめていった。

天元の石を、男は徐々に抱き込んでいく。蛇の長い体は、それをしっかり巻きつけていく。男の石は、自分の尻尾を飲み込んだ形で、天元の石を中心にして一周して元のところへ帰ってきた。このため天元周辺の石と外部の私の石は、完全に分断されてしまった。碁盤の真ん中が黒、それを巻き込んだ形で白い輪ができ、さらにその外に黒の包囲陣ができた形で、まるでデザイン模様のようである。天元の石を核に、私の包囲の圧力が勝つか、男の巻き込んだ圧力に、先に天元の石が窒息死するか、凄惨な戦いになってきた。

再び蛇の胴は、めりめりと音立ててふくれ上がってきた。部屋中に大小の鳥の乱れ飛ぶ羽音が響いた。男の殺気に触れ、生命を吹き込まれた鳥が、ガラスケースから抜け出し、舞い上がったのだ。私は顔を上げなかった。のみならず、私はそこにさえいなかった。男の圧力に堪えて、天元の石そのものに化していた。

男はカッと口を開いた。大蛇はカッと口を開いた。口の中はどろどろに燃えていた。まるで熔岩流のようだ。その色がしだいに色あせてきた、黄ばみはじめた。苦しげな大きな息が、いくつも輪になって吐き出される。天元の私の石が先に死ぬか、それを巻き込んだ男の石が先に死ぬか、……の場合は、男は、「セキ」にすることができなかった……。

一手違いであった……私は読み切った。ゆっくりゆっくりと男の全身から力が抜けていった。蛇は長く細く萎縮していった。結局、男の抱いた石が命取りになったのである。セキ生きのその石を抱いたまま、男の大石は死んでしまった。男はだらりと両手を下げ、椅子にぐったりと身を沈めた。その姿は、思いがけなく小柄な老人であった。

3

「……きょうてい、きょうてい、はら、きょうてい」

「なんだそれは……お経か？」

「怖い、という岡山弁……腹が怖いのさ」

「腹……」私はたちまち思い出した。

天王山の京都側、長岡京の竹林の中を歩いていた。そこは犬を連れて散歩する道筋である。うっそうとした竹林で、タケノコ畑？が多かった。そこで鬼と出会ったのだ。鬼といっても、人間目、鬼科、天狗属の鬼である。日暮であった。そいつが竹林の道をばたばた飛んで来て、私をつつこうとする。

一刀のもとにその首を切り落とした。私は剣道のこころえがあるのだ。ところが問題はそれからであった。鬼の頭は飛び、それが脇腹にがぶりとかぶりついたのである。その頭がなんとしても取れないのだ。そいつを腹にぶら下げて、私は歩かねばならなかった。

「きょうてい、きょうてい、はら、きょうてい、おに、きょうてい……」と、となえて歩いているのは、私だった。

自分の腹を見ると、鬼はぐるりと首をまわして、上を見上げた。噛みついていたと思ったが、今見ると、腹から首が生えているような感じに見える。まったく始末に悪い。首を切り落とさなければよかった。

ところが少しも重くない。のみならず、どういうわけか首はなんの抵抗もなく服から出ているのだ。首の直径だけ、服に穴が開いているらしい。なんのことはない、肩から出ているのと、腹から出ているのとの違いだけで、私の体には二つの首と、その先に頭がついているわけである。

「心配ないわさ……人が見たって、わしは見えはせん、わしは陽炎のようなもんじゃ。今のように、人がいない夕方だけ、光線の加減で姿を現すのさ」

「お前は何者なんだ……人の体に勝手にくっついてきて、困ったもんだ」

「わしは、あんた自身じゃ、わかっとろうが……あんたの中の他者さ、あんたがかかえ持っとる」

「タシャ？………」

「そう……あんたの中には、たくさんの他者が住みついておる。その代表は、父親じゃろうな」

「父親？………」

私は鬼の顔を見下ろし、馬鹿みたいに鬼の言葉を繰り返した。

「だから、あんたは父親の首を切り落としたことになるんじゃよ」

なんともわけのわからない理屈をいうやつだ。こんなのはまともに相手にしない方がよさそうだ。しかし父親とはまた気になることをいう。

鬼の首は少しも重くなかったが、下を見下ろしながら喋るのは首が疲れる。私は道ばたの石に腰かけた。竹藪の中はもう暗い。

「あんたは、自分の顔がだんだん親父の顔に似てくるのを、嫌がっとったじゃないか」

「嫌がってるなんてもんじゃない。恐怖だ……誰でもそうだろう」

「親父という存在は、息子には重荷なんじゃ」

「肉親というのは、みんなそんなもんさ、お互いさまだ」

「あんた、そんな親父の存在をじっくり考えてみたことがあるかな……、月にいっぺん、食料や何やら、単車の後ろの箱に積んで淀川を渡ってやってくる親父さ……。あんたに会いに来るんじゃない、嫁に会いに来るんじゃ、ということぐらいは判っとろう」

「そんなことぐらい、判ってるよ」

と、私は吐き捨てるようにいったが、今、鬼にいわれて初めて気がついたのだった。成程、たしかにそうだ。妻の写真を撮ることに夢中なのだ。カメラの中の女は、私の妻ではないのかもしれない。……服の中の裸の女を見ていた……。性の喜びを知りはじめた新妻ほど、そそる被写体はないに違いない。親父はカメラを覗きながらよだれを垂らしていた。カメラで妻を犯していたわけだ。

「あんたの嫁さんをえろう気にいっとるな」

「うるさい！………それがどうしたんだ」

思わず大きな声になった。その後、私は下をむいて喋るのはやめにした。後ろ手をついて、竹藪から見える夜の青い空を見上げた。

「あんたの嫁は、あんたにえろうホレとるから、どうということはないが……」

「ないが、どうした」

「問題は、……親父が鬼だということじゃ」

「鬼か。……だからどうだというんだ」

「つまり、それがあんたの中の他者というわけさ」

「話が元へ戻っただけじゃないか」

「そうさ……その鬼が、いずれあんたを食い殺す、という話じゃわい」

「それは逆じゃないのか。子供が親のスネをかじるというのはよく聞くが、親が子供を食うという話はあまり聞かないね」

「だからいっとろうが……鬼は自己の中の他者だと。自己の中の他者は、その他者の所有者、つまり自己をちびりちびりと食っていくんじゃよ」

話がしちめんどうになってきて、私はもう聞いてはいなかった。なんだか眠くなってきた。うとうとしかけた時……不意に鬼の嚙みついている脇腹が、熱くなった。そうか嚙みついてきたのは、鬼ではなく、親父だったのだ。そこに生えている顔は、今頃親父の顔に変わっているに違いない。

……ぞぉっとして、目が覚めた。私は暖炉の前の長椅子でねむりこけていた。

勝負のあと、チーズを食べながら、ウイスキーをストレートでツーフィンガー、二杯口に流しこみ、その後くずれるように眠りこんでしまった。

私は目をこすりながら、ソファーに身を起こした。脇腹に生えているのが、鬼の首の時は平気だったが、夢の中でその首の先に親父の顔がついていると想像した時は、本当に怖かったなあ、あれは夢の中だからなのか？　近頃は怖いものなど何もないのに。いまだに脇腹がかっかっと熱をもっている。

……女は足音を殺して階段を降りてきた。私が気がついたのは、彼女が手摺を持ち、後数歩で降りきる時だった。

そこに着物姿の妻がいた。天井のシャンデリアはついていなくて、壁ぎわの間接照明だけである。しかしそんな弱い光の中で見ても、妻であることがはっきり見てとれる。家にいる妻が今頃こんなところにいるわけがないから、彼女は山崎に住まうもう一人の妻なのだ。名神高速の車上からすでに彼女を見て知っている。私はだから少しも驚かなかった。

私は長椅子の一方に身を寄せた。女は、浅く腰を下ろすと、「参りましょうか……」と動作と反対のことをいった。そのいい方が、ここことは違う部屋にという感じではなく、外出しようという気配に感じられた。

「こんな時間に、どこへ？」

三時半である。三時間近く眠ったらしい。

「わたしの家は、ここではないのです。ここへは御前様のお世話に来ているのです」

あの男が「御前様」なのか……成程。そんなふうに呼ばせているのか。もう一人の私の妻は、あの御前様に仕えているのだ。これで何もかもつじつまが合う。私はとっさにそう思ったが、考えてみると、まるでつじつまが合っていない。私の頭はまだ眠っているらしい。

そうか、考えてはいけないのだ。肝心なのは直感だ。ここへ来た時のように、今度は彼女の

後へついて行けばよいのだ。日常の行動は、直感の方が正しい場合がある。そんな私の顔を見て、

「参りましょう……」

と女はもう一度いい、腰を浮かした。つられて私も立ち上がった。女は右側のカーテンを開け、テラスに出た。私の靴がそろえてあった。外はまだ暗い。

テラスから狭い石段で降りられるようになっていた。滝のように流れ下る水流と直角に交差していて、石橋がかかっている。そこを過ぎると、再びうっそうと茂る木立の中へ踏み込んだ。来た道とは違うし、方角も違っている。

月明りが木立にさえぎられ、暗くて足元がおぼつかない。女は着物姿なのにすたすたと歩く。足元は草履《ぞうり》のようだが、ほとんど足音がしない。妻に比べ、抜群に運動神経がよさそうだ。老人が手塩にかけたというから、忍者の訓練でも受けさせたか……夜目もきくようだ。ついて行くだけで、私は早くも息が切れた。雨の後の木の香りが依然として強い。やがて川のせせらぎが、闇の向こうから聞こえてきた。

「この川は？」

「水無瀬《みなせ》川の上流です」

水無瀬川は上の方でどう曲っているのか知らないが、いずれにしてもかなり歩いたことになる。来るときと帰るときの距離感の違いは、来る時は負傷していたということもあるが、先行するナビゲーターの違いも大きいだろう。息を切らせながらも、若い女の尻をいそいそとつい

てきたのだ。若い女が、妻に瓜二つだというのは、かなり複雑な心境ではあるが。

「君の家はこっちの方なの？」

「いえ、違います」

私にもそんな気がしていた。少しも下らないで、山の斜面をほぼ等高線で歩いている感じだったのだ。下っていれば、この距離なら名神に出ているはずである。

川に降りるまで、坂道をまだ少し歩かなければならなかった。女は急に立ち止まり、私はあやうくぶっつかりそうになった。

「ここを降ります」

川は木の葉にさえぎられて見えなかった。わずかな木の隙間を押し広げ、女は足元をさぐりながらゆっくりと木の向こうに消えた。私も後に続く。あたりは心なし明るくなっているようである。水音がしだいに大きくなり、不意に、ごつごつした岩の間の白い流れの前に踊り出た。そこは張り出し舞台のようになった大きな岩の上である。

「ここで身を清めます」

流れは、この岩にせきとめられ、岩の向こうへ滝のように流れ落ちているが、岩の手前は淀みになっていて、腰あたりまでの深さがありそうだ。梅雨の最中で水量が多いのだろう。

「身を清める？………」

私は女の白い顔を見る。女の顔のあたり、少し霧が流れていて、そのためか細部の違いが見えず、あらためて見てもまるっきり妻のようである。さきほどまで、達者な歩く姿に、妻とは別人を感じていた。だから今は、彼女が妻とそっくりであっても、別人だと気持の上ではっきりしている。

「身を清めると、いったか……」

私は再び女に聞いた。

「……そうです、身を清めます」

女はあっさりと同じ言葉を繰り返した。身を清めるか……成程、そういうことか……古代から、男と女の行いは、少なくともその最初は、一種の神事であるのだ。ここは水無瀬川の上流だ。下には水無瀬神宮がある。父と妻と写真を撮りに行って、来暦を読んだ。後鳥羽《ごとば》上皇だ。水無瀬川を後鳥羽上皇はこよなく愛し、歌を詠んでいる。

これでも私は国文科出身だ。妻も国文科だ。妻とは大学で知り合った。……平安末期に天皇に即位し、源平の乱戦に生き、その後鎌倉幕府によって隠岐に流され、そこで死んだ後鳥羽上皇の、ここは涙の川だ。鬼が怨念の化身だとすれば、山崎の鬼は後鳥羽上皇こそがふさわしい。そんな場所で神事を行うとは、よりにもよって……。そういうコースになっているのか？

「水は冷たくないか……」

私はふんぎり悪くいった。

「冷たいです。……水ごり（垢離）ですから」

女はきっぱりという。……やれやれである。まあ六月も末だから、朝まだきといえど、たいしたことはないか……でも、こんな山の中の谷川の水は、年がら年中やっぱり冷たいだろうな。

「君も水の中に入るのか？」

「入ります……水の女ですから」

「水の女？」

「殿方が潔斎《けっさい》される時、沐浴の導きのお手伝いをするのが役目の女です」

「……」

なんだかよく分からないが、厳粛な次第になってきた。どっかでプログラムに改変があったらしい。老人はこんな話はぜんぜんしてなかった。あの屋敷の最上階の寝室でこの女の寝姿を見せて、一夜進呈しようといったので、私はてっきりそのことだと思ったが、彼女は今、「潔斎」などといっている。潔斎というのは、確か神に仕えることではなかったか……酒や肉食や、多分セックスも断って。

「あの……」

私は恐る恐る聞いた。

「御前様から、どういうふうに聞いてきたの」

私としては、妻を愛していることでもあり、どちらでも良かったのだが、行き違いは修正しておかなければならない。

「わたしはあなたの妻ですから……そんなことは当然です」

妻？……またもや分からなくなった。一夜妻という意味なのか。水の女にはもともとそういう役目もあるのか……それとも本当に、妻？　まさか……ここは山崎で、鬼の名所で、そして彼女は、人間目、人間目、鬼科の雌？

人間目で、雌はないか。

「夜が明け切る前に、沐浴をすませましょう……ここは道から見えませんが、万が一ということがあります」

女はそういってするすると帯を解き、はらりと着物を足元に落とした。妻は着物が好きだ。私も着物が好きだ。夏は二人とも浴衣でいることが多い。着物は一瞬にして脱げるのがよい。一瞬にして互いの裸身が出現するのがたまらない。着物にパンツは似合わない。子供のない二人は、服を着た日常と、何も着ない非日常の、違った二つの時間でくらしていた。

白く思いがけなく大きく見える裸身が、目の前、夜明けの薄明の中にすっくと立った。足の間の小さな黒いひとむれの藪が朝風になぶられ、淋しげである。古代からある大きな岩の上を朝霧が流れ、うっそうと茂る大木から垂れる枝の下、白く岩を嚙む谷川を足元にして、女は生まれたままの姿を見せているが、女の裸そのものは自然には溶けこまない。人間は生まれたままの姿では自然の中では生きていけない。こんな白い薄い皮では生きていけない。だからこれは一種の奇跡である。

自然の荒々しい風景の中に、いるはずのない素裸の女……今、谷間をおおう黒い木々は、しだいに明るさをます渓流は、女の存在にとまどっているようだ。太陽が目ざめる前の、原始そのままの自然をしたがえ、白い裸身の女は、寂光の中で神秘のように立っている。

思いがけない成り行きで、私も着ているものをすべて脱ぎ、朝風に肌をなぶらせた。梳《と》き流された長い黒髪、乳房のふくらみ、妻よりは肉付きのよい白い肌に、そこだけ一ヵ所黒い茂みがある。どうしてもそこに目が行く。そこだけ野生が残っていて、私を切なくさせる。

この小さな黒い茂みのおかげで、交尾をし、子を生むという野生が、まだかろうじて保存されているのだ。

しだいに明瞭になる女の姿がまぶしく……実は勃起が恥ずかしくて……岩から水の中へ足から飛び込んだ。水は思ったより深く、乳のあたりまであった。

私は水から見上げ、女の方を見ようと振り返った途端、水しぶきが立って、女が飛び込んだ。私は受け止め、女は腕を私の首にまわして抱きついてきた。……おや、おや、……いかにも水の女らしい天真爛漫《てんしんらんまん》さだが……潔斎の儀式とは、ちょっと雰囲気が違い過ぎはしないか。それとも、昔は案外、こんな形で行ったのかもしれない。

水は思ったほど冷たくはなかった。私は水にもぐり、少し泳ぐことにした。女も水にもぐり、髪の毛をなびかせ、私の横を泳いだ。水の中が不意に明るくなった。夜が明けたのだ。水ごしに顔を突き合わせていた私たちは、あぶくを吹いて、初めて笑い合った。いたずらが見つかった時のような、それは間違いなく妻の笑い顔であった。

三ヵ月後、妻は高槻の医大で、妊娠を告げられた。そして翌年の五月、待ちに待った長女を出産した。思いがけず、安産だった。赤ん坊も元気だ。子供を生んだせいか、病弱だった妻は、みるみる健康になり、太りはじめた。赤ん坊があくびをし、今度は私が写真を撮るのに夢中になった。

浜寺

1

祖母の太股のあたたかみをぼくは今も憶えている。やわらかくてすべすべしていて、そのくせ吸いつくような湿気がある。まるで溶けたバターのようななめらかさである。祖母の太股の肉のそこは、ほっかりと気持がよかった。ぼくは三歳か四歳だったと思う。まだ少年とはいえないが、もう乳幼児ではないのだ。そんなぼくの両足を、横向きに足の間にはさみこみ、一つの布団の中の、それが祖母とぼくの寝姿だった。

大阪の南部、浜寺の海岸の屋敷町の、石津川の川口に近い一隅である。広い屋敷には祖母とぼくしかいなかった。海の荒れる夜、風のうなりの中で波の音が恐ろしかった、広い川口に押し寄せる人の背よりも高い、黒い波頭の白く砕けるのが、その波頭が見えるのだ。そこは普段は中州になっているのだが、そんなものは呑みつくされ、波頭は堤防に打ちかかった。

どうんどうんという響きが、堤防の内側に建っている家をゆるがす。船の汽笛が切々とした遠吠えのように聞こえることもある。それは一晩中泣いているようだ。暗い天井が揺れ動き、今にも電灯が消えそうになるのだ。

前をはだけた祖母は、ぼくの頭を胸に押しつけた。子供を生んだことのない彼女の乳房は、なんの匂いもしなくて、男のように小さく白く滑らかだった。祖母が後妻だということはかなり早く知ったが、祖母に卵巣がないことを教えられたのは、ぼくが高校生になってからだろうか。母から聞いたのだ。二人の寝姿が、男女の交わりの姿であると知ったのは、祖母に卵巣のないことを教えられるより前である。この二つの理解は、ぼくに祖母のそんな行為に対して、違った解釈をさせた。しかしそれは一時のことである。

ぼくの三、四歳の頃、祖母は幾つだったのだろう。とっくに祖父も祖母も亡くなっている今、この計算はなかなかやっかいである。祖母の生年月日を知らないからだ。今までそんなことに関心がなかったせいもあるが、両親が祖母の話をあまりしたがらないことにもよる。祖父が北海道の網走で亡くなったのは、ぼくの高校三年の春だ。祖父の郷里の岡山へ二十日《はつか》ほど旅をして、その翌年の四月に祖父が死んだことは日記に残っている。昭和三十年四月二十六日の霧の深い朝のことである。祖母が浜寺の精神病院で亡くなったのは、昭和四十一年の十二月十日であり、これもぼくのノートに残っている。祖父と共に戦後網走にいた祖母は、祖父の死の数年後、親族会議の結果精神病院へ入れられたのだ。ぼくが東京の大学に入り、下宿生活を送っていた時だ。精神病院で九年を過ごし、遺体となって送り返されてきた。

ところが、祖父祖母の死亡時の年齢がわからない。両親は里の家にまだ健在であり、位牌もある。これを書くために電話をかけ、ようやくその年齢を聞きだした。祖父は六十五歳で亡くなり、寅年。どうりで虎は千里走る——戦後の食糧難の時代に新規事業を求めて北海道へ渡ったわけだ。祖母は戌年で、六十八歳ということだった。逆算すると、祖父が生まれたのは一八九〇（明治二十三）年、祖母の生まれたのは一八九八（明治三十一）年ということになる。祖母とぼくとは三十九歳違いになる。

先妻との間に二人の男の子があった祖父は、卵巣がないのを承知で、祖母を後妻に迎えた。当時結婚年齢は現在よりも若かったということはあるにしろ、祖母は三十九歳にして「おばあちゃん」と呼ばれるようになった。新しい母が来たのは関東大震災の翌年だったと父はいっていた。父はその時七歳になっていて、この義母になじめなかったらしい。計算してみると、祖母は二十六歳であり、こちらの方は当時としては晩婚であっただろう。手広く商売していた祖父は、商売の借金のカタに祖母を押し付けられた、というようなことを父は以前話していたことがある。

堺の浜寺の海岸町で、両親と離れてぼくがなぜ祖母と暮らすようになったのか、ということについては度々聞かされていた。大阪で工場を営み、羽振りのよかった祖父は、ぼくの三歳の時、浜寺に別荘を建てた。そこに自分が住み、大阪の工場へ出勤した。別荘を建てたのは、ぼくを引き取るためでもあったらしい。工場に併設して家はあったのだが、その辺りは工場街で、一言でいって空気が悪かった。孫を育てる環境のよい場所、ということであったのだろう。

こうして出張の多い、大阪の家へも度々泊まる、神戸に愛人がいたことも後から聞いたが、祖父のいない夜が続いた。祖父のいる夜は、二階で祖父と二人枕を並べて寝ていたと思う。……臆病で病弱なぼくは、度々祖母に添い寝してもらうことになった。女中は何度も雇われたが、広い暗いがらんとした屋敷には、祖母と孫の二人っきりしかいない。夜、風の強い日はごうごうとなる潮鳴りにたえられなくて、早々に退散した。おまけに家事のあまり得意でない祖母は、大変きまぐれであり、この家の主婦としての指示がきちんと出せない。その上日中はどこをほっつき歩いているのか、家に居ないことが多かった。持って生まれた性格か、祖母は放心癖がかなり激しかった。主婦がこんな状態では女中が居着かないのも無理はなかった。階段の横の女中部屋は物置になっていた。

ぼくが三、四歳、祖母が四十二、三歳、昭和十五、六年、――第二次世界大戦に日本が参入する前夜の時代である。

ぼくを股の間に入れてやわらかくはさみつけながら、「心配せんでええで、心配せんでええで」と祖母はぼくの耳に息をふきかけるようにしながら、ささやき続けた。「ぼうやは男の子やろ、日本の男の子やろ」といって、抱いている腕に力をこめた。祖母のすべすべしたあたたかい太股の中で、ぼくはしだいに安心するのだ。その時代の明治生まれの女性はパンツをはいていなかったと思う。ほっこりとやわらかい女の裸の肉の間は、身体の溶けてしまいそうな心地良さであった。どうんどうんと家をゆるがす海鳴りも、心地好い子守歌に聞こえてくる。こうして日なた臭い女と、日なた臭い男の子は、……赤子を産めなかった女と、母から引き離された幼児は、暗い人気のない屋敷で、互いにあたため合いながら眠りにつくのだ。この寝姿が、ぼくの最初の風景になった。

ぼくが少年時代を過ごした浜寺という町は、堺市の海岸沿いにある。現在は高石市になっている羽衣から北へ、浜寺、浜寺諏訪ノ森、浜寺石津川と続き、出島、大浜にいたり、大阪と堺の境界の大和川の川口に達している。緑の松並木と白い砂浜の、十キロに及ぶ美しい海岸線である。ここは万葉の昔から、明治の与謝野晶子にいたるまで、さまざまに歌によまれてきた。南海線と海岸との間の土地が、別荘風の住宅地として早くから開発された。しかし当時は畑もたっぷりと残されていて、泉州特産の玉ねぎ畑が広がり、水を汲み上げる木製の風車《ふうしゃ》が、海からの風にかたかた鳴ってまわっていた。

ぼくの家も、公簿面積六百七十坪の宅地のうち北側の五百坪ほどを畑に当て、もともと農家の出身である祖父は、そこで細長い赤い皮をした粉を吹いたような真っ白い実の、四十九日さつまいもなどを作っていた。百七十坪の方は父の名義になっていて、五百坪の方はぼくの名義になっている。別荘分譲地の一区画を父に買い、三区画をぼくに買った。そこにも祖父の、跡取りの孫への気持が現れていた。祖父に引き取られ、ぼくはここで小学校三年の二学期まで過ごした。小さい頃から両親と引き離されたことに対して、その分祖父母に可愛がられたからか、疑問を感じたことはなかった。ぼくの憶えている子供の頃の肉親の匂いは、枯れたワラのような祖父の匂いであり祖母の匂いであった。

海辺の住宅地はいつも潮の香りに満たされている。生垣の間を白い砂地の土道が通い、溝の土をむくませて蟻が往来した。擦れ違うとき互いに挨拶を交わすようだった。かたほうが荷物を持っていてかたほうが荷物を持っていない時は、情報を交換するのかもしれなかった。ぼくはしゃがみ込んであきずに眺めていた。畑の道端には青い大きな葉の真っ赤なカンナの花が乱れ咲いていて、蝶々が乱れ飛んでいる。ここはいきいきとしていたが静かであった。きらきらと流れる川のように静かであった。ぼくはこの海岸町が大好きである。淋しい少年時代が好きであった。

松の緑と砂の白、海の青のあんな美しい海岸を、ぼくはそれ以後も見たことがない。堺の海は、ぼくの大学時代から埋め立てが始まり、十数年後煙突からもくもくと煙を吐く工業地帯に変貌していて、今、美しい海岸は記憶の中の風景に過ぎないのだが……。

東京で大学時代を過ごし、四年経って帰ってきて、建設会社に就職し、ある日単車を飛ばして浜寺の海を見に来た。国道から海岸町に入り、土手下に単車を止めた。まだ砂浜は残っているが、渚には泥水が打ち上げられていた。灰色をした波が押し寄せ、青い色を残した海草が巻き上げられている。それはすごい風景であった。沖には点々と浚渫船《しゅんせつせん》が浮かび海中の泥を吐き出している。まだ陸地は現れていなかったが、見渡す限り一面の灰色の海である。しかしそんな泥の海を渡る風は、いそくさい浜風であった。ぼくは土手の上に立ち、いっぱいの浜風を受け、ぽろぽろと涙をこぼしていた。涙は風に吹きちぎられ、沖がかすんで見えなかった。この時から美しい海岸は幻想の風景となったのだ。

2

祖母は風が好きであった。多少の風は気にならなかった。風の中に鼻を突き出して匂いをかぐ犬のように、彼女は身体いっぱいに風を受けて、懐かしい匂いをかぐのであった。石津川の土手を海岸の方から帰ってくる祖母をよく見かけた。襟をはだけて裾をひるがえし、風が吹き抜けるのを楽しむように、髪をふり乱して歩いていた。ガマの穂を一本引き抜き、それを振り振り畑の道を風に吹かれて、ふわふわ歩いていることもあった。白いエンドウの花の中を帰ってくる。

手にバケツを持っていることもあった。漁船が海岸に引き上げられ、水揚げした時、とれたての魚を買ってくるのだ。そんな時は、バケツの重みで身体を傾け、夕風の中をいそいそと帰ってきた。祖母は魚が好きであった。魚料理だけは抜群であった。ぼくは魚が今でも大好きである。なかでも飛び魚が一番の好物だった。それを長い間忘れていて、会社の旅行で、飛び魚が貴重品のように食膳に上がり思い出した。あの頃にはよく取れ、以後あまりとれなくなったのだろうか。

ぼくも風が大好きなのだ。春や夏もそうだが、もう寒くなる秋の風も、冬の木枯らしさえもそうである。強い風の吹く夜の、あの家をゆるがす海の響きの恐ろしさを忘れてしまったのだろうか、不思議でならない。身体を吹き抜ける心地好さが、生きていることを実感させてくれる。どんな強い風でも平気だった。海岸の旅館で嵐にあった時、風のうなりと防波堤に打ちつける波の響きを、ぼくは一人で楽しんでいた。暗い海岸に出かけ、風に吹き飛ばされそうになりながら、荒れ狂う海を眺めた。なぜかそれは心に響く眺めだった。

祖母に育てられたことで残るぼくの性格形成の痕跡はほかにもある。それは放心癖である。ぼくは建設の現場に出ている頃、仕事上の必要があって軽自動車の免許をとったが、半年の間に三度も事故を起こし、それから車には乗らなくなった。ふうっと意識が遠くなるのだ。放心癖であり、夢想癖であった。放心癖と夢想癖は当然違うわけだが、それが祖母の中に同居しているように、ぼくの中にも仲良く同居していた。

風は懐かしい匂いを運んでくる。これが放心癖と夢想癖を祖母によびさますようである。祖母は奈良の田原本の旧家の娘だ。祖母にとってそれは娘時代を過ごした、田原本の田んぼの匂いではなかったか。または鎮守の森の夜店のアセチレンの匂いではなかったか。祖母の娘時代を、ぼくは当然知らなかった。

これを書く少し前、母方の叔父（母と叔父の姉弟の母親――母方の祖母――は田原本の長女である。つまり父方の祖母と母方の祖母は姉妹）の法事の折、親戚の彦ちゃんからいろいろ話を聞いた。彦ちゃんは、少年の頃の浜寺の家の数少ない遊び仲間である。彦ちゃんの父親は、祖父の大阪工場の番頭であった。工場の番頭というのは少しおかしいが、肥料を製造していて、当然肥料商も兼ねていたから、そこは商店でもあった。彦ちゃんの家は田原本の分家であり、彼の父親は祖母の年の離れた末の弟であった。姉の孫と、弟の子供が一つしか違わないということである。

ぼくはその頃、田原本というのは名前だとばかり思っていた。それからもう一つ、車木《くるまき》というのがある。車木も地名ではなく名前だと思っていた。そこは田原本の二番目の娘の、つまり祖母の二人くらい上の姉の嫁ぎ先である。車木は奈良の製薬会社であり、「命の母」と言うような有名な売薬を製造していた。旧家の田原本の娘の嫁ぎ先で、裕福なのはそこと祖父のところである。しかし祖父は一代で築き上げた成金であった。だから浜寺に別荘を建てて、夏の海水浴シーズンには、海のない奈良の親戚をまねいたりして、威勢を示す必要が祖父にはあったらしい。

ところがこれがあまり効果を上げなかった。日本は太平洋戦争に突入してしまって、それどころではなくなったのだ。ぼくの記憶の中にも、またアルバムの中にも、海岸で遊ぶ親戚の姿はない。多い親戚の誰かれが、一度はこの海岸にやってきたと思うが、ぼくはその頃は幼な過ぎて、記憶として残っていないのだ。ただ別荘のその華やかな時間と、みんな帰った後の淋しい時間の落差だけは、心の中に影のように残っている。本家である田原本の祖母の兄弟姉妹は、一ダースぐらいいた。彦ちゃんの話は、父の話と対応していた。手広く肥料の商売をしていた祖父は、奈良のそのあたりで肥料の商社的な仕事をしていた祖母の母親、つまり田原本の女傑と知り合い、大変気に入られたらしい。

まだ年頃の娘は三人残っているから、好きなのを持って帰れ、というようないい方をされた。奈良の旧家の当主は、趣味の人であり、本当かどうか知らないが、明治の初期に親戚から男爵を出したという由緒ある本家は、当時すでに傾いていて、このばあさんが支えていた。

父の話のように、借金のカタに祖母をもらいうけた、というような意味もあったかもしれない。ぼくの家と田原本との結びつきはそこから始まった。叔父の法事の席には、妹もいて、没落貴族と新興ブルジョアのよくある結びつきだと、遠い昔の話がぼくらにそんな物語を想像させ、なんだか愉快で大笑いした。しかしそれは笑い話ですまなくて、祖母のぼくの家での「余計もの」としての位置は、最初から決定づけられていたのだ。

祖母が家に来た大正時代、祖父の店は神戸にあった。当時鈴木商店（神戸製鋼などの前身）と取り引きもあったというが、肥料を扱うたいして大きくない商社であったらしい。その証拠に度々倒産の危機にみまわれた。その都度大将は逃げてしまい、旅籠屋を改造したというカウンターのある店先には、若奥さんが残された。彼女は一心不乱に、何枚も何枚も手形に日の丸を書くのである。「さあこれ、銀行に持っていきなはれ」と債権者に差し出す。若奥さんの目は据わっていて、髪を振り乱し、それは鬼気迫るものがあったらしい。

こういう祖母のエピソードは、面白おかしくいつ誰からということはなく、ぼくは聞いているが、嫁入りしてきた祖母はまだ二十代であり、不安定な祖父の仕事を支えるのに必死であったのだろう。常軌を逸したとしても、それは一時的なことで、商売が安定すればまた元に戻ったと思う。しかし父や叔父は、かなりみじめな少年時代を過ごしたであろうことは想像される。

後年、東京に行けば「位《くらい》」がもらえるといい暮らした祖母とは、別人とはいえないが直接的なつながりはないと思う。田原本の本家は男爵家の血筋であると祖母はいい、天皇さまが「位」をくれるのだというのである。どこへ行ってもその話をした。戦火で大阪の工場も家も焼け、堺の浜寺の別荘も焼け、家は没落してしまった戦後のことであった。祖母をキ印扱いするぼくの家族や親戚の人々に、この祖母の言葉はすっかりその根拠を与えてしまった。

ぼくが祖母と暮らした五、六年は、その端境期《はざかいき》ではなかったかと思う。産めや殖やせやの国策にそった祖父の肥料会社は拡大していて、彼女の入り込む隙はなかったし、大阪の工場や家には、義理の成人した息子としっかりものの嫁がいて、ここにも彼女の入り込む余地はない。こうして当時としてもまだ早い、四十数歳で祖母としての隠居生活がはじまり、孫との添寝の習慣が生まれたのだろう。別荘で孫である跡取りの長男を育てるという、このことが祖母の心の支えになっていたのかもしれない。

人気のない海岸町は、神経の音が聞こえるほど静かであった。蟬の声も虫の音もこの静かさの一部なのだ。神経の音が聞こえる、または自分の血液の音が聞こえるというのが、この頃のぼくの症状である。

頭ばっかり大きくて、手足のひょろっとした幼年期のぼくの写真が残っている。病弱でよく熱を出した。縁側に面した広い座敷に寝かされていて、ぼくは天井を向いて目覚めていた。そういう時これが起こるのだ。頭がしんしん鳴り、耳のあたりで血の流れがどくどくと響く。そうするとすべての音がおかしくなる。普段では聞こえない違い棚の置き時計の音が、せっぱつまったようにこちこちいいだし、それはしだいに、そして限りなく早く打つように聞こえだす。これも普段では聞こえない、国道を走る自動車の音や、それから、遠い南海電車の石津川を渡る鉄橋の音が、まるで生きもののように、頭と尻尾が細い光る蛇のようにうねり、渡り終わった後も中空にただよっている。

この音の症状と同時に、視覚の異常が起こる。風景がしだいに、そして限りなく遠くなっていくのだ。望遠鏡を反対から覗いたような光景だ。すぐそこにあるものが、うんと遠くに見える。目の前にあるコップが、手を伸ばしても届く距離でなくなる。その光景は透視図法のように、遠くで焦点を結ぶ。極端な遠近法のように、手前は巨大で向こうの方は極端に小さい。天井もそうだ。ぼくの位置から見て、三角形になっている。床の間も押し入れも三角型になる。襖の松の絵が、向こうの端では高さがなくなっている。

恐ろしくなってぼくは目をつぶる。そうすると普段聞こえない音まで押し寄せてきて、ひそひそとつぶやき合う。音は混じり合い、それは神経の音か、血液の音かもわからなくなる。音が意志あるもののように、いらいらと早口になりぼくをせっつくのだ。ふくれはじける音が、ぼくの布団のまわりにひしめき合う。どんどん早くなっていく音が、前の音の上に重なり合い、ぼくの上におおいかぶさり、音たちの中に閉じ込められてしまうのだ。ぼくは意識を失いそうになった（学生時代の日記にもこの症状は書かれていて、後遺症は二十歳の頃まで残った）。

時々、そんなぼくの枕元に母がやってきた。ぼくが病気だということを電話で知らされたのだろうか。電話は二階へ上がる階段の脇の壁に取り付けられてあった。祖母が連絡したとは思えない。祖母はそんなことをする人ではなかった。たぶん出勤した祖父に聞いたのだろう。母がぼくの枕元にいるのはたいてい日中であった。ところがその頃の母に対するぼくの気持がわからない。ぼくには記憶がない。幼年時代の母の印象は、若くて美しくて華やかな人、という感情の伴わない絵のような存在である。

ぼくはいつもたいした病気ではなくて、母は忙しい夕方になる前に帰っていった。ぼくの視覚や聴覚の異常はおさまっていて、母のいなくなったタタミの、青いよるべのない海原に、ぼくはゆらゆらと漂っているのだ。

その頃のことで、映像としてあざやかに残っている一つの場面がある。そこは畑に面した裏口である。屋根のついた大きな正門があったが、その門の木の扉は開かれたことはなかったし、潜り戸さえあまり利用されなくて、日常はいつもこの裏口である。日が暮れはじめていた。畑の向こうは国道が走っている。車がヘッドライトをつけはじめていた。ぼくはよそいきの服を着せられて祖母を待っているのだ。祖母は駅前の髪結いに行ったまま帰ってこない。ぼくには時間の観念がなかったが、多分三、四時間は経っていたと思う。今日は大和に行くといって、祖母は珍しく朝から裏庭へタライを持ち出し、いそがしそうに洗濯をはじめ、びしびしいわせながら物干しにぶらさげた。午後になってぼくに服を着せ、あわただしく出かけて行った。

心細くてぼくはとうとうしくしく泣き出した。こんな遅くなったら大和へは行けない。田原本のことを祖母は大和といった。数ヵ月に一度、祖母はめかしこんで里の家に行く。必ずぼくを伴った。行く前には、思いついたように庭の草抜きをしたり、家中ばたばたハタキをかけたりした。祖母は前日から大和へ行くと張り切っていうのだが、広い家だから掃除は半日では終わらない。ぼくはその間落ち着かない時間を過ごすのだ。あげくに今日のように、何時間も門口で待つことになる。

ぼくは大和などへは行きたくないのだ。窓の小さい天井の高い、襖を取り外された暗い大きな部屋には、見下ろせる中二階があったりする。古い大きなそこはお化屋敷のようだ。大家族だから子供がいっぱいいいた。そんな部屋で食事をし、食事の後、子供たちは歌をうたわせられるのだ。みんな元気に前に立ち、気をつけをして童謡を唄う。しかしぼくには誰も歌を教えてくれる人がいなくて、童謡など知らなかった。ぼくは部屋の隅でねむったふりをするのだ。ぼくは祖母の孫であり、一番小さかったから、寝てしまって当たり前で、いつも見過ごされるのだが、本当はすごく恥ずかしかった。

夕焼けが終わり、風が出はじめた、裏口で祖母を待つ姿は多分何度もあったと思う。広い屋敷の中が怖いのだ。暗い廊下や襖の向こうや、押し入れの中にさえ何かいそうである。夕方の風のうなる音よりも、そんなしんと静まり返った夜の家の中の方が恐ろしかった。こうして家の外に出て門口にもたれて祖母を待つのである。祖母は用もないのに外をほっつき歩くのが好きだった。そして時々帰ってくるのが、日が暮れてからのことがある。

3

敗戦の四年前、ぼくは諏訪ノ森の幼稚園に入った。南海電車の諏訪ノ森のホームから運動場もとんがり屋根の園舎も見える、ほん駅そばの住宅地の中にあった。一年後に入る石津小学校は、石津駅の同じ側（海岸とは反対側）にあったがこちらの方は商店街があって、駅からは見えなかった。諏訪ノ森の一つ先の浜寺公園駅のすぐ裏の道に面して、藪添医院があった。病弱なぼくはよくここに連れてこられた。浜寺の三つの駅にぼくはそれぞれ思い出がある。

藪添医院の廊下から見える庭は芝生で松が美しく、待合室のロビーに大きな鷲の剥製があったりしてよく憶えている。祖母は自分自身にも何かあるとすぐこの医院にやってきた。

若い医者に背中や胸や、時には腹などを触られるのが気持良かったのかもしれない、などと想像したのは大人になってからである。その医者は若かったが、眼鏡をかけた四角い顔をしていて、とても男前とはいえなかった。往診もこの先生だった。祖母は先生の前ではいつもはしゃいでいるように見えた。

幼稚園の生活は、ぼくには苦痛というよりも悲惨だった。石津川の土手道から国道に出て、ゆるくカーブしたゆるい長い坂道を歩くのだ。その国道には大阪市内から堺を抜ける市電が走っていた。大阪市内の工場もその沿線にあり、堺の終点は浜寺公園である。魚釣り電車とか海水浴電車とか呼ばれているこの市電は、シーズン以外はがらがらだった。祖父はこの電車で通勤していた。

ぼくの一番強烈な思い出は、その長い国道の海側の歩道を、ウンコを股の間にはさんで歩いた気持の悪さである。それはパンツの中で大きなダンゴになっていて、ガニマタでしか歩けなかった。しかもずいぶん重たかった。これは多分一度や二度の話ではないと思う。幼稚園の便所でぼくはウンコができなかったのだ。幼稚園を出ると安心するせいか、帰りの道でウンコをしてしまう。国道の両側は畑だから、国道を降りて畑の中ですればいいのだが、そんな知恵が働かなかったらしい。畑の向こうに海岸の松林が続く国道の道は、果てしなく遠かった。

ぼくはお遊戯も苦手だったらしい。ぽろぽろ涙をこぼしながら、フロアーに座ったみんなの前で、一人手ぶりをして踊りながらまわっている。……黄金虫は、金持ちだ……金倉建てた、倉建てた……というこの時の童謡がぼくのはじめて憶えた童謡であり、今も憶えている。園長先生は女の先生で、赤い鬼瓦のような顔、大きな鼻の穴が天井を向き鼻翼が両側に巻き上がっていた。食糧事情がしだいに悪くなっていたこの当時、祖父は四十九日イモやトマトなどを時々園児のおやつに届けた。その時はにこにこして鬼瓦は同じ顔で笑うのだが、ぼく一人なかなか踊りを憶えない時は、大きな目に炎をゆらめかせて怒るのだった。

翌年石津小学校に入り、ぼくは一変した。子供心に一大決心をしたのかもしれないとも考えられるが、そんな記憶はぼくの中には残っていない。祖母との二人暮らしの幼年時代は、まるで人気のない孤島のような生活であった。放心癖や夢想癖は育ったが、子供らしい成長はほとんど零に等しかった。ぼくは今それが良かったと思っている。人と上手につきあうより、放心や夢想の中にいる方が、どれだけ人生が豊かになるかわからない。

一人でいるのが好きな時期と、大勢の中にいるのが楽しい時期と、この二つの時期の交替がぼくの人生である。おおまかに分けて、小学校時代はにぎやかであって、中学校時代は放心癖が激しくて一人でいることが多く、高校時代は影響し合う何人もの友人ができた。

大学時代の前半をぼくは孤独な夢想の中で過ごした。

海岸町の生徒たちは、村上の家の前の広場で待ち合わせをして、隊列を組んで行進し、校門をくぐった。村上は、大阪市内へ入って市電が住吉川を渡ったところの、風車屋の息子である。村上風車と看板をあげている工場が何を作っているのか知らないが、大阪の工場に連れられて行く時、ぼくはその看板を見るのだ。その村上が級長であり、ぼくが副級長であった。二人とも柄が大きく、勉強の成績も一、二番であった。クラスには漁師町の子の方が多かったと思うが、ほとんど記憶にない。

砂場で、村上とはよく取っ組み合いの喧嘩をした。クラスの生徒を並べておいて喧嘩をするのだ。小学校は国民学校と呼ばれていて、何をするのも団体行動であった。一、二年では軍事教練などはまだ早かったと思うが、それに似た訓練はあった。だからどちらかが号令をかけなければならない。朝礼の時もそうなのだ。隊列を組んで教室へ入るのである。号令をかけたり引率するための指揮権争いのようなものだったと思う。ぼくにも何人か子分ができた。校舎の二階から紙飛行機を飛ばしたら、その子らは階段を駈け降りて拾ってきてくれるのだ。

家の近くでも友達、というよりは子分ができた。国道の橋のたもとのトアミの子だ。トアミは漁師兼釣り船屋であり、木に墨で書いたその看板が上がっていた。彼の、色の真っ黒な大きな父は、川口でよく投網を打っていて、トアミは屋号だと思う。その子は頭が大きくて、ぼくは腹が立つと彼を「臼」と呼びつけた。ぼくの家には玩具がいっぱいあった。はずみ車で走る電車や消防車、それから飛行機や戦車、よくトアミはぼくに泣かされたが、そんな玩具で遊びたくて、こりずにやってきた。

屋敷町を海岸へ出はずれた麦畑の中に、生垣に囲まれた小ぢんまりした平家があった。その家はぼくには住み心地のよさそうなちょうどよい大きさに思えていた。大きな家に対する嫌悪感はこれも後遺症の一つである。そこは祖母のいうには、誰それの「めかけ」の家らしかったが、もちろんぼくには「めかけ」のなんたるかがわからない。その家には、朝隊列を組んで学校へ行く同学年の女の子がいた。

ぼくは後で、夢想好きの中学生の頃、彼女のことを道子と書いているが、それが彼女の名前だったかどうかわからない。中学の頃はこの浜寺時代が懐かしくて、よく思い出し、日記の前身のノートにせっせと書きつづっている。そこにいろいろと道子が登場するのだ。

感傷的で想像力過多の文章である。だから本当は彼女とどの程度親しかったのか、わからなくなってしまっている。今回これを書くにあたって、エピソードをフィクションでふくらませることは排除する方針をたてているので、こんな場合困ってしまう。

お母さんは美人だったが、道子も可愛かった。きちんと和服を着た上品なお母さんは、ぼくが回覧板を持っていくと、紙につつんだコンペイトーなどをくれた。他の家から少し離れていて、回覧板を回す最後の家だと思うが、最後から二番目がぼくの家ではなかったはずだ。日中祖母は家に居ないことが多く、そういう順番になってしまうことがあるのだろう。そんな時、ぼくは自分から言って回覧板を届けた。道子が居る時もあったし、居ない時もあった。居る時は何度か家に上げられ、二人でカルピスなんかを飲んだはずである。

家の内部の様子も、何を話したかもぜんぜん憶えていなくて残念だ。ただ彼女の家の前の道で、三輪車に乗った道子の背中を押した記憶がある。しかし小学校一年にもなって、三輪車になんか乗るだろうか？……少年時代に会った一番可愛い女の子だったという思いしか残っていない。この思いそのものは痛切なのだが、どうにも像が結ばないのである。

石津川の川口で大きなボラを網で掬った。ボラは「鯔」という変な漢字を与えられていて、これは雑食魚で、脂っこくて臭いが、ぼくの好きな魚の一つである。トアミと土手を歩いていて、浅瀬で跳ねている大きな魚を見つけた。家に飛んで帰り、大きな三角の網を持ってきて川に入り、トアミに遠まきに追わせ、逃げまわる魚を苦労して網に入れた。「お前とこ漁師やろ」などと臼にいい、当然のようにぼくはその魚を一人占めした。「こんな大きなボラ」と祖母は目を細め、半分に切り濃く煮付けし、夕食に二人でほくほくして食べた。

昭和二十年の三月、大阪の工場も家も空襲で焼けた。父は出征していて居なかった。それより数日前、東京が空襲でやられた直後、次は大阪だと予想され、母や妹や、まだ赤ん坊の下の妹や姉やも浜寺の家に疎開して来て、一時はにぎやかな生活を送った。ぼくは小学校三年生、夏休み前の、ほぼ最後ぐらいの七月の堺の空襲で、ここも焼けた。

石津川の浜辺には高射砲陣地があって、Ｂ29は遠慮勝ちに焼夷弾を落としたせいか、海岸町の家は、一軒飛びぐらいで燃えた。ぼくの家は焼けたが隣の大木さんは焼け残った。敷地が広くて類焼ということが皆無だったせいもある。

炎と煙の中を、そこは通り抜けられないから、高射砲陣地を大回りして海岸へ逃げた。夜道に燐《りん》がばらまかれていて、その青い火は裸足で踏んでも少しも熱くなく、足の裏にくっついて魚の目のようになり、そこでも青く燃えた。ぼくには気がかりなことがあった。村上の家へ行く道筋の、大きな門の前に深く広い防火用水槽があり、数匹の鯉にまじって大きな緋鯉が飼われていた。ここを通るときぼくはいつも挨拶をした。太いヒゲをのばした大きな目のその鯉は、ぼくにとって神秘なものの象徴だった。逃げる道筋にその屋敷は当たっていて、無事を確かめたかったのだ。逃げる先の海岸はわかっている。ぼくは足を止め、水槽の中を覗き込んだ。燃える炎のあかりで、ゆらめいている鯉の無事はわかった。それよりも、開け放された門の向こうの光景の方が、今も目蓋に残っている。庭木の、向こうの屋敷はごうごうと燃えていて、まるで巨大なボイラーの中を覗いたような、すさまじい炎の怒濤《どとう》であった。

海岸につくと、気の早い人たちはもう海の中に浸かっていた。七月の初め、少し早いが海に入れなくはない。燃える火のあかりで、暗い海は少し赤く見えた。暗い波の中で、赤みをおびたぼんやりした人影が、大声でしきりに喋り合っている。夜空には高射砲陣地からのサーチライトの光の線が何本も交錯していて、B29はそんな光の中をゆうゆうと渡っていく。どん、どんという間遠な高射砲の音が響いたが、B29の機影よりかなり下でそれらは炸裂した。漁船のかげで、母、祖母、姉や、妹らとひとかたまりになって砂原に座っていた。祖父は燃える家に引っ返していき、そこには居なかった。夜中にたたき起こされ、ぼくは眠くて、そんな夜空の絵を眺めながら、いつの間にか眠ってしまった。

ぼくらはその翌日、防空壕に避難してあった衣服を持って、大木さんの家にやっかいになり、風呂にも入らせてもらって着替えた。母と妹らと、母の出身地から来ている姉やとで、母の里へ向かった。祖父と祖母はしばらく大木さんの家にやっかいになるようだった。しかし母の里にいたのは半年ほどで、ぼくだけが再び浜寺に引っ返してきたのである。疎開っ子として早速いじめられたこともあるが、ぼくが母になじめなかったことが大きい。

今度の家は高射砲陣地の中にあった。戦争は終わっていて、兵舎は被災者の共同住宅になっていたが、ぼくらの住んだのはそこではなかった。そこから、まだ高射砲の台座が残っている、コンクリートのいくつもの土饅頭《どまんじゅう》をへだてた、南の外れの弾薬庫である。周囲は海から直接水を引き込んだ浅い大きな池であり、その岸辺だった。直撃弾を受けたとき兵舎に被害を及ぼさないために、距離を置いた池のまわりに建てたものだろう。コンクリート造りの広い弾薬庫の中は、一方に砂の山ができていて、他の一方には祖父の手で床がこしらえられ、タタミさえ敷いてあった。窓は小さくて暗かったが、高い天井は洞窟のように夏は涼しく、こっぽりしたコンクリートの室《むろ》は「かまくら」のように冬は暖かかった。

まわりの広い池にはボラの幼魚のイナがいっぱい飼われていた。トアミの親父が飼っているのだ。食糧貧窮の時代、兵舎の人たちが、網とバケツを持ってイナを取りにきた。広い池の素早い魚は網などで取れるわけがないが、トアミの親父は毎日見廻りに来て、棒を振り廻して追い払った。ところが弾薬庫の横に小川があって、イナはそこをさかのぼってくる。小川をせき止め、バケツいっぱいのイナが取れるのである。これは度々夕食のおかずになった。

反対側の岸辺に、木造の斥候小屋があり、久野の一家が住んでいた。ぼくより姉は二つ上、弟は二つ下だったと思う。家での遊び仲間はこの二人だった。斥候小屋のすぐ裏が海岸の土手であり、土手と海辺の砂原の間に草原があって、そこで野球の真似ごとをして遊んだ。しかし姉の好きな遊びはそれではなかった。高い土手をぼくに縛られてムチ打たれながら登るのだ。縛るといっても、細紐で腰を縛るだけだが、力を入れて紐を引っ張ると彼女はずり落ちる。ムチといっても小枝なのだが、這い登る彼女の尻を殴ると悲鳴を上げるのだ。登る時間がかかるほど彼女は喜ぶし興奮する。弟は相手にされなくてとっくに家に帰ってしまっていた。二人は汗だらけになりながら、彼女は這い登り、ぼくは紐とムチを持って追い立てるのだ。小学校五年の姉の好きな夕日の土手の遊びだった。彼女は土手の上に立ち、少し足を開いて、片手を腰に当て、片手で髪をかきあげた。スカートの中の少しひねった腰付きは大人の女を思わせ、後で知るジプシーの女にそっくりだった。

ぼくらはうるさいほど、子供たちだけで海に入ることを禁じられていた。川口に近いそのあたりは、遠くから白い波が砕ける遠浅であり、磯があった。小学校三年のその夏、久野の姉弟と一番よく海に入った。パンツまでは脱いだが、上のシャツは着ていた。腰より深くへは入ることはなかった。磯のさまざまな小動物、いそぎんちゃくやウニや、蟹ややどかり、波の満ち引きで揺れる岩の割れ目のワカメの中の、色のきれいな小魚を追いかける。砂の色に見えなくなるカレイやハゼが、足の裏から逃げていったりする。弟のチンチンはちっちゃい巻き貝のようにちぢこまっていたが、姉の方はどこまでも小麦色ののっぺりした腹ばかりだった。

昭和二十一年の秋の初め、母の里の方へ父は復員してきた。大阪の工場跡地にバラックを建て、二学期の終わり、つまり正月前に、ぼくは妹たち家族と合流した。北海道の網走に祖父は戦前から五十町歩の山と畑を買っていて、年が明けて網走の町に家を建て、本格的に農業を始めるために、祖母を伴って北海道へ渡った。こうしてぼくの浜寺時代は幕を閉じたのである。

4

祖母の奇矯な行動が激しくなったのは、祖父が網走で亡くなり、そこで葬式をすませた父が、祖母を連れて大阪の家へ帰ってきてからである。精神的な支えである祖父がいなくなり、彼女の自我が崩れはじめたのだと思う。ぼくは高校三年生、祖母は五十七歳、それはぼくのよく知っている祖母ではもうなかった。

その頃ぼくは玄関の間の三帖を勉強部屋にしていて、あまりまじめにではないが、一応夜遅くまで受験勉強などをしていた。その三帖の机の脇が、狭い家の祖母のスペースになった。小さな柳行李《やなぎごうり》が一つ、それが祖母の持ちもののすべてである。ぼくは寝る時は妹たちと奥の六帖で寝て、祖母はその三帖で寝た。

夏も冬も、よほどひどい雨降りでない限り、日中は祖母は家にいなかった。母にわずかな小遣いをもらい、外で買い食いをした。夜遅く帰ってきて、ハシの音を立て台所でめしをかきこんだ。真夜中に、窓に向かって「ぽん、ぽん、ぽん、ぽん」といいながら指の鉄砲を打った。

いつも着物の裾を「しぃ、しぃ、しぃ」といって払った。邪悪なものが窓の外にも家の中にも居て、彼女の着物の裾にまとわりつくらしかった。絶えず信号が祖母に送られてくるらしく、それに受け答えしてぶつぶつ喋り、時々大きな鋭い声を出して怒ったりした。まるで見えない携帯電話を一日中かけているような感じだ。

夜にしか一緒にいることはなかったが、ぼくはそんな祖母があまり気にはならなかった。むしろ面白がっていたふしがある。いつ書いたものかしらないが、祖母の行李の中に古いノートが一冊入っていて、そこに書かれている内容がぼくを面白がらせたということはある。

「観艦式、堺の浜に五百艘」「敷島婦人会結成、会員八万人」それから「大日本大和帝国」や「天照大神」という字はよく出てきた。多分これは網走にいた頃に書いたものだろう。網走の海を見て「五百艘の観艦式」をイメージしているのだ。それはやっぱり堺の浜でなければならないようだった。網走は中央の大和からはあまりに遠すぎる。さいはてであり過ぎる。これは祖母の得意の夢想だ。オホーツク海岸のきびしい八年の歳月を、この夢想が祖母を支えていたのだ。彼女の夢想はスケールが大きいのである。白砂青松の浜寺の海に浮かぶ連合艦隊を結集した五百艘の軍艦など見物《みもの》ではないか……。

そんな祖母が、やり手実業家であった尊敬する祖父を失って、夢想を喪失し、すっかり邪悪なものにとりつかれてしまった。ぼくは知らなかったのだが、両親はかなり深刻に受け止めていたようだ。髪の毛をふりみだし、ぶつぶつ一人ごとをいいながら、時々きっと目を怒らせて大声を上げたりする祖母が、近所をうろつき歩いているのは、どうにも外聞が悪くてたまらないことであったらしい。戦後すでに十年が経っているのだ。

ぼくが東京の大学に入り、家を出て数年後、奈良の田原本の本家や分家からも人に来てもらい、親族会議を開いて、祖母を精神病院へ入れてしまった。祖母に育てられた長男がいると、話し合いが紛糾すると考えたのだろう。夏休み大阪に帰ってきてその話を聞き、ぼくは内心ほっとした。この狭い家に祖母のいる場所はないのであった。みじめなそんな祖母の姿を見るのはたまらなかった。病院に入れれば、祖母につきまとっている邪悪なものから解放されるかもしれない。得意な夢想の世界に浸れるはずである。

祖母がそこで死んだ精神病院を、ぼくは長い間知らなかった。そのことはぼくに対して両親はタブーのように口をつぐんでいた。ぼくもしいてまでは聞く気がなかった。祖母が病院に入り、亡くなるまでの九年の間に、ぼくは結婚をし子供ができて、妹たちもそれぞれ結婚をし子供ができている。かつて興信所に調べられ、上の妹の縁談が駄目になったことがあり、祖母が精神病院にいるということは、家族だけの内密のことであった。

九年後のある日、突然過去の世界から祖母は送り返されてきた。遺体は丸々と太っていて、六十八歳の年より若く見えた。遺体だからそうなのかもしれないが、ぼくにはまるで表情の感じられない死顔であった。元の家族だけのひっそりとした葬式を出したのである。

祖母の入っていた病院を、それでも何かの両親の話の中で、ほぼ大阪の南部のどの辺りであるか、ぼくはいつの間にか記憶していた。浜寺か羽衣か、そのあたりであるということを、ほぼ正確に知っていたのである。今年になって、つまり祖母がそこで死んで、更に二十八年が経過ごして、ぼくはそのことを思い出した。九月に開港する関西空港関連の仕事の関係で、度々その沿線を通ることになったからである。先週、思いついて母に電話をした。

「どうしたんや」

年老いた母はまだ健在であり、今頃そんなことをいいだす息子に、おかしそうな声を出した。

「病院の新築の引き合いがあって、ここしばらくあのあたりへ通てるんや……たしか羽衣やったな」

「そうや……建築の営業か？」

「今度建つのは普通の病院や……何精神病院というの」

「精神病院というようなきつい名前やなかったわ、そうやな、普通の病院の名前やったなあ、古い話やから……」

「駅は羽衣？」

「それは間違いないわ、急行が止まったたから」

「駅から遠かった？」

「だいぶ歩いたで、畑の中の道、きれいな小川があって……。小さい病院やから、もうなくなってるかもわかれへんよ」

電話で母の話を聞きながら、勝手にイメージがふくらんできた。ここしばらくそのイメージがぼくを去らないのであった。

蝶々の乱れ飛ぶ一面の菜の花畑、そんな向こうに見える白い病院、よく見ると病院には鉄格子がはまっている。それにもかかわらずひどく牧歌的な風景である。……病院のまわりの菜の花畑の中を、着物姿の中年過ぎの女の人が何人も、蝶のようにふわふわと歩きまわっている。彼女たちは夢見心地だ。絶えずぶつぶつつぶやきながら心ここにあらず……その眺めもなんだか牧歌的である。そんな中に祖母もいた。あんまり笑うことのなかった彼女が笑っている。腰のところで手の平をひらひらさせる独特の歩き方で、飛び上がるようにしながら、ふわふわと菜の花畑の中を歩きまわっている何人かの一人だ。しかしよく見ると、そんな中老年の女の人はどれも祖母のように見えた。

母に電話した数日後、ぼくは営業部の戸棚から病院年鑑を取り出し、精神科の病院を調べてみた。たいした期待はしていなかったのにそれは簡単に見つかって、少しぎょっとした。まだ残っていたのである……。

この年鑑に載っているとすれば、母のいっていたような小さな病院ではない。次に高石市の住宅地図を取り出して場所を調べた。羽衣駅からはかなりあるが、高師《たかし》の浜へ分岐している支線の伽羅橋《きゃらばし》の方からなら、十分ぐらいの見当だ。しかも一本道である。当然もう畑の道ではない。

五月の連休の一日、ぼくはその病院へ出かけた。しかしこれは失敗であった。当然のことながら、祖母を思い出すよすがは何もなかった。

暗いロビー風の待合室の、中庭に面したガラススクリーンの前の長椅子にぼくは腰かけた。煙草を取り出すと前に座った中年の女の人が、フロアスタンド式の灰皿を寄せてくれた。「どうも……」ぼくは軽く頭を下げ煙草に火をつけた。やはり少し緊張していたのか、それで少し気が楽になり、ぼくはやっと周囲を見渡す気になった。面会の人は三分の一ぐらい、患者が三分の一ぐらい、残りの三分の一は白衣を着ていないが看護の人らしい様子である。面会の人も患者の人も看護の人も、すべて中年から老年にかけての女の人だ。ぼんやり座っているばかりで話し声がしない。顔さえ見合わせない様子に見える。

ただ受付から一番遠い右手の長椅子で、そこだけさっきから大きな話し声が聞こえる。野良着とかわらない服装の二人の老人である。男は彼らだけだ。泉州弁で誰かのうわさ話を声高にしている。暗い中央のいくつもの長椅子の中老年の女の人たちは、彼らにくらべひどく影が薄い。まるで存在感がない。彼女らを眺めているうちに、ぼくはだんだん居づらくなってきた。なんのイメージも湧いてこない。祖母の姿が思い浮かばない。祖母はもっと存在感があった。ここへ何度も入院費用を持参して来たはずの、父や母の姿も思い浮かばない。ここにいる大勢の人たちには表情がなく、ゆらめく影のような存在だ。ここにいると去勢されてしまうのだろうか……。田舎の駅の暗い古いだだっ広い待合室のような部屋だった。

帰りは羽衣から電車に乗り、諏訪ノ森で降りた。幼稚園を捜すためである。小ぎれいな住宅の並ぶ道を行ったり来たりしたが、とんがり屋根の園舎も運動場もなくなっていた。ここでもぼくは幼年時代と出会うことはできなかった。休日はたいてい昼近くまで寝ている。遅く出てきたので、三時前に遅い昼食を、諏訪ノ森の商店街の食堂でとることになった。ラーメン焼きめしセットはそれなりの味だった。

そこからぶらぶら国道に出て、昔一年間毎日通った道を石津川まで歩くつもりだった。国道の両側は自動車のショールームや、信用金庫や、三、四階建てぐらいの小型の事務所ビルや、こぎれいなマンションが並び、当然畑はもうなかった。幼稚園へ通う道すがら、右側は畑の向こうを青い車輛の南海電車が走り、左側は畑の向こうに海岸の松林が見えた。

その日家に帰って思い返してみると、ぼくの頭の中に広がるイメージは、地面に顔を出している玉ねぎ、青く厚ぼったいねぎ畑の、風車がかたかた鳴っている、車の少ない国道の両側に広がる、のどかな昔の風景である。今日みた風景など、どこを捜してもぼくの頭の中になかったのには驚いた。写真をとっていなければ思い出すこともできなかった。そこを歩いている時、ぼくには現実の風景が見えてはいなくて、そこに幻想の風景を見ていたらしかった。

ぼっかり開いた夢の扉を入ったように、ぼくは今、階段の一番下の段に腰かけている。土手に登るこの階段を、ぼくはよく知っている。数えると十四段、三メートルぐらいの高さに堤防の道があり、その向こうは石津川の川口である。他のところはスロープだが、ここは階段だ。それを背にして座り込み、ぼくは煙草を吸っている。右側も左側もカイヅカイブキの生垣である。左側の家は緑のフランス瓦屋根、緑の壁に丸い窓のついた古い洋式建築。右側は赤い瓦で葺いた出窓のある、そして広い玄関ピロティのある、現代様式の新しい建物。その庭の八重桜が満開である。誰も人が来ない。かつての海岸の別荘地は今も静かである。道と階段の間のコンクリートの割れ目を、蟻が忙しく往来している。五十年前と変わらない。

おずおずと過去が甦える。五十年前は左側の家は青木という名前だった。今は別の名前の表札がかかっている。ぼくと同じ年ぐらいの兄妹がいた。小学校一年か二年頃、この家に遊びに来たことがある。遊びに来たことがある？……何も憶えていない。しかし家の中の様子は憶えている。庭に面した広い洋間に、学校にあるよりも大きなピアノがあった。二階に上がる手摺のついた廻り階段があった。踊り場はバルコニーのようになっていて、丸窓があった。外から見えるあの丸窓の内側の様子だ。今はもう見えないが、庭にブランコがあってうらやましかった。ぼくの家は和風庭園で芝生のこんな庭はない。芝生の庭に対するあこがれは、この時に芽生えた。

兄の方と同級生だったのだろうか、それとも近所づき合いとしての関係だったのだろうか……。ぼくの家は、ここより一筋向こうの国道側にあった。今そこは三階建てのボーリング場になっている。祖母に聞けば、青木の家のことはよくわかったと思う。いつも出歩いている祖母は、それなりの情報通なのだ。戌年だからいつもほっつき歩いているのだと、父はよくいっていたが、毎日いったいどこへ行っていたのだろう。

中学時代に書いた海岸町の話の中に、この階段が出てくる。ぼくは鼻血を出して、おめかけさんの子の道子の膝に頭をのせ横になっているのだ。小さい膝だが、さぞ気持が良かっただろう。おめかけさんの家の名前を思い出した。中井さんだ。中井さんに届ける、といって回覧板を持ってぼくは飛び出した。道子に会えるのもどきどきする思いだったが、お母さんに会えるのがうれしかった。ぼくはやっぱり母を求めていたのだろうか。

ぼくは三歳まで母に育てられた。潜在的な記憶はあるかもしれないが、顕在化した記憶はない。浜寺の幼年時代にも、病気の時などときどき母がやってきた。そういう事実は憶えているが、思い出としては残っていない。大阪の家へも何度か連れられて行ったはずだが、工場の様子は憶えているのに、母の記憶は零である。しかし祖母は祖母であり、母は母である。この区別はぼくの中で歴然としている。祖母は母の代理にはなりえないし、祖母に母を求めたことはない。

太股の間に、男の子の両足を入れやさしくつつみこんで、子供を寝かしつけるようなことは、母ならしないだろう。ぼくは淋しさはいつも一人で堪えていて、祖母にあまえたという記憶はない。三歳まで母に育てられたぼくの潜在的な記憶（潜在的に母を知っていた）が、どうやらその秘密のように思える。道子の母の中井の小母さんに、母を重ねていたということは、おおいにありうるが、それはイメージとしてである。決して「母恋し」という気持ではなかったはずだ。成人して以後、母が恋人のような存在になったのは（母にとっても息子が恋人のような存在であるらしかったが）、こういう心理的メカニズムによるのかもしれない。

ところで道子の小さな膝のこのエピソードは、ぼくが小さい頃よく鼻血を出して、そんな思い出からのイメージ（膝は祖父のイメージである。記憶はないがよく膝にのせてもらったのだと思う）が生んだものだろう。道子のスカートの日なた臭い匂いや、少女の会話などいろいろ書いているが、これはフィクションである。フィクションというよりはぼくの夢想であった。ぼくの夢想の中身はだいたいこんなところで、ちまちましたものなのだ。浜寺の海に、軍艦五百艘という、祖母のような壮大なイメージはなかった。

まだ日没まで二時間近くあると思うが、今日はこの海岸町とつき合うつもりである。端から端までじっくり歩き見て、夢の扉を捜すのだ。日暮れ、どこかの門口で、べそをかきながら祖母の帰りを待っている、四、五歳ぐらいの男の子と出会えるかもしれない。

風

1

今日は日曜日だ。いや、日曜日は明日かもしれない。

北側の四帖半の窓から見おろすと、団地の通りがよく見える。やっぱり、今日が日曜日だ。ここより山側の団地から、着飾った人々がぞろぞろ下ってくる。郊外電車に乗って、繁華街へ遊びに行くのだ。子供連れが多い。先頭を、大きく手を振って元気の良い男の子が行く。女の子の手をひいた母親は、それを見て嬉しそうに笑う。彼女の夫は、眼鏡をハンカチで拭き拭き、後に続く。よく肥えていて、五階の窓から眺めると丸々と太った蜘蛛のようだ。

若い夫婦も多い。髪の毛をポマードでべたりと貼りつけたとんがり頭の男と……のっぺらぼうのように顔が馬鹿に扁平だ……派手なネッカチーフの下にどぎつい化粧をした口の大きな女が、腕を組んでいそいそと坂道を下る。上から眺めると、これも蜘蛛みたいだ。黒蜘蛛と赤蜘蛛だ。男の、股の形のくっきり出た細い黒い足がそっくりだ。いろいろいる。男はたいてい灰色蜘蛛だ。どうして、こう灰色の背広ばかり着たがるのだろう。その点、女は色彩が豊富だ。赤、黄、みどり、まだら蜘蛛もいる。

山を切り崩して建てられたこの団地の風景は、時々僕を不安にする。これはいったいどこの国の町だろう。イタリアか、ポルトガルの田舎に、ひょっとしてこんな町があるのではないか。

ここは中腹で、曲って登っている道を、崖づたいにしばらく行くと、一番上の区画になり、さらにその上に日本の山がある。病気になってから、僕は時々そこへ確認に出かけた。

山道を農夫が下って来るのなどに出会《でくわ》すと、僕は無性に嬉しくなるのだ。谷間から薄く細い秋の煙の立ち上がる風景は、いつまで眺めていてもあきないものだった。それに池のまわりの芒《すすき》の原、竹のむらがり生えている窪地などに、憩いがあった。……だが、坂の下はもう駄目だ。べたりと団地の箱庭だ。悪いことに、駅前広場のカーブした建物など、最早まるっきり国籍を失ってしまっている。

僕を不安にしているものが、実は他にもある。これは僕自身のことで、それと自分でも認めたくないのだが……。

僕は、どうも喉頭癌ではないかと思うのだ。風邪にしては少し長引きすぎるし、声がかすれてしまって、まるっきり出ない。時々咳込むことはあるが。とにかく喉が痛く、唾を飲み下すさえ死ぬ思いなのだ。風邪のための急性喉頭炎だと医者はいうが、どうも団地の医者は信用できない。

彼は七種類ほどの薬をくれた。白、赤、ピンク、柿色、黄色、グリーン、茶色と七色だ。それぞれ、咳、喉、風邪、緩和剤、ビタミン剤。それから腸の薬（風邪に何故腸の薬が必要か聞くのは忘れた）、念のいったことに精神安定剤まではいっている。飲まないものだから、一週間の間に、引出しがセロハンで裏打ちされた七色の薬でいっぱいになってしまった。

とにかく、喉を日赤で一度みてもらう必要がある。覚悟のついた上でだが……。

この他に、団地全体を不安にしている出来事がある。野犬の集団だ。まだ直接の実害がないので放置されているが、毎夜のように夜鳴きする崖の上の野犬の集まりは、ひどく人々の心をおびえさせている。もとはといえば、中途半端に連れてきて、団地の室に飼いきれなくなって捨てた飼犬だ。

こんな文化人の自分勝手を、犬は悲しんで遠吠えするのである。巨大な巣箱の中で、人々は自分の心を見すかされているようでおちつけない。いったい、文化生活とはなんだろう……崖の上の野犬の声におびえながら人々は考える。そして、しっかりした大地が恋しい、生きものと共に暮せる土の匂いが欲しいとつぶやく。

着飾った人々が、ひととおり行ってしまうと、大通りは急に静かになった。そうなると、僕はまた、今日が日曜日だか土曜日だか分からなくなる。


今、一階の浜口さんの主人が、表へ出てしきりに小型車の手入れを始めている。

あれは会社の車だという噂だが、いつも念入りな磨き上げようだ。この車で、日曜日にはきまって家族をドライブに連れて行く。頭の真ん中の禿げた、ワイシャツにチョッキ姿の似合う小柄な中年男だ。

風

雲間から、今朝はじめての太陽が顔を出した。通りの下に見えるマッチ箱のような団地も、その向こうの山肌も、急に生き生きとしだした。……下へおりて、駅前のセンターで遅い朝食をしよう。

高さが胸のあたりしかない小型車の横を通り抜ける時、浜口さんが首をすくめて、「寒うなりました」と挨拶したので、「今日もドライヴですか」というと「うちのやつは化粧がなごてかないませんわ、ええ年して、なんだんな……」とだらだら話しかけてきたので、丹前に手を入れ、うなずきながら通り過ぎた。今朝はあまり話したい気分ではない。毒にも薬にもならない話を続けるのは、喉の痛みもあって苦痛であった。

幸い食堂には知った顔はなかった。正面の台の上のテレビが、駈け出しの漫才をやっている。子供や女房を里へ遊びにやったらしい男が数人、面白くもなさそうに、ぼんやりテレビを見ていた。彼らのあげる煙草の煙が、晩秋のしらじらしい空気の中に、ぼんやりただよっている。

ソースでこてこてした焼ソバが運ばれてきた。紅ショウガの赤が強烈で、僕の弱りきった神経をつきさす。こんな脂っこい料理を注文するのではなかったと、僕はいらいらした。半分ほど口にし、食卓の下からスポーツ新聞をさぐり出して、読みかけるが興味が湧かない。会社を一週間休んだだけで、僕はもう日常の話題から疎外されてしまっている。

団地の駅から満員電車に乗って、月曜日から出勤しようかしらん。顔だけ見知っている多くの出勤仲間。ターミナルでの駈足の乗り換え。なつかしい朝の雑踏。そしてスポーツ新聞……今晩女房が帰ったら話してみよう。

この食堂で、今、誰も話を交わしていない。しかし、定期的に訪れる日曜日を、くったくなげに、なにげなく過ごしている顔、顔、顔……どの顔も申し合わせたようにうっすらと髭が伸びている。

人々は今日は何をするのもおっくうなのだ。身動きすることも話をすることも。だから食事をすませた後も、こうして長い間ぼんやりと座り込んでいる。人々は疲れている。堆積し、沈澱した疲労が人々の顔を黒ずませ、腰を上げさせないでいるのだ。

しかし今日は日曜日だ。人々は、僕のように今日が日曜日であるかどうか疑う必要はない。おおっぴらに許された公休日だ。会社の玄関のシャッターは閉まっている。いつまでここでぼんやり重い腰をおちつけていてもかまわないのだ。

……僕は日曜日を失っている。僕だけが軌道を外れている。

僕はようやく了解した。僕を不安にしているものは、町のたたずまいでもなく、喉頭癌の心配でもなく、野犬の集団でもなく、実にこのことなのだ。

団地の通りを行く。

買物かごを下げた主婦が二人、話しながら下ってくる。カマキリのようにぎすぎすと背の高い女……多分きまりきった生活が彼女の油分を吸い取ってしまったのだろう……それからゴキブリのような浅黒くて横幅の広い女……この女はひらべったく這いずり廻って生きているに相違ない。娘時代のあのまろやかな華やかさにくらべ、結婚するとどうしてこうも魅力のない女になり下がってしまうのだろう。彼女たちの頭の中は、たとえば上の階でたたく布団のほこりのことなどでいっぱいだ。

通りすがりに聞くと、野犬の話であった。夏の間おとなしかった野犬が寒くなりはじめてから動きが活発になった。子供たちが心配だといっている。確かに、こういった主婦がこの町の主役である。この町の世論をリードしている。だからそれはいつも、べたりと生活にはりついた、それでいて扇動されやすい不安定な空気を作り出すのだ。……団地に今、風が吹き荒れている……野犬という風が。

カマキリが身を折って、細い声でまだしきりにゴキブリに話しかけている。背の高いカマキリの方は前へつんのめりそうになりながら、背の低い立って歩いているゴキブリの方は後ろへ倒れかかった恰好で、広いコンクリートの道を下っていった。

そうだ、増田のところへ寄って話して行こう。同じ会社に勤める学校の後輩だ。気のいい、ひどく人懐っこい男である。道を少し引き返して左へ折れる。

今朝未明に釣りに出かけたと告げる奥さんの顔に、ありありと不満がある。ばつの悪いところへ来合わせたものだ。おまけに日曜を精力的に楽しんでいる男の、つまらない尻尾に触れにきたものだ。僕は階段を上がってきた疲れが一度に出た。

「なに……」といって狭い玄関へ、増田似のさいづち頭の男の子が顔を出した。そこへおばあちゃんも出て来て、口を入れた。増田の身勝手を先輩の僕から、いい聞かせてやってくれ「日曜日というとこれだっしゃろ、チエコはんも孫も、これではかわいそうだすわ」こういいながら、ごそごそと下駄をはくと、僕の横をすり抜けて、階段をおりていった。

この後、増田の女房は、おばあちゃんのほっつき歩きにも困ったものだと、眉をしかめる。しかし老人がこんな団地に生きのびようとするには、こういった方法しかないかもしれない。会う度おばあちゃんは、息がつまりそうだと僕に訴えていた。

部屋をとり散らかして……などといいわけする増田の女房を背中に、僕は階段を下りる。踊り場で、追いついてきた男の子が、僕に何かを手渡して、すばやく追い越していった。手を開くと、銀杏が三つ、手の中に残されている。

銀杏を握りしめて、僕は団地を行く。小さな秋の実が三つ。僕の心は三つ分のあたたかみを取り戻した。日が照ったり曇ったりして、その度に団地の風景は、白っぽくなったり黒っぽくなったりする。また、少し熱が出てきたようで、汗が背中や腋の下に感じられる。冷たい山の空気がひどく快い。

くすんだ山の風景の中に、ぽっかり口を開いた白っぽい傷口……ここはいったいどこの町だろう。


午前中、南に面したダイニングキッチンのテーブルの上に、白い銀杏をのせて眺めていた。この秋の木の実の白い固いふくらみ、……少し黄ばみ始めている。太陽がかげると、少し青みをおびて見える。テーブルの上に秋の木の実が小さな影を落としてただよっている。

僕もただよっている。増田の玄関で奥さんと話すために無理に声を出したので、喉がひどく痛い。おまけに二度ほど激しく咳込んだ。涙を流してむせかえり、その後ぼんやりしてしまった。大変に出にくく、出ると胸がさけるばかり出る。痰《たん》を出してみると血が少しまじっている。やっぱり喉頭癌の前徴ではないだろうか。それとも肺癌？　明日は日赤病院へみてもらいに行こう。会社に出るのはその結果が分かってからだ。

僕はただよっている。根をたたれて間違いなくただよっている。空中に浮かんだ五階の室で、ゆらめきながら、僕はただよっている。

両手の上に額をのせ、僕は少し眠った。

大変に腹を立てている、妙な夢を見た。

夢の中では、声がまるっきり出なかった。何に腹をたてたのか、同僚につかみかかっていった。手をばたばたさせて目が覚めた。自分がひどくみすぼらしい。おびえたような、それでいて僕を見下している、片意地な同僚の目が、僕を離れない。

僕は自分ながらひどく驚いていた。そして周りの人たちもひどく驚いていた。こんなことは会社内では、確かにあるべきことではないのだ。しかし、大変に生々しい夢だ。

みんな日常にしがみついて生きているのだ。そこにはなまあたたかい、日常の連続を願う心しかない。だからそれを破るものはひどく危険な存在に相違ない。舞い上がった一陣の風に人々は恐怖を感じたのだ。人々は、えへらえへら笑い合うお互いの、あいまいなきずなの中にしか、安住し得ない。

ではいったい、会社における七年来のつきあいとはどんな意味を持つものなのか。

2

玄関のチャイムが鳴っている。

プレスドアをあけると、三階の渡辺さんの奥さんが立っていた。

「わて、このベルがどうも苦手だんね……」などといいながら、気弱く笑った。

小柄な、中年太りの、どことなく丸っこい感じの女だ。鉄筋コンクリートの家に住まわせるには、ふさわしくない人間の一人である。下町育ちの人の好さと人懐っこさと、あけっぴろげな人柄が、コンクリートの荒々しい壁に痛々しかった。

「野犬のことだすわ……」

ひっそりいって、回覧板を手渡した。まだ何か喋りたい様子のようであったが、僕が無言なのに遠慮して、「ほな、おだいじに……」と言葉を残し背を向けた。

人々は、横につながるものだという平面性が、この女に根強くあり、公団住宅のような、たての交わりは彼女には苦手であった。渡辺さんは今でもまだ隣近所の感覚を残している。いつまで彼女の流儀が続くことだろう。

壁につかまりながら、小太りの足を精いっぱいはだけて、階段を一段一段おりて行く。淋し気な白っぽい光の中へおりて行く、小柄な中年の女の後ろ姿は、不意に僕の母であった。……踊り場で、僕にもう一度笑ってみせた。それは驚くほど、あたたかいものを僕に伝えた。閉じ込められた小さい箱の中に、人々はまだ温かみを残しているようであった。けものの寝床のような温かみが、ただよう巨大な鉄筋コンクリートの箱の中に、いつまで残るだろうか。

僕は押入れから猟銃を出してきて手入れをはじめた。ボルトアクション・ライフル銃だ。山野でまだ一度も打ったことがない。汽車に乗ったり、山を歩いたりするのがおっくうでしかたがない。それに時間的な余裕もない。金もない。散弾銃での鳥打ちなら気軽にできるだろうが、ライフル銃でケモノ打ちとなると、まあ現在の僕には無理だ。昔、父からもらった中古のライフル銃。

しかし腕は確かなつもりであった。日中戦争の狙撃兵だった父に手ほどきを受けたのだから。レバーを動かし、バルコニー越しに向かいの団地の窓を狙いながら、僕は奇妙に興奮してきた。照星の上に的を載せるのだ、と父はいった。今そこに吉岡さんの頭が乗っている。髪の生えぎわにぴかぴか光る禿がある。僕はその禿を狙う。

吉岡さんがこちらを振り返り、驚愕して眼を見はった。そのあと、照れかくしに笑っている。しかし壁にすぐ身を隠した。僕が信じられないのだ。多分、それは当然なことだろう。どこの誰とも分からないものが、この団地にただよいついたのだ。風が吹けば、何が起こるか知れたものではない。

しばらく吉岡さんの主人は顔を見せなかった。こわごわ顔を覗かせ、僕がもう銃をかまえていないのを知ると、声をかけた。腹を立てている様子がはっきり分かる。しかし普通の声では何をいっているのか聞き取れない。僕は耳に手を当ててしきりに理解しようとしている様子を見せる。吉岡さんのいっていることは判っているのだ。つまらぬ冗談はやめてくれ、といっているのに相違ないのだ。しかしぼくはあくまで判らぬふりをした。

また、誰か来たようだ。

ドアを開けると、薄よごれたダスターコートの男が立っている。

「ムーさんか……」

「具合はどうや……」

玄関に突っ立ったまま、ムーさんはぼそりといった。

「まあ、入れや」

響きの悪い声で、僕は彼を招じ入れた。

「また鉄砲いじりか、一発でも打ったか……」

ムーさんはコートのままテーブルに座り、無造作に銃を取り上げた。

「そいつにさわっていると落着くのや」

「ぶっそうな趣味やな」

そこで僕は今の一件をムーさんに話した。

「つまらんことは止めといた方がええ……こんな高い窓から見下ろしていると、人間が虫けらに見えてくるものや。その気にならんとも限らん」

僕は不意に、背筋が寒くなった。

「昼めしは？」

僕は気を取り直して声をかけた。

「すませて来た」

「紅茶でもいれるか」

ムーさんのうなずくのを見て、僕は立ち上がった。

「銀杏か……昨日の風で、御堂筋の銀杏も落ちとるやろな……むかし、お寺の銀杏取りにいってようかぶれたものや」

テーブルの銀杏をいじりながらムーさんは一人ごとをいっている。ムーさんは僕のおふくろと同じ河内育ちである。

「御堂筋のな……」

僕は紅茶をテーブルに置きながら、ふと思いつきを喋った。

「この銀杏をライフルに込めて、人間たちに打ち込んでやるか」

「あまいあまい」

「あまいかな」

僕はおおげさに肩をおとした。

「顔色さえんけど、石切の赤まむしどや」

「赤まむし？　迷信か……」

「造血の薬。赤まむし、漢方薬や……そういえばこのごろは悲しいほど迷信がなくなった」

紅茶に口をつけながら、この後、ムーさんはひとしきり、母や年寄りから教わった迷信の話を並べた。

「めばちこが出来たら、井戸へあずきを三つ落とす話知ってるか」「知ってる、知ってる」

僕は相槌《あいづち》を打ちながら楽しくなってきた。

「しかしこんな団地では無理やな」僕はまた肩をおとした。

「別に昔がええ時代やったというわけやないけど、こんな楽しい迷信は残しときたいもんや
……遊びがなくなったということか」

「しかし、別の新しい迷信が生まれてきている……」

「それや、そいつがくせものや」

ムーさんは膝を乗り出してきた。

「僕はちかごろ喉頭癌ではないかと心配なんや……それなんかも現代の迷信というところか」

「癌ノイローゼか……現代の迷信は、あながち迷信ときめつけることのできないところが、つらいとこや」

しかしムーさんも無責任なことをいうものであった。僕は真実つらい気持にさせられた。

「きゃっ、きゃっ……」

「なんやそれは」

「絶望のためいきや」

「そんなに重傷か、それやったら早いとこ見てもらったほうがええで、僕のおふくろも発見の遅れたのが原因や」

ムーさんのおふくろは、乳癌で数年前に亡くなっている。

「おばさんは最後まで残った方の乳房の手術を拒み通したという話……僕の心に残っているな、こんなことをいうのは君には酷やが」

「おふくろは女として死にたかったのやろ、僕には入りこめん世界や……」

ムーさんは無意識に手の中の銀杏をこすり合わせた。小さな秋の実のきしる音が、彼の心のようであった。

僕も、去年の年末、最初の子供を亡くしている。

死ぬべくして死んだのか、それとも病院側の手落ちか、いまだに分からない。病名は、児頭回旋不全というのだ。

十二月の二十九日、三十日、三十一日と次々に主治医が交替した。あげくに、冷たい分娩室の鉄製のベッドに、女房は数時間放置されていた。僕はそれを知らなかった。交替の新しい若い医者が入って来た時、血みどろの出産が始まっていた。

それから数時間の死闘の後、大晦日のにぶい夕陽の中に女房は死児を産み落とした。僕は食事にでかけていて、居なかった。子供が産まれることに負担を感じていたのは事実であった。子供の誕生に果たして責任を持てるのかどうか。この世に新しい生命を産み出すことの意味をつかみかねていた。しかし、その場に僕のいなかったのは偶然だ。僕は赤ん坊の顔を、とうとう見ないで終わってしまった。

子供の死の夜、薄暗い病院の長椅子で、僕は、深い底なし井戸の底に向かって、えんえんと落下していく、顔ののっぺらぼうな嬰児の夢を見た。

——空気を切り裂き、黒い固まりになって落下していく血みどろの赤ん坊は、顔だけが鉛色で目も鼻も口もなかった。体をいも虫のように丸め、しっかり手と足の指を握りしめていた。父親に見てもらえなかったばっかりに、顔を剃り落とされてしまった嬰児は、顔のない顔のうちで、かたく目を閉じ、恐怖に泣き叫んでいたに相違なかった——。

この時代に、知らないということは罪悪だと僕は思う。女房の出産も、子供の死も、僕は知らなかった。このことをどんなにくやんだことか。……

そして赤ん坊の死の原因を、いかにつきとめたらいいのか、どこへ、誰に言っていけばいいのか分からない。

このことで女房と何度も口論した。主治医が何度も交替した病院側に責任があるのか、そういう時期に出産したこちら側の手落ちか、女房の体に原因があったのか、または胎児に異常があったのか……女房や胎児の異常を察知し得なかった病院側の責任は？……

確かなことは、それらの裂目に僕たちの子供が落ち込んだということだ。そして死因がはっきりしない今も、つまりそんな中で年が明け今年になったわけだが、顔のない嬰児は暗闇をえいえいと落下し続けているということだ。

「どや、御堂筋へ銀杏拾いに行けへんか？」

ムーさんは沈んだ気分を払いのけるように、子供っぽい声を上げた。

「まあ、やめとこ」

彼の思いつきが分からぬでもないが、僕は自重した。

「そういわずに、行こや、風邪もだいぶんええんやろ」

「わかる通り、喉だけやけど……」

「行こ、行こ」

思いついたとなると、ムーさんは、昔から強引であった。そそくさと立ち上がって、もう玄関に行きかけている。

外へ出ると、団地の通路に風が立ちはじめていた。

「この分やと、御堂筋はいちょう吹雪やな」

ムーさんはいそいそとして肩をゆすった。

通路の出口で、大きな箱を抱えて帰ってくる、黒川さんの主人とすれ違った。箱の上でペコリと頭を下げる。電気製品の入っていそうな箱だ。

「ストーブか？」

「十月に子供ができたという話や」

「そのせいか、えらいにこにこしとる」

「子供が生まれたそのことだけで、無条件に喜べる人は幸せや」

「子供たちの将来が、かならずしも明るいものではないという意味か？」

「まあな……」

僕はいいたいことの意味が外にあるような気がしたが、自分でもはっきりその意味することが理解できなかった。……風の吹き上げる崖の道を、僕たちは黙って下って行った。

山あいの道を、電車はゆれながら走った。ムーさんは今はじめて気がついたように口を切る。

「奥さんは今日は里帰り？」

「今里の方の姉の子が、今日バレエの発表会やいうて、土曜日から泊まりがけや……下町もこのごろ派手になった……それはええけど、帰ってくるたびに、こんな団地の暮しはもう嫌やいよる……最初の子供を死産したことがすぐに話題になるらしい、聞くにたえんこともいうらしい、鉄筋コンクリートに住んでも、住む人間は長屋の感覚や」

「そんなものかな、救われんな……」

「住みにくいとこを、よけい住みにくくする人間は名人や」

「そうかというて、ライフルで片づけるわけにもいかんやろ」

ムーさんは見透かすような目をする。

県境の長いトンネルに入り、この騒音で会話は中断された。

トンネルを出ると、景色ががらりと変化した。霧とも煙ともつかない靄《もや》の下に、人家の屋根の続く大阪平野がべたりと横たわっている。足元にわずかな田圃《たんぼ》を残して、一面に屋根、煙突、屋根の気の遠くなるような眺望である。今、電車はがたぴしと横ゆれしながら、ぐんぐんその海原の中へ沈んでいく。

ようやく底におりたつと、今度は見事な文化住宅のラッシュだ。色づけした地瓦葺きモルタル造りの安っぽい建物は、ひどく不安定な姿勢であったが、その侵食のすさまじさは癌細胞のようであった。いたるところを食い荒し、今や河内の田圃はぼろぼろの雑巾だ。

「昔、河内の街道を、駅馬車がトテトーと笛を鳴らして、稲の間を走ったそうや……」

僕は母から聞いた話をムーさんにいってみた。

「実は僕のおふくろも、息をひきとるまぎわになって、あの笛を聞きたいいいよってな……なんでも、あの馬車で女学校へ通ってた時分、車夫が男前やいうて、評判やったらしい……まあそのせいでもないやろうけど」

さえない声でムーさんは述懐した。

ようやく市街に辿り着いた電車は、赤茶けた屋根を見おろしながら、高架の上を快走した。


都会のメイン・ストリートは、いちょうの吹雪であった

風が吹くたびに、ビル街の大通りにいちょうの葉のカーテンがおろされた。黄金色のカーテンをくぐって、日曜日の自動車が疾走する。トンネルのように茂ったいちょうは、自動車の上にも、いっせいに葉を打ち落とした。深い森の中の街道のようであった。ビルの窓はいちょう色に染まり、歩く人々はいちょうのジュータンを踏みしめて、しめやかに歩いた。

こんな都会のどまんなかに深い秋のあったことが、さわやかな感動であった。風のたびに濃くなるいちょうの葉のカーテンを、僕たちはしばらく無言で眺めていた。

「おい、あったぞ……」

いちょうの葉で敷きつめられたグリーンベルトの中で、ムーさんが大きな声を上げた。

僕は歩道の縁の吹き溜まった葉の中ばかり捜していた。成程、いちょうの実は重いから木の真下へ落ちるのだ。車道を渡って僕もグリーンベルトへ上がった。

「この木は雌や……この下にあるわ」

「へえ……銀杏は雌の木にできるの……」

「さあ、雄やったかな？」

ムーさんは頭をかしげていた。

「これか、これが銀杏か……」

「そうや、……かぶれるから気いつけよ……この皮をむいたら。あの白い固い実があるわけや……それから、皮のままにしとかんと、むいたらものすごく臭いぞ」

銀杏は一本の木のまわりに、落ちたそのままの恰好で円形に広がっていた。皺のよった黄色い皮の、小枝のついた柔かい果実であった。僕たちは持ってきた紙袋の中へ拾うたびに投げ込んだ。

「こっちの木の方が多いぞ……」

ムーさんは数本先の木の下で叫んだ。落葉を掻き分け、僕も夢中であった。歩道から僕たちを見ていたアベックが、しばらくためらった後、女の方が手をひくようにして、僕たちの方へ渡ってきた。

「銀杏ですか？」

声をかけたのも女の方である。

「はあ……」

てれくさそうにムーさんが笑った。

「わたしたちも拾いましょう……ねえ」

アベックはそんなことをいいながら、僕たちに加わった。しばらくすると。息子と父親らしいカップルも銀杏を拾いはじめた。

「茶碗蒸しにするとうまいで……」

父親の方がしきりに話している。

それから、もう一組高校生らしい女の子が三人、向かい側のグリーンベルトでさざめき声をたてながら銀杏を拾いはじめた。

……御堂筋にいちょうの並木のあることは、誰でも知っていた。毎年この銀杏が、業者に入札されることも知っていた。それは秋の大阪のささやかな季節の話題だったから。しかし、この不毛の都会の真ん中に、誰でも手に入る秋の果実がふんだんにあったとは……信じがたい気持であった。

いつしか、着飾った人々は、あちらこちらで素朴な子供っぽい作業に熱中しだした。風が立つたび、そんな人々の上に、数限りない木の葉がかさかさと舞った。

「ほら、こんなんや……」

ムーさんはにこにこして、ふくらんだ紙袋をさし上げた。僕も袋を示した。彼の方が少し多いようだった。僕たちはひどく幸福であった。

それから、銀杏を拾う人々の数は、倍ぐらいに増えていた。

しきりに話し合っている年老いた夫婦がいた。おそらく故郷での思い出話であろう。中学生らしい男の子が数人、次から次からポケットへほうり込みながら、走りまわって拾っていた。臭い匂いをむんむんさせて、ポケットはもうはちきれそうであった。地面にハンカチを広げて、捜してはそこへ持ち寄っているアベックもいた。車道を行き過ぎる自動車の窓にも、そんな人々に目をとめる笑顔が絶えなかった。

しめやかにいちょうの葉の降る並木道で、人々は思いがけなく興奮していた。目をきらきらさせ、息をはずませながら、わきめもふらず銀杏を捜した。

僕は、突然に、まったく突然にしぼり上げるような悲しみに襲われた。さっきから、銀杏をいっぱいつめこんだ紙袋を胸に、太いいちょうの幹にもたれ感動して、人々の動きに目をとめていた僕に、無心に銀杏を拾う人々が、不意に悲しく感じられてきたのだ。この悲しみは理由不明であった。身も心も洗われたような素朴な感情の底から、突然に湧き起こってきた無数の水泡であった。

今、ちょっとしたきっかけさえあれば、シャンペンの栓が抜かれたように、大声で泣けそうであった。抑圧という抑圧が、すべて僕からとりのぞかれたような気持がしていた。僕は自由であった。

しぼりあげるような悲しみに、思わずうめき声を上げた。涙がにじみ、それからは、せきをきったように頬に流れ落ちた。可哀そうで可哀そうでならなかった。銀杏を拾う人々が、銀杏を拾うムーさんが、銀杏を拾う僕が、可哀そうでならなかった。

目をきらきらさせ、息をはずませ、何故人々は銀杏を拾わなければならないのか……そのことがいかにも不合理であった。素朴な子供っぽいこんな作業に熱中できる人々が、現代に生きていることがこれも不合理であった。人々は日常生活の中で殺している。会社勤めの中で殺している。あたたかいものを、子供っぽい感動を、素朴な欲望を、殺している。なぶり殺しにしている。大切なものを、人間を、なぶり殺しにしている。

人々が、会社の同僚や上役や、近所のおかみさんや親戚やに見せる仮面は、仮面の感情はここにはない。風が、そんな仮面をひきはがしてしまったのだ。しめやかに葉の降る森の中で、はいつくばって果実を捜しまわる人々の姿は、いかにもまがぬけていて、いじらしかった。たまらなくいじらしかった……。僕はずっぽりと感傷の中に埋もれ、身もだえしながら泣いていた。

3

ムーさんとはターミナルで別れた。

彼は久しぶりに古本屋をあさるといっていた。二人の別れはかなり気まずいものであった。僕は泣いた後のはれぼったい顔をしていたし、ムーさんはそんな僕の顔をできるだけ見ないようにした。この奇妙なずれは、二人の間で埋めようがなかった。僕の気恥ずかしさは、或いはムーさんの気恥ずかしさは、別れることによってしか埋めようがなかった。しかしこの感覚的なずれは、いつまでも僕の心に残り続けた。

僕は巣が好きだ。何かあるとすぐ自分の巣に引っ籠るのだ。巣の居心地の好さにちょっとひきくらべるものがない程であった。外でどんな楽しい時間を送っていても、心が満ち足りるということがなかった。ところが自分の巣の中に居ると、なにげなく過ごしている時間の中で、僕はひどく満ち足りているのである。外でどうでもよい時間を送っている時など、だから僕はもうたまらなかった。僕はそわそわとおちつかない尻をしていた。外で何かあると、僕はきまって巣の中で癒した。

まだ夕方には間のある駅の構内はゆったり歩く人々でにぎわっていた。

ふと、見憶えのある子供連れの女のうしろ姿に、僕は足を止めた。しかしそれは違っていた。佳子《けいこ》かと思ったのだ。あの早熟な、つんとすました佳子には、この駅ですっぽかされたのだ。彼女とはそれが最後であった。もし佳子であったのなら、拾ってきた銀杏をそっくりやろうととっさに考えていた。あの頃まだ高校生であった佳子は（僕も高校生だった）、きっとさっきの和服姿の母親のような、子供に可愛い服装をさせた上品な三十女になっているに相違なかった。

電車に乗ると、体が熱っぽく、少し息苦しくなってきた。話したり動いたりしていると忘れている気持の悪さが、体を静かにすると再び頭を持ち上げてくる。息苦しさに絶えかねて、僕は無理に咳を押しだした。やはり喉がぴりぴりと痛い。焼けただれているに違いない。

身を丸くして息苦しさに堪えている僕に、やわらかいもの、あたたかいものが、僕の身体からずんずんずり落ちていく感じである。電車の振動がわずらわしい。初恋の思い出が、最早心を彩らない、僕は三十の病んだ男であった、この思いが僕の心をいよいよみすぼらしくさせた。御堂筋で、銀杏を拾う人々に子供っぽい感傷の涙を流したことの後悔も、じりじりと僕の心を蝕《むしば》んだ。

日曜日の繁華街に背を向けて、すいた座席にうずくまる人々にも、僕と同じ孤独な身を丸くした姿勢があった。……電車は、吊革を網棚にぶっつけながら、すさまじく河内の町々を通過して行った。

山を駈け登り、山間の、最初の急行停車駅に電車が着いた。そこで僕の見たものは、時間にして三分たらずのものであったろう。しかしこの奇妙な体験の深さは底知れなかった。僕は人間の正体を見たと思った。日常感の裂目にふと顔を覗かせるぶきみな正体を見たと思った。

時間調整の大阪行急行が、この電車より先に二番線に入っていた。三番線に入った奈良行きのこの電車と、二つの窓越しに、車中の様子が手に取るように分かる。向こうの電車もかなりすいている。むしろ変にすいている、というべきか?……。

これから繁華街へ遊びに出かける背広姿の男が三人、足を投げ出して座りながら、声高に話し合っている。声高に……?

声は当然聞こえない。僕の想像だ。三人とも丸首のセーターの上からブレザーをはおっている。エンジ、グレー、黄色のセーターだ。ブレザーのボタンはかけていない。ほぼ同年配……

二十四、五歳ではないだろうか。三人とも申し合わせたように出っ歯だ。エンジは奥目で、グレーはどんぐり目。黄色の方は色が白くて、なかなかの男前だ。

通路をへだてて、吊革にぶらさがってにやにやしながら、びんぼうゆすりをしている男がいる。なぜ座らないのだろう。彼が三人の仲間かどうかは分からない。またなにが面白くて、にやにやしているのかも、ちょっと想像がつかない。その下に、向こうむきの女の頭が見える。眠っているのか、本を読んでいるのか、髪の毛をうず高く重ね上げた頭は、ちっとも動かない。この二人が連れかどうか、分からない。当然、何も分からない。

向こうの方で、座席に上がり込んでこぢんまりと正座している老婆がいる。膝の上に四つに折った新聞を広げ、頭をうつむかせてしきりに読み取っている。多分新興宗教の新聞だろう。そうでなければあんなに熱心に読むはずがない。同じく座席にそりかえって新聞を読んでいる、向こうむきの大柄な中年男がいる。そのまた横から、なんとか隣の新聞を覗き見ようとしている、すだれ頭の貧相な小男がいる。左の方にさっきから、笑ったり、肩をたたきあったりして、大声で?……喋っている、これも、出っ歯の中年女が二人……一人は眼鏡をかけた痩型、一人は白いショールが狸を思わせる。

その他、座席に上がって、靴の裏をこっちに見せながら、窓の外を見て騒いでいる男の子と、派手な化粧の商売女のような母親……ふと振り返った男の子の顔と母親の顔が、寸分違わず、目鼻立ちがそっくりである。二匹の大小の山羊の目を見張った顔……隅っこの方で首をねじまげて眠りこけている丸顔の眼鏡の女……てっぺんの丸く禿げ上がった頭を窓に見せている男とまだら白髪の男。それから長髪と続く……うん、男か女か？……僕は、不意に……まったく不意に、気味が悪くなってきた。これらの情景が、不意に僕の日常からずり落ちて存在し出したのだ。

二つのガラス窓の間で、透明な空気がひずむ。ずれた空気の間で奇妙な屈折が起こっている。セーターの三人の若者の話も、中年女たちの噂話らしきものも、子供の母親に問いかける言葉も、……ぜんぜん聞こえない。そのせいで、向こうの車中はひどく静かだ。口が動き、表情だけが変化する。これはどう眺めてみても、奇怪な、次元の違う世界だ。僕の日常感とはあいいれないものだ。

あの鶴のような眼鏡の中年女は、なにをそんなに喜んでいるのだろう。ショールの女の肩を、しきりにたたいて笑いこけている。ものすごい出っ歯。ショールの女の好色そうな目の動き……しかしそれらはひどくわざとらしい。すこしもおかしそうではない。

注意してみてみると、にやにや笑いながら吊革にぶらさがっている男は、ズボンのポケットからピーナッツをつまみながら、口へほうり込んでいる。まるで夢遊病者か狂人のような仕草だ。それにしても、サラセン屋根のような女は、その前で身動き一つしない。死んでいるのか？……

人間たちは、情緒を失っているのだ。人間と人間をつなぎ合わせる潤滑油がきれて、ぎしぎしと異和音を発している。お互いに、お互いの意味が分からない。膝の上にみすぼらしい人生を開げている老婆とサラセン屋根の女とは何のつながりもない。山羊の親子と、出歯のセーターの若者たちとは、これもつながりを持たない。そしてそれらの人々の間には、完全な断絶がある。人と人の間にかもしだされる、あのまろやかな雰囲気は、あとかたもなく消え去っている。

連帯感を失った人間と人間は、ものとものとの関係に過ぎない。僕は、ものとしての人間の正体を、二つの窓越しにかいま見た。人間たちの素顔のぶきみさ……遠くの方でベルが鳴っている。大阪行急行は動き出した。ゆっくりと、そしてまたたくまに、過ぎ去っていく。……時間調整の電車は、調整の間、時間のかけがねを外していた。僕は時間の扉を開いて、時間の外に立っていた。日常はゆっくり流れる切れ目のない時間の流れによって形成されている。僕はその裂目に落ち込んでいたのだ。時間は再び流れだした。僕の方の電車も、がたんと一つ身動きをし、ずずっとトンネルに吸い込まれていった。

4

団地の果物屋の前で、僕は思わず足を止めた。ミカンの黄色が、あまりに見事なのだ。手に取ってみる。柔かく冷たい感触。晩秋の早い黄昏の中で、宝石のように輝いている。そして甘ずっぱい匂いが、僕の心をさわやかにしてくれる。

果物屋の店先で、五、六人の主婦がしきりに喋っている。

「ゆうべの晩から、風が出てきましたやろ……風が出ると、野犬は山から降りてくるのとちがいますやろか……」

大小の、赤鬼のような女の顔が、夕陽にてかてか光っている。

「風は匂いを運ぶから、その匂いをしとうて、降りてくるのやわ」

「そういえば、ゆうべは野犬の遠吠えが真夜中まで聞こえてましたな」

「風ですわ……風が悪いのですわ……飼い犬でも風の晩はむやみに鳴きますやろ……」

今、夕陽で赤っぽい果物屋の店先に、風が吹き荒れていた。主婦たちの風の話と、荒涼とした団地の街路と、夕陽に照らされた女たちの形相が、僕を不安にした。

ゆっくりと、しかし確実に、僕の心に奇妙な恐怖が広がって行く。僕はミカンを台に戻し、店を出る。風は……しかし、風は今凪いでいるはずである。果物屋の店先に吹き荒れていたのはなんであったか?……風は、自然の裂目である。風によって、僕たちは初めて自分の皮膚感覚を持つ。その皮膚感により空気の存在を感じるぶきみさ……犬が風に吠えるのはこのことかもしれない。自然が、気味の悪い裂口を見せているのである。

——坂の途中で僕は銃声を聞いた！

人々が駈けて行く。僕も一緒に走る。左へ折れ、陸橋を渡り、団地の南の端に着く。そこから先へは行けない。とりすました団地のどこからこれだけの人間が出てきたのか。警官に阻止された野次馬のおびただしい垣根にぶつかる。

口々に何か喋っている。何をいっているのかよく分からない。わめき立てている男がいる。玄米パンのような皮膚の色をした男だ。その男の指差す方向から、救急車が出てきた。人垣を割り、サイレンを鳴らして行き過ぎる。——再び銃声がした！

人々は急に黙り込む。しかし、銃声はそれっきりであった。

やがて人の波が動きはじめる。わけもわからず。僕も前へ出る。南のはずれの建物の前に行きつく。

しばらくすると、その棟の一番奥の階段口から、警官に両腕をかかえられた和服姿の男が出てきた。僕は一瞬、やくざの出入りかと思った。しかしどうもそうではなさそうだ。出てきたのは、あの薄よごれた季節外れの浴衣を着た男一人っきりであった。

人々は五階の窓の一つを指さして、しきりに話している。あの窓からライフル銃で、通りの人間を撃ったのだ！……そうか、それはまったく僕自身ではないか。……弾丸は十八発込められていたそうだ。……十八発だ。これで二、三匹の虫けらは確実に殺せる。……しかし五発目を発射し終わった時、南側のバルコニーから忍び込んだ警官に取り押さえられた。……腕には自信のあるつもりだったが、多分一人も殺せなかったろう。いや、最初の一発は確実に手応えがあった。ベレー帽をかぶった赤ら顔の男だ。ああいうタイプの男は、僕は大嫌いだ。しかし片足を引きずって、あいつは逃げてしまった。二発目は完全な無駄玉であった。一発目の手応えに、僕はうわずってしまっていたのだ。

青い夕暮であった。コンクリートの白い壁が青く見えた。通りを歩く虫けらどもが、僕にはひどく不吉なものに感じられた。情緒を失くした人間たちの黒い影は、ひどくぶきみで、今にも僕を攻撃してきそうな恐怖にかられた。それだから先手を打ってやったまでだ。

五階の窓から警官が顔を出した。何かしきりに口を動かしている。指を差しているところを見ると、着弾地点の確認をしているものらしい。……三発目はそうだ向かいの建物の二階の右端を狙ったのだ。女の頭が窓ガラスに動いたからだ。しかし弾丸はバルコニーのコンクリートの手摺に当たってしまった。それで僕はすっかり自信を失くした。後は人っ子一人姿を見せない。北側の窓枠にのせ、僕は長い間銃を構えていた。四発目、五発目はパトカーを盾にする警官とのわたりあいだ。……

野次馬はまだ勝手なことを喋り合って、その場を立ち去らない。僕はひどい疲労をおぼえた。

日が、しだいにかげりはじめていた。僕は、再び北側の四帖半の窓にいる。

団地の日曜日は、今終わろうとしていた。山の中のこの団地は、日暮が早かった。今朝遊びに出かけた団地の人々が、窓の下の曲りくねって登っている大通りを、心持ち急ぎ足で帰ってくる。

デパートの包装づつみをかかえた若い夫婦が多い。ひどく楽しそうに笑い合いながら、元気よく歩く幼いアベックもいる。顔が似ているから兄妹だろう。おでこがひどく大きい。単車の男女も帰ってくる。女は大きな尻をつき出し、単車はうなりながら坂を駈け登る。

眼鏡の太っちょの父親の腕の中で、頭をだらんと下げて眠りこけている女の子がいる。白い靴下につつまれたむっちりした足が、ぶらんぶらん揺れている。母親が女の子の靴を持って、後に続く。その横を、小型車が荒い息を吐いて、駈け抜けていく。小型車の中も家族で満員だ。着飾った家路を急ぐ人々は、たいていほどよく疲れた、機嫌のよい顔をしていた。

……人々は、こうした日常に、満足しきっているようであった。日常は、本当は無数の裂目からなる、非連続な日々であるはずなのだ。しかし今人々の住んでいる日常は、べたりと塗り込められた、おだやかな日々の連続感によって形成されていた。人々の繋りも、べたりと塗りつぶされた、そうした連帯感を唯一の頼りとしていた。おだやかな生活には、しかし、目標も、他をかえりみる余裕もなかった。人々はあくせくと働いているのである。あくせくと働いているが故に、べたりと日常にはりついた見なれた生活であった。

今日の発砲事件を聞かされて、人々は確かにショックを受けるだろう。しかしそれは人々の日常には裂目をつくり得ない。人々の連続感は、違和感を徹底的に拒否するのだ。見なれた生活のこと以外は、考えるさえ面倒なことであるのだ。人々は日常に癒着している。離れがたく、しっかりと、そして必死に……。

会社勤めを、しばらくなまけている僕だけが、日常のそうした裂目におちこんだ。べたりと塗り込められた日常の、裂目のぶきみな素顔をかいま見た。人々は、どこも繋り合っていない。僕は、かえりみず、目標をもたないが故に、裂目はいっそう深かった。

しかし銀杏を拾う人間の魂に、救いはないだろうか……。凩は、雨を降らせ、時には嵐も呼ぶが、また時にはいちょうも降らせる。いちょうの木の葉の舞う街道で、金の小鳥を見たのは、僕の感傷癖のせいばかりだったろうか。……

――団地の窓に灯がともりはじめた。

女房はまだ帰ってこない。ふと、女房はこのまま帰ってこないのではないかという不安が、凩のように僕をよぎった。僕はゴトゴト音を立てる重い頭を振ると、窓から離れた。

団地の灯をしたって、今夜も野犬が鳴くことだろう。

ボレロ

一九五八年の大阪に向かって、寝台車はゆるぎながら突き進んでいた。夜の東海道が、白い波打際を見せて、月の光の下に続いているはずだ。東京発二二・四五、横浜二三・一三、小田原〇・一一、熱海〇・三五、静岡一・四三、そこから米原まで止まらない。

Ｂ寝台の最上段だ。濃いグリーンのカーテンが、狭い空間を作っている。人が一人横になるのに最低限の広さと高さだ。しかし、揺られ眠りながら、五百キロを旅するのは悪くない気分だ。眠っている間に、時間をも旅して、一九五八年の夏の大阪に着く。

さきほど、発車間際の東京駅で、懐かしい駅名がアナウンスされた。新幹線のひかり号では、すべてすっ飛ばされる駅だ。寝台車の通路の壁付の椅子を倒して腰かけ、煙草をくゆらせて聞きながら、私は過去への旅をはじめていた。

学生時代、東京への往復で、二度だけ寝台車に乗った。寝台券は学生の身分では手の届かない値段だった。夜間で十時間、昼の汽車で八時間だったと思うが、いずれも狭い堅い座席でごとごと揺られ、東海道を走った。昼間の沼津の鯛めし、浜松のうなぎめし、夜のプラットホームでかけこむ名古屋のきしめん、明け方の光の中で食べる米原の立ち食いそば、いねむりをするにも長過ぎたし、ちょっと贅沢なそんな弁当や立ち食いの、食べることを楽しみにした往復を繰り返した。

だから二度乗った寝台車のことは、今でもよく憶えている。一度目はそれより二年前、大学一年の同じく夏、ただし方向は反対、大阪から東京へ、つまり夏休みが終わって二学期がはじまる九月だった。

この時は中村と一緒だった。というより、中村の姉が寝台券を買っておいてくれたのだ。彼は私より一年上だが、高校時代文芸部で過ごした仲間だ。大学は違うが、文芸部の仲間で東京へ出たのは二人きりだった。その夏彼は少し身体をこわして、病み上がりということで大事をとり、いわば私は付き添いで寝台車に乗ったのだ。

二度目が一九五八年七月、大学三年生、一学期の授業の終わった日の夜、私は寝台車に乗った。翌日、大阪の私の家で法事が営まれるのだ。とりたてて最後の講義までねばっている必要はなかったのだが、その夜、東京でたまたま私には先約があった。このことは両親に伏せて大学の授業を理由に、寝台車を張り込ませた。

今回、二十七年ぶりに、あの夜と同じ新宿で、私は飲んでいた。その歳月は、夜の新宿の様相を一変させていて、かつての記憶に合致するものは何もなかった。名前だけ同じだが、ぜんぜん違う街だった。

新宿西口の超高層ビルの三十階の会議室で、三時から設計打合せに入り、終わったのは夜の八時だ。新幹線の最終八時半にはもう間に合わない。そこが新宿であることを私はすっかり忘れていた。

大阪から来た三人のうち技術屋の二人はホテルを取っていて、明日の午前中大阪で仕事があり、どうしても帰らなければならないのは私だけだ。熱気のむっとする超高層の間の人気のなくなった大通りを歩き、東京組四人と別れ甲州街道に出て、新宿駅の甲州口で寝台券を先に買っておいて、東口の方へ廻った。

方向だけは確かだが、ここは見も知らない街だ。伊勢丹が見えてきて、紀伊國屋、中村屋、高野フルーツパーラー……しかしまるで思い出せない。

「恋の街、新宿はどうなったんや」とひやかされて、私は頭を掻くしかなかった。

「夜の新宿は二十五年ぶりぐらいやからな」……が、私の中で、若者の多い街の雑踏に、見え隠れするいくつかの記憶が、重なりはじめていた。

大学は渋谷にあった。だから渋谷の夜は、学生の夜だ。道玄坂や、百軒店《ひゃっけんだな》で、トリスバーやビールやコーヒー、シャンソンやクラシックと共に、仲間たちとの議論やお喋りがあった。ところが新宿は、それらと共に女性との思い出が多かった。

冷房のよくきいた寿司屋の二階の座敷に落ち着き、刺身でビールを飲みながら、私は二人にせっつかれて、思いつくままに、かなりの脚色を入れて、この街での女性とのことを喋った。三十年近い前のことだから、どこから脚色でどこまでが本当のことなのか、喋っている本人がわからなくなっている。

話しながら、私はしだいに熱中してきて、この後五百キロ離れた大阪へ帰るのではなく、中央線に乗って武蔵野の下宿か、三年生の時から替わった高井戸《たかいど》の下宿へ、帰るような気分になっていた。

……煙草を消して、私は洗面所に立った。

動き出した寝台車の天井の低いベッドに這い上り、ネクタイを引きむしり、窮屈な姿勢で背広を脱ぎながら、とうとう志摩さんのことは話さなかったな、と思った。

志摩さんとは五度ばかり会っただけであり、話す事柄があまりなかったことも事実だ。が、不完全燃焼とはいえ、東京での恋といえるようなものはそれしかなかった。

一九五八年七月、大学の第一学期の最後の講義の後、私は新宿で志摩さんと会って、ぎりぎり寝台車に飛び乗ったのだ。彼女との約束のために、法事の日の前の晩まで東京に居たことになる。

この寝台急行「銀河」が終着大阪へ着くのは、明日の七時だ。志摩さんとのことはゆっくり思い出せる。

あの頃、私は激しい夢想の中にいた。道を歩いていても、講義を聴いていても、そして夜は夢想が果てしなく広がって眠れない、というような状態だった。

これにはさまざまな理由があったと思う。欲望と現実とのギャップが大き過ぎるのだ。学生生活というのは一種のモラトリアム状態であったから、土壌はたっぷりあった。行動は零に近く、夢だけが無限に広がった。

あの頃の、いや現在もたいていの学生はそうかもしれないが……私は、自分の置かれている現状に絶望していた。大学というところほどつまらない所はなかった。毎日いったい何をしているのか分からなかった。そうかといって、そこから覗き見る社会は、とても自分の生きていける場所のようには思えなかった。

私は、自分が大変に感受性が強いと考えていた。だからつまらないことに深く傷つき、再起不能に陥ってしまう。まわりには感受性の鈍そうなのがうようよいて、とてもたまらないと思っていた。

自分の穴の中で、自分の傷をなめるような形で、私の夢想は肥大化していった。夢想だけが私の生活であった。色あざやかで広大な夢想の世界の中で私は生きていた。

もともと幼い頃から、私には強い夢想癖があったらしい。私の両親は大阪の工場地帯にいて、私だけが堺の海辺の祖父母のもとで育てられた。一人ぼっちの日々、蟻の行列を眺めたり、カンナの花を飛ぶ蝶々、砂浜に立つ陽炎が私の遊び友達であり、そういう環境で夢想は、私の成長と共に育っていったようだ。

小学生、中学生、高校生と多分断続的に、現実生活に強い興味のある時はとぎれ、そうでない時はいつのまにか夢想のとりこになっているという形で、さまざまに内容を変え、私のもう一つの人生が形成されていったに違いない。

いつの頃からか夢想の中に、女性が、そうして性が入ってきたと思われる。しだいにストーリーがはっきりしてきて、それなりの必然性をおびるようになってきた。このうちのいくつかは、実は現在の私の中にも残っている。

多元的空間、多元的時間というような発想をベースに、私は熱っぽく空想するのだ。例えばこのブルートレインが、空間と時間を超え、一九五八年の夏の大阪へ向かっているのだ、と信じようと私はしはじめている。そこから私の夢想がさまざまに広がる。私は、二十代の私に帰って、違う人生を生きはじめる。

ともあれ学生時代、私の夢想は、宇宙の星屑のように広がり輝いていた。そうしてそれは、女性や性と結びついていたが、それよりも、もっと強く死と結びついていた。死に対する願望が、夢想の原動力になっていた強烈な記憶がある。

夢想は死を超えていたから、死がそれほど恐ろしいものには感じていなかった。私は首吊り用のロープを押入れにいつも用意していて、すべりをよくするために、時々石鹸を塗ったり、いわば死とたわむれた。

太陽に焼けただれた砂漠に、私の死骸が横たわっている、というようなイメージに憧れたり、淋しい国からもっと淋しい国へ行くのだ、というような感慨にふけったりした。

私の中には夢想の、もう一つの宇宙があった。私の中には夢想の、もう一つの人生があった。現実の方がしぼむと、夢想の方は巨大に膨らんだ。あの頃が多分、そのバランスの一番狂っていた時期ではなかったか。

志摩さんとの出合いは、そういう時期の典型だと私は思っている。会った最初の日から、生と死についての対話が、ごく軽い調子でなされた。

中村から私の下宿に電話のあったのは、六月の初旬だったと思う。六月一日に私は武蔵野から杉並区高井戸へ下宿を替わった。母屋と庭を隔てた離れであり、造作はよくなかったが、家の人に気を使う必要がなく、この点が大変に有難かった。離れは六帖と四帖半があり、便所と自炊用の小さな台所がついていた。

六帖には同じ大学の文芸部の一年先輩の詩人が住んでいて、彼の紹介でその四帖半に私は移ったのだ。文芸部で、彼は詩の方のリーダーであり、小説の方のリーダーの一人は私であったから、この下宿に越してからしだいに人の出入りは多くなった。その年の秋頃から、彼はシュールレアリスムの研究会を持ち、私の方はアンチ・ロマンの研究会を始めた。ただしこちらの方は飲み会になって、実質的には数度しか続かなかったように思う。

中村から電話のあったのは、私の引越しの確認もあったが、彼はせっかちに、何月何日池袋のどこそこで待ち合わせをしよう、と用件を伝えて早々に電話を切った。その中で、女の人を紹介するという意味のこともいったが、ひどくそっけないいい方で、私と会うついでにという感じであった。

一級上の彼にはその秋結婚する女の人がいて、つまり和枝さんは私もよく知っていて、たいていペアと私は会っていたから、私にもペアをというつもりだろうと思っていた。正直いってその時私はあまり期待していなかったし、よけいなことをしなくてもいいのに、という気持が強かった。

国鉄池袋駅の正面口に着いた時には、すでに三人は来ていて、構内の柱の陰で、私は伊東志摩さんに紹介された。紹介されてみて、電話での中村のそっけなさの理由がわかった。志摩さんは大変な美人だったのだ。

美人ということについては、私はその頃も今も、それは個人の好みであって基準等はないと考えている。だいたい女性をそんな形で分類してみても、なんの意味もない。それぞれ個性があってそこに惹かれるのだから、人間の数だけ基準がある。しかも一人の人間はいくつもの表情を持っていて、この面からいっても、美人などというような固定した物差しはない、と考えていたし現に今も考えている。

ところが唯一の例外が、この志摩さんだった。要するに彼女は典型的な美人だったのだ。人形のようなといえばいいと思う。ロシア人と日本人の混血によくある形の美人だった。色が白く、少しバラ色がかっていて、目が大きく、眉毛がはっきりして、鼻筋が通って、口がかわいくて、……残念ながら、美人であるという以外のことは思い出せない。顔にベールがかかったようで、通り一遍のことしか思い浮かんでこないのだ。美人には個性がないらしい。

紹介されて彼女の顔を見た時、私は彼女の不幸を嗅ぎとった。さまざまな不幸があるけれども、彼女の場合は、自分が自分でない不幸というようなものではないだろうか。商品のように、何をしてもいつも外観で判断されるということの苦痛を、味わっているのではないだろうかと感じた。

「すっごくいいぞ」が口ぐせの中村の、その口ぐせの出てこなかった理由がわかるように思った。こういう人を紹介されると困るのだ。どんな風に対応していいのかわからない。こういう人を紹介しておいて陰でにやにやしていられると困るのだ、と私はその時彼らにいいたかった。

四人は西口の方に出て、大衆食堂に入った。こういうところが、中村や和枝さんのいいところだった。二人は冷し中華を注文し、私は冷やっこに生ビールの大を頼んだ。このあたりも、彼らと私のつきあいのいいところだと思っている。志摩さんも、生ビールの大と冷やっこを頼んでいる。メモを取っていたカッポウ着の男性店員は、ちょっと彼女の顔を覗き込み、奥に向かって大きな声を張り上げた。

私たちは思わず笑って、「いける方ですか」と志摩さんに初めて声をかけた。和枝さんが、「とっても強いのよ」と彼女にかわって答えた。

「こら」

志摩さんはそんな声を出し、私はたちまち自分の先入観を変更せざるをえなくなった。

彼女は和枝さんと音楽大学の同級で、私より一つ上だった。和枝さんと同じく、ピアノを専攻していた。私たちはビールを飲みながら、中村らは冷し中華を食べながら、彼女と私について紹介があったが、なかなか進まなかった。

「彼はモーツァルトが好きなの」

「それは自分のことでしょう」

と私はすかさずいい、

「彼女はドビュッシーが好き」

「そうだったかしら」

と志摩さんもいった。

なかなか紹介の進まない二人の、ビールの飲みっぷりを見て、「いいカップルだよ」と中村は評し、和枝さんと苦笑した。

肌が合う、ということがある。また同じ人種だというような意識を感じる時がある。初対面で、美人の志摩さんを見て、苦手だなあ、と思った私は、いくらも言葉を交わさないうちに、今度はぜんぜん違う感じを抱くようになってしまった。

この日はその後、池袋の「らんぶる」という喫茶店に入り、どういうわけか、蛇の話をしきりにした。和枝さんと志摩さんが中心で、横から中村と私がまぜっかえした。

春の日、枝から枝に蛇がぶら下がっていて、どさっと地面に落ちる。あれはなぜかというようなことから、あれは体の中に卵を持っていて、地面に落ちた衝撃で卵を割るのだというようなことを、彼女らは熱心にいった。

本当のような嘘のような話なので、しきりに疑問を提起したが、その都度反駁《はんばく》されて、女性軍の方が優勢だった。しかし、春の林で蛇が腹の中の卵を割るために、枝からどさっと落ちる、というイメージが実にいいので、

「まあ、そのイメージは買うね」

と私がまず妥協した。

「でも自然てそういうものよ」

と脇から志摩さんは、わかったようなわからないようなことを結論めいていった。

「割れなかったら、またにょろにょろと木に登るのか」

中村はまだこだわっている。

「何度も登るでしょう、それが自然ね」

彼の横の和枝さんはそういって、独得の不可解な笑いをした。

中村らとは池袋駅で別れた。志摩さんと山手線に乗り、開く方とは反対側のドアのところに立ち、車窓を過ぎ去るネオンを眺めながら、初対面からひどく親しげに語り合った。

「死後の世界ってあるのかしら」

――世にも不思議なお墓の物語――という赤い大きなネオンが線路に向かって立っていた。

「死んでしまったら、なにもないよ」

私もネオンを見下ろしながら、ぶっきらぼうにいった。

「無？」

「無よりも、むしろ空」

「空？」

「自分がなくなる」

私たちは禅問答をはじめた。

「自分がなくなるというのは、本当は恐ろしいことなんでしょうね」

「そうだけど、ぼくはあまり恐ろしいとは思わない」

しばらくして、電車の振動音の中で、

「あなたも……」

と志摩さんはぽつんといった。あなたも、死を考えているのか、という響きに私は受け取った。

「わたしも死は少しも恐ろしくないの」

耳のあたりのほつれ毛と白い肌のコントラストを眺めながら、死が彼女に身近だ、ということが、ひどく悩ましいものに思えた。

「永遠の魂というものがあって、あの世で、もう一度生きなければならないなんて、考えただけでもぞっとするじゃないか、そんなだったら死ぬ意味がなくなるよ」

電車の中はそれほど込んではいなかったが、車中の話題としてはあまり適当ではない。最初からこれでは先が思いやられる、後もう話すことがなくなってしまうのではないか、と私は心配した。

「あなたにとって、死は休息……」

「とにかく、死は意味づけができない、……死ねば、それまで」

「勝負あった？」

「そうそう、リングアウト」

私たちは楽しいことのように、いそいそと語りあった。

半月ほど経った六月の下旬、電話で連絡を取りあって、今度は新宿の東口で会う。中村たちのペアと、私たちのペアという形になった。

時間が早かったので、先に新宿の「らんぶる」に入る。飲みものの注文と一緒にリクエストをすることにした。

「そっちで選べよ」

と中村がめんどくさそうにいった。

「なににするかな」

私は志摩さんの横顔を見た。彼女は、

「後でいうわ」

とウエイトレスに行ってもらい、私の方を振り向いた。

「短いのがいいかな」

私は煙草に火をつけ、ゆっくりとくゆらせた。

「そうね、長いのは迷惑ね」

「シベリウスの〈悲しきワルツ〉はどう？」

「さあ、あるかしら」

彼女はちょっと頭をかしげた。

「だからもう一つ選んだら」

「ラヴェルの〈ボレロ〉ならあるでしょう」

ウエイトレスは二度往復し、志摩さんの選んだ〈ボレロ〉がリクエストされることになった。

この日は、それをきっかけに音楽と小説の話になった。

「音楽をやる男の人は、へなちょこで頼りないのよ」

と和枝さんが力説した。バイオリンをかかえている、頭を七三に分けた学生の姿が、私にイメージされた。中村も私も、年のわりには老成している面があった。

「北海道では一般的にそういうんですか、へなちょこて」

私はその言葉が気に入って、道産子の和枝さんに聞き返した。いかにも開拓地らしい言葉だ。

「彼女はその言葉が好きでね、誰でもへなちょこへなちょこ」

中村がいいつのるのに、

「あら、あなたのことといったかしら」

と和枝さんは首をすくめた。

この後、北海道の話になり、ついで私たちの出身地の大阪の話になり、志摩さんの育った東京との比較になった。

町中での子供の遊びや興味を持ったもの、小さい時に見た映画、ニュース、暮しむき、食べもの、等は東京も大阪も変わりなく、次から次へ共通の話題が見つかった。時々北海道での和枝さんのコメントが入る。

「カンヅメの配給があったの覚えてる、米軍の放出物資というのか、援助物資、なんにもなくてカンヅメだけ」

と私がいうのに、「カン蹴りがはやったのはその頃からだよ」

と中村が評論を加えた。

「あんずの配給があったでしょ」

「あんず？　あんずねえ」

私は不意をつかれたように志摩さんの方を振り返った。

「とんでもないものを配給するのね」

和枝さんはおかしそうにいった。

電極を利用したパンの作り方、カルメラのふくらませ方、煙草の巻き方、一升瓶に入れた米のつき方など、順番に披露しあった。

リクエストの〈ボレロ〉を聞き終わって、熱い夜の新宿の街に出る。

「ボレロは、宇宙人が地球に持ち込んだリズムだ、という小説があってね」

肩を並べて歩きながら、私は志摩さんに話しかけた。

「地球人を駄目にするために？」

店の明りの中で、志摩さんは白い顔を振り向け、私の腕にちょっと手を触れた。

「そうボレロ一九五八、年」

「今年？……じゃ二人は宇宙人かしら」

志摩さんは私の話に上手に結末をつけてくれた。私のいいたかったことと、ニュアンスは違っていたが、意味は同じだった。二人の、どこか異次元的な出会い……。

「大番」という立食い寿司屋に入る。私は少し下痢をしていて、あまり食欲がなかった。下宿生活でその頃、私は便秘と下痢を繰り返していた。彼女にすすめられて、それでもなんとか三つほど食べた。

「こちら、人形のカップルだね」

店の主人にいわれ、中村と和枝さんがにやにやした。

店の前で、中村たちと別れ、駅の方に引き返した。横断歩道を渡って、

「あの人たち、気をきかせたんじゃないかしら」

と志摩さんがいった。

「じゃ道草をくっていきますか」

私たちは笑いながら、今渡ったばかりの歩道でUターンし、信号の変わるのを待った。首から胸の谷間への白い肌に、彼女は汗を浮かべていた。

今度は喫茶店「スカラ座」に入る。さっきの宇宙人の話で、私が志摩さんとの出会いを意味づけようとしたように、彼女の方でも私に話があるような気配だった。

丸い籐椅子に尻を落ちつけ、レンガ壁の前で、私たちはくつろいで話した。

「うちの犬はねえ、馬鹿なの、誰にでも尻尾を振るの」

「うちの犬はねえ、呼んだら向こうへ走っていくんだ」

どういうきっかけでか、今度は犬の話になっていた。そうして、犬の話と同じような調子で、志摩さんはさらりといった。

「わたしは、子供を産めない身体なの」

この言葉を聞いた時、私は強い印象を受けなかった。彼女のいい方があっさりしていたせいもあるが、そういうことをまだ深く考えていなかったからだろう。

「なにか病気で？」

「ええ、結核で卵巣を取ってしまったの」

「いつ頃のこと」

「高校生の時」

私は少し考えてから、言葉をついだ。

「卵巣を、二つとも？」

「二つとも……それで、このことを一応いっとこうと思って」

私はこの時から志摩さんを好きになったようだ。自分の運命を、こんなにすっきりいえる人がいるだろうか。

彼女の態度の中に、どこかやけっぱちなところがあるのを、死が身近にあるのを、私は理解した。彼女はひどく困難な自分自身と、自分の人生と向きあっているのだ。

「誰かの卵子を着床させることはできないのかな」

「今の医学では、とても無理でしょう」

こういう問題についても、私たちの会話がとぎれるということはなかった。今よりも、私は柔軟で、恐れるものを持っていなかった。

「高校というと、五年ほど前か」

「そうね、もう考えることはなくなったわ」

「中性化しているということはあるの」

「だんだん自分が、水のようになっていくのを、感じるわ」

水のようにという彼女のこの言葉は、私の心に深く沈んでいった。

「ある朝、ベッドが水びたしになっていて、そして志摩さんの姿はなかった」

「怪談ね、……でも卵巣のない女なんて、怪談かもしれないわねえ」

「さっきの〈ボレロ〉の話、あのリズムの中に特殊な音波が入っていて、それを何度も聞いているうちに、生殖機能が低下するというようなストーリーだったんだ」

「それで宇宙人が地球人を滅ぼすの……、結末は」

「その宇宙人が地球の女を愛してしまう、……」

私はそこまでいって少しいい淀んだ。替わって志摩さんが続けた。

「愛する女の子供が欲しくなるのでしょう」

「……ジレンマに陥って、宇宙人はある朝姿を消す。使命を果たさずに地球を去るのだが、彼の住んでいた部屋には、バイオリンが一つだけ残されていた……題して、ボレロ一九五八」

その夜、私は荻窪の彼女の家まで送って行った。

暗い住宅の間を歩きながら、死が再び私たちの話題になった。

「人間は、死ねるということ……これは神さまのあたたかい配慮ね」

「自ら死を選べるということは、人間の最大の自由だと思うけど、それは神を殺す行為だろう……そうか、皮肉か、志摩さんのいう意味は」

「皮肉じゃなく、本当にそう思ってるのよ」

寝静まった彼女の家の玄関先で別れ、そこから二十分ほどの高井戸の下宿まで、星空の道を私は歩いた。彼女とのソクラテス的な対話にもかかわらず、私の心は、熱いもので満たされていた。

三度目が今夜である。二十七年前、一九五八年の暑い今夜だ。私は宇宙人と新宿で会っていた。卵巣のない女との、つかみどころのない出会いを重ねていた。

彼女とはほぼ半月に一度会っていたことになる。一度目と二度目の半月は、私は平静だったが、二度目と三度目の半月は、私にはかなりの自制がいった。

ただ夢想はあまり広がらなかった。現実に身近にあるものについては、そこに実体があるため、それがじゃまをして、空想の飛翔が制限されてしまう。夢想に逃げ込むわけにはいかない。何日か後には、また彼女と会うのだから。

彼女を家まで送って、下宿に帰った二度目の夜、私はまだ起きていた隣の詩人の木田の部屋に入って、志摩さんのことをぽつりぽつりと喋った。ただ、彼女に卵巣がない、というようなことは、この夜聞いたばかりであり、彼にいうわけにはいかなかった。

「だいぶ、まいっている感じだね」

木田は、彼には似合わないいい方をした。どちらかというと、彼は通常の意味の男女関係についてはうとい方だった。そういう相手だから話しやすかった、ということもある。

ずっと後の話になるが、彼は青い顔をして私の部屋に入ってきた。日曜日の朝、恋人の珠《たま》ちゃんの部屋の戸を開けたら、毛布から足が四本出ていて、しかも、そのうちの二本が毛むくじゃらの足だったので、がたがた震えて、顔も見ずに逃げ帰ってきた、とぼそぼそ喋った。

珠ちゃんはすごい読書家の女の子で、いつかも私の部屋で木田を待つ間、自分の読んだ本のリストを作成してみせたが、彼女の記憶も相当のものだけれど、その多彩さに驚いた。大変に自由な精神の持ち主で、話がかみ合わず、木田は最後まで彼女に悩まされていた。こういう経験から、彼は私の気持を察したものだろう。

三度目の約束の日まで、私の中に志摩さんが絶えず息づいていて、かしこい大人の女が、約束を守って、私と会うために、その時間に新宿東口の改札口に現れる、ということを語りかけていた。私は学校にいても、下宿にいても、道を歩いていても、この半月ばかりは、久々に生きていることが楽しかった。

そうしてこの生きていることが楽しくなくなるということが、実はくせものだった。私のまとっていた鎧《よろい》が、いかにもろいものであるかを、見せつける役目を果たした。珠ちゃんにてこずっている木田を笑えなかった。私だって、たやすく生きていることが楽しくなったりするのだから。

惚《ほ》れてはならない、志摩さんに惚れてはならない、と絶えずつぶやいていなければならなかった。条件が私には不利過ぎる。美人で、卵巣がないという悲劇性は、私のような人間を焼きつくすに充分だった。冷静に対処しなければ、自分がどこへ飛んで行ってしまうか、わからなかった。

三度、暑い夜の人ごみの中で、志摩さんと挨拶を交わした。まだまだ他人行儀だ。しかし今夜は二人きりだった。

「戸隠そば」で軽く夕食を済ませて、「スカラ座」に入る。

「ボレロ、もう一度リクエストしましょうか、宇宙人のリズムだという気持で聞いてみたいわ」

志摩さんはちょっと顔を輝かせていった。

「あらためて聞きたいと、ぼくも思ってましたよ」

まずまずのすべり出しだと思った。前回の深刻な話とつながっていないようでつながっている、その頃合いがいいし、そのくせ親しみが増したような感じもある。

聞き終わった後、「情熱的な音楽と思ってたけど、ゆううつな音楽ね」

と志摩さんはぽつりといった。

「ゆううつというより、怠惰……夏の午後という感じかな」

私も今度聞いて意外な感じを味わった。

「人生は倦怠《けんたい》ね、そんな気分にさせる」

志摩さんは更に言葉を重ねた。

「そして、人生は徒労ということか」

しばらく顔を見つめあい、こんな話題はもうおしまい、と二人で笑いあった。それでなんだかふっきれた気持になった。

大きな観葉植物の葉陰の、大きな蓮の葉のような籐椅子にすっぽりと尻を入れて、互いの学校の話などをした。彼女は家で、子供たちにピアノを教えているということで、なんだかその情景が目に浮かぶようだ、と私はいった。

それから、九月に学生結婚をするという、中村たちの話になった。

「あの二人は、二人とも大人だから、うまくやっていくんじゃないかな」

「喧嘩はしないのかしら」

「腹を立てて口をきかない、というようなことあるだろうね」

「あなたはどう？」

急に矛先を向けられて、私は言葉につまった。

「腹を立てたら口をきかない、というのは、……そうか、自分のことか」

私はちょっと苦笑した。

「志摩さんはどうなんです」

「そうね、派手に喧嘩する方ね」

「チャワンを投げたり」

私は投げる恰好をした。

「庖丁を投げたり……」

彼女も投げる恰好をする。

「庖丁はあぶない」

「手当たりしだいよ」

二人はその時、かなり大きな声で笑ったので、あっちこっちから見られてしまった。しばらく中村たちの噂をして後、志摩さんは今度もあっさりと打ち明けた。

「わたし今、裁判中なの」

「裁判？　法廷で争う、あれ……」

「そう」

私は少し頭をかしげた。

「学生の君が」

「ちょっと説明しないと、わかってもらえないわねえ」

今度はやけにどろどろした話になってきたな、と思った。やっぱり卵巣うんぬんと関係があるのかな……。

「手術の後、どう生きていいかわからなかった。それでお定りのコースだけど、教会へ行ったわ」

「カトリック？」

「じゃなく、プロテスタント、それはどちらでもよかったんだけど、……つまり、そこの牧師に勝手に婚姻届けを出されてしまったのよ、それで裁判しているの」

「君の同意なしで」

「そう、あんなのハンコさえ作れば、誰でも出せるのね」

「若い牧師？」

「そんなに若くはないけど、とにかく独身なの」

「その人と、それらしい結婚の話はあった上でのこと」

「一方的にね、……道の真ん中で、脅迫されたわ」

「死ぬとか、殺すとか」

「まあそんなようなことね」

「君のことを知っているわけか、身体のこと」

「そう、そのために教会へ行ったんだから」

「同情か、殉教か、なんかそんなたぐいの自分勝手な考えが、狂った愛に発展したんだなあ」

私は志摩さんの顔をつくづく眺めた。美人だというのは、やっかいなことかもしれない。ことに彼女の場合は、と思わざるをえなかった。彼女は、少し上気した顔で、自分の手を見つめている。

「生きているのが、わずらわしいわ」

ぽつりといった彼女の言葉が、私の心をしめつけたが、彼女の言葉には直接答えず、

「裁判は長くかかりそう？」

と聞いた。

「今年いっぱいはかかるでしょうね」

彼女は顔を上げ、「わたしの話ばっかりで、ごめんなさい」

といって、ちょっと笑った。

「しかし、なぐさめようがないね。残念ながら」

私はまじめに答えた。

「あなたの場合はどうなの」

「ぼくの場合は、そんなはっきりした原因があるわけじゃない、気違いの祖母が狭い家に一緒にいるとか、なまけものの父が働かずに家でごろごろしていて、そういう血がぼくの中にも流れているとか、自分のこれからの人生に対する悲観みたいなものだね」

「そういうのも、こたえるでしょ」

「死だけが、真実というか、確実というか、そこから眺めた時に、いろんなものがはっきり見えるような気がするよ」

……こうして今夜、ぎりぎりまで志摩さんと新宿で話していて、彼女は中央線の荻窪へ、私は大阪へ帰るために東京駅へ、地下通路の人ごみの中で別れた。

夏休みの間、私は彼女に便りをしなかった。住所を聞いていなかったし、教えてもいなかった。ただその気になれば、中村に問い合わせることもできたのだが、私は手紙を書かないことに決心していた。書けば、とんでもないことを書いてしまいそうだったからである。

私はあの牧師のように、一方的にのぼせあがりたくはなかった。彼女の方でも、今の状態の中で、愛だの恋だのというのは、うんざりだろうと思った。そうかといって、あたりさわりのない手紙など書けなかった。

法事の後の親族会議の結果、祖母は精神病院に入れられ、家の中はそのことでもうごたごたを起こすことはなくなった。父の方は、一年ほど前から貸屋を建てはじめ、その夏ようやく完成して、早くも隠居気分だった。借金は残ったが、安定した収入が得られ、母は持ち前の明るさを取り戻していた。

しだいに汚れはじめた堺の海へ、しかしまだ泳げる大浜や浜寺へ、妹とよく泳ぎに行った。入道雲の湧いていているきらめく海は、新宿の夜を遠いものにした。

すでに勤めている上の妹の会社の六甲の山の家へ、高校の文芸部の時の仲間と、妹たちとで登った。蟬しぐれの山の中で、冷たい水がおいしかった。冷たい水でひやした西瓜《すいか》がおいしかった。阪神の御影で仕入れた食料品で、分担して夕食を作ったり、風呂を沸かしたりした。静かな山の夜気につつまれた宿舎の中で、遠いことのように志摩さんのことが思い出された。

高校の文芸部の仲間と「舟唄」という同人誌を、大阪で創刊した。一九五八年の夏は、私にとって一つの転機だった。夢想から現実へ、下宿を替わったのも、その一つの試みといえた。現にその秋から、大学の文芸部の連中が下宿へ押しかけはじめ、東京でも私は冬眠から覚めたように、活動を開始した。後年学生運動の巣窟になる大学や文芸部は、一部の政治に熱心な学生を除いて、この頃はまだ、大部分は文学に熱中していた。

夏休みの間大阪に居て、志摩さんのことは、それほど度々は思い出さなかった。恋しさや懐しさよりも、ある痛みとして、時々風のように心の中を、彼女が通り過ぎていった。ただそんな時、志摩さんがまるっぽ私の心を占め、私の人生そのものをわしづかみにする瞬間があった。彼女が生々しく甦り、私は息苦しかった。

ある時、母に、

「子供の産めない女と結婚するかもわからんよ」

といったことがある。母はまたかというような顔をした。それまで私は、外国の女と結婚するというようなことをいっていた。だから母は、今度も本気では取りあわなかった。

子供の産めない女との結婚を、私はどれほど真剣に考えていたかというと、これはかなり疑問であった。将来起こりうるであろうさまざまな事態に対しての予測が、私にはかいもくつかなかったし、またそれを抜きにして、なまじっかなことをいうのは、彼女を苦しめるだけであることがわかっていた。だからこの問題について考えることを、あらかじめ放棄していたきらいがある。

彼女の背負っている十字架みたいなものに対し、そこから逃れようもなく生きていかなければならない、その苦悩に対して、私は彼女が限りなくいとおしかったが、これではあの牧師と全然変わるところがなかった。憐憫や同情からの愛に対して、彼女が敏感でないはずがなかった。

新宿の夜、志摩さんが私に身近だったのは、共通認識として「死」があったからだろう……

死を通して、人生や世界を見ているという、ベースがあったからだと思う。しかしこの夏休み故郷にいて、数年私にとりついていた死が、そのいくつかの原因が解消されはじめ、しだいに色があせていった。

幼い頃、堺の海辺で私を育てた祖母は、なんの抵抗もなく精神病院に連れ去られ、生きているうちには二度と会うことはなかった。祖父の死後、四年近くも何の仕事もせず、売り食いで家でごろごろしていた父は、今や家主におさまって早くも好々爺の様相で、彼を越えることを容易にした。

「舟唄」創刊号に〈存在〉という作品を書き、下宿を替わる前後のことをまとめた。中央線に若い女が飛び込み自殺をしたのを目撃し、これが強いモチーフになって、死ぬ直前の人間の存在の密度みたいなものに憧れ、そのことをえんえんと書いた。しかし、これが一つの総括になって、生き方を変えるために下宿を替わったのだから、この作品も脱却の助けにはなっていたと思う。

くまなく太陽の照りつける大阪の街での一夏、私はいささかの変身をとげたのであった。

……このブルートレインが一九五八年の大阪の街に向かっているとして、私にもう一つの人生の可能性があったとしたら、私はどうやり直しただろうか。

あの後、死ねないから生きなければならない、と手紙にも日記にも書き、そしてあれから三十年近く生きてきて、私は少しでもかしこくなっているだろうか。死ねない内容は違うが、現在も死ねないから生きているようなものではないだろうか。

彼女の背負っている十字架を、共に背負うことが愛だと、多分そう考えたに違いないあの牧師と、違う道を発見できるだろうか。

女は、頭でなく身体で愛するものだ、と何度もほぞをかんだ、あの苦い思いを、私は生かすことができるだろうか。……いくつもの疑問符が、寝台車の狭い暗い空間に、揺られながら漂っている。

二学期、東京へ戻った九月の末、電話で待ち合わせて場所と時間を決め、結婚式も挙げずにひっそりと一緒になった中村たちの新居に、志摩さんと連れ立ってお祝いにうかがうことになった。

休日、西武線の池袋駅で、私が浴衣姿で待っていると、志摩さんも浴衣姿で階段を上がってきた。

「文士みたいね」

「志摩さんは少女みたいだ」

互いに一言ずつ批評しあい、二人は切符を買った。午後の駅の構内は人がまばらで、浴衣姿にそれほど違和感はなかったが、ちょっとした気恥ずかしさはあった。

がらがらの電車に腰かけ、

「夏休みはどうでしたか」

というような話を交わした。私は真っ黒に陽焼けしていたが、彼女の方は夏前と同じ白い肌をしていて、その話題はあまり進展がなかった。

電車が発車し、開け放った窓から風が吹き込み、彼女の髪の毛をなびかせた。そこから彼女の匂いがほのかに流れてくる。水のような……という感じがしないこともなかった。

彼女に卵巣がないことを知っているせいかどうか、浴衣姿の彼女に、私はセックスを感じなかった。なにかわからない粘液質のものは感じるが、それはさらさらしていた。

改札口を出て、それぞれの祝いの品をぶら下げ、地図を頼りに住宅の間の道をぶらぶらと歩いた。歩きながら映画の話などをした。

「〈ヘッドライト〉のフランソワーズ・アルヌールが印象に残っているね、猫みたいで」

「〈地上より永遠に〉のモンゴメリー・クリフトがわたしは印象に残っている、狼みたいで」

志摩さんはそっくり私の口まねをして、思わず笑いがはじけた。門口に水の打たれた夏の終わりの昼下り、私たちの会話は浅い流れのようだった。

中村夫妻が間借りしている玄関に立ち、出て来た中村に案内されて、庭の方から彼らの部屋に上がった。

部屋に入ると、「おめでとうございます」と志摩さんは畳に両手をついて、きっちり挨拶した。

和枝さんも手をついたが、

「あらあら」

といったきりだ。中村は頭をかき、私はあぐらをかいたままにやにやした。

その後、私たちの結婚祝いが開かれた。志摩さんの包みは、ウィーン風の灰皿、だった。私の方は、熊のぬいぐるみ、だ。

「作曲でもするかな」

眼鏡を光らせ、中村はまんざらでもない顔をした。

「そういえば、ベートーベンに似ていなくもないね、中村は」

というと、和枝さんがにこにこした。

「わたしはピアノの上に飾っときます」

といいながら、ぬいぐるみに頰をすりよせた。

「あなたたちも、ぼちぼち考えたらどう」

和枝さんはついでのようにいったが、私たちは一瞬、彼女のいっている意味がわからず、きょとんとした。それから二人で思わず顔を見合わせ、あわてて視線をそらせた。

「若いときの方がいいよ、苦労するのは」

中村はいって、和枝さんとうなずき合った。これは二人の共同作戦らしい。

「まだそこまでは考えていないよ」

私は志摩さんの方を見ず、ぶっきらぼうに答えた。彼女は終始無言だった。そのせいか、中村たちはそれ以上は追求しなかった。

「夕食たべていくでしょう」

「それが駄目なの、六時からレッスンがあるの」

志摩さんは今度は声を出した。

「彼女の料理、ちょっとしたものなんだけどな」

中村は残念そうだった。

「すみません、かせがなければならないものですから」

志摩さんはぺこりと頭を下げた。

「そうね、前からそういってたわね」

「君はたべていくだろう」

わたしの方を見て、中村はうなずいた。

「新婚の家計を圧迫していいのかな」

「二人も三人も変わるもんか」

「そういうもんかな……志摩さんも六時までなら、まだだいぶ時間はありますね」

「いただきもののウイスキー、あけましょうか」

和枝さんはいいながら、返事を待たずに立って行った。

彼女は台所でことことやってたかと思うと、キュウリとかまぼこ、冷やっこ、チーズとクラッカーなどをととのえ、テーブルに並べた。ウイスキーをちびりちびりやりながら、

「和枝さんは、望月優子のような、頼りがいのあるかあちゃんになるんじゃないかな」

と私は遠慮のないことをいった。

「そういえば、雰囲気があるなあ」

志摩さんも級友の方を見ながら笑った。

「中村さんの方は、子供とキャッチボールする感じね」

「そうそう、風呂屋で子供を洗ってやったり」

今度は私たちの方で攻勢に出た。

話しながら私は、志摩さんとはこういう形でいいのだと、しきりに心の中でつぶやいていた。ただそうつぶやきながら彼女の方は多分、こういう形を望んでいないのではないか、と思わざるをえなかった。

この日は結局、私も志摩さんと一緒に帰ることになった。帰りの車中、少し酔いは廻っていたが、ソクラテス的な対話には発展しなかった。とりとめのない話になり、十月の半ば、ゴッホ展を見に行こうということぐらいのことに終わった。

美人の、問題をかかえた志摩さんが、私に会うというのは、むしろ会ってくれるというのは、彼女のその問題に答えうるものを、私がもっていたからだろう。しかし今、私は死よりも生の方に顔が向いている。別々に一夏を過ごしたことによるずれを、どう調整すべきか、私にはわからなかった。

結果的にいえば、この調整はついにできなかった。志摩さんは最初から、私に多くのことを語り過ぎた。彼女の期待した男では、私はなかったようだ。

二時に御徒町《おかちまち》の駅で待ち合わせをした。私たちはいつも駅の構内で待ち合わせをしている。私の方がいつも先に来ていたが、彼女の方も時間は正確だった。

人々が行き過ぎた後、志摩さんは階段をゆっくりと下りて来て、改札口にいる私を見て、笑いながらちょっと手を上げた。

「この駅、出口が二つあるのね」

「へえ、ぼくも知らなかった」

そんなことをいいながら、二人できょろきょろあたりを見廻し、なんとなく顔を見合わせた。

それから、肩を並べて高架下の駅を出て、信号を渡り、上野公園に続く広い道を歩いた。

「中村さんたち、ずいぶん楽しそうだったわね」

「中村は、暗い性格だったんだけど、和枝さんのお蔭だ」

「和枝さんはしっかりしてるもんね、確か二つ上でしょ」

「北海道から家出してきて、今まで完全に自活で、やってきたんだからな」

「家出？」

「勝手に決めたらいいかんか」

志摩さんは私の顔を見て笑った。

「でも家出同然ね」

曇り空の下に、白い道が一直線に登っていた。西郷の銅像の話から、小さいときに来た上野動物園の話を、志摩さんがした。やがて、ペルシャ風の建物の博物館が見えてきた。

「モルモン教ねえ……」

私は異国風の建物を見て思い出した。

「末日聖徒という、キリスト教の新興宗教」

と私がいうと、

「よく道なんかに立っていて、ちょっといいですか、神さまの話しませんか……という、あれでしょ」

志摩さんが応じた。

「そうそう、あれあれ、……先日ぼくもひまだったから、神さまの話をしましょう、といってやった」

「ものずきね」

「まあね……そしたら本部へ連れていかれて、大学のある渋谷に、あんな感じの建物の、もっといかつい感じだけど……本部があるんだ。そこへ連れ込まれて」

「神さまの話、してきたの」

「してきたよ、でもすれちがいだったな」

「あたりまえでしょ、だけど、ちゃんと帰してくれた？」

「実はそれを心配してたんだけど、どうということはなかった」

「ごくろうさま」

志摩さんはちょっと皮肉っぽくいった。

ゴッホ展の案内のある博物館の前の広場の切符売場に、短い列ができていて、話しながらその後に並んだ。彼女は自分の身分証明書を定期入れごと私に渡した。渡しながら、折りたたみになっている定期を開き、反対側に入っている自分の写真を、笑って見せた。ボートに乗っている写真の志摩さんも笑っていた。

「志賀高原かどこか？」

「ちがうちがう、豊島園よ」

「ああ遊園地か」

「馬鹿にしたな」

彼女はにらんだ。黒い大きな目だった。

先に門の方で待っている志摩さんに、定期入れと切符を渡し、釣銭と自分の身分証明書をポケットに入れた。彼女は切符を二つにちぎり、一枚を私に渡す。そうして建物の玄関に向かった。

私は目があまりよくないから、絵の下の小さい文字が読めない。

「乱視なんだ」

「本の読みすぎ？　でも不便でしょ」

「それほど悪くはない。かえって世の中の醜さが見えなくて助かるぐらいだ」

「強がりいって、こんな時困るでしょ」

それから、彼女が一つ一つ画題を読んでくれた。館内はそれほどこんでなくて、声をひそめる必要はなかった。

「くんせいにしん」

「にしんのくんせい……ぼくは、あれが嫌いだ、ことにあの青いところがね」

「わたしもあれをたべると、ジンマシンが出るの」

といって、二人はその絵を顔をそろえて覗き込んだ。近くに互いの顔があることに圧迫を感じながら、素知らぬふりをして眺めた。

「種まく人」

これは少し離れて見た。

「しかし、またよく絵具を使ったな」

「まったくね、弟泣かせね」

二人は批評にならないようなことをいい合いながら、見ていった。

途中の休憩所で、ソファーに並んで腰かけながら、私は煙草を一服吸った。その後、私の持ってきた世界美術全集を繰った。

「あの字が読めないから、こういうものを見るんだ」

といいながら「種まく人」などの手法であるスーラの点描法、光線分析、色調分割の話を少しした。それにゾラの実験小説、ハックスレーの対位法……それらは、アンチロマン以前に、私が影響を受けた実験手法だ。彼女は印象派の音楽家ドビュッシーやラヴェルの話をした。

しばらくして志摩さんは立っていき、売店を覗いた。私の肩をたたいて、

「牛乳いらない」

という。彼女は牛乳二本とミルクキャラメルを買ってきた。

「ぼくは牛乳で育った」

一口飲んで牛乳ビンを眺めながら、私はいった。

「牛乳を飲めない人がいるのね」

「そのせいかどうか、ぼくもはじめのうち飲めなかったよ」

牛乳を飲み終えて、二人は子供のようにくちゃくちゃとキャラメルを食べた。

「ぼつぼつ次へ行きましょうか」

と志摩さんは立った。

「もう見るのがめんどくさくなった」

私はまだソファーに身を沈めたままだ。

「だから、動くのがめんどくさくならないうちに、行きましょう」

といって、私の手をとった。ちょっとした笑いが二人の間に広がる。

「あれがいいね」

私は志摩さんの肩を押し、農婦の顔の絵の前に立たせた。

「実にすごい顔をしているね」

「鋭い目……土に生きる百姓の女って、こんな目をしているのかしら」

「これは初期の作品だろう」

「一八八五年と書いてあるわ」

「オランダ時代だろうね」

しばらくして、彼女は後ろ向きに歩き出した。

「どうしたの」

「首がくたびれちゃったから、こうして見るの」

「おやおや」

といって私は笑った。

「まあ、見方を変えるのもいいか」

といいながら、私も後ろ向きに歩く。今度は彼女が笑った。

「糸杉は星空なのね」

「ぼくも知らなかった、星はコンペイトーじゃなくて、まるで太陽みたいだからね」

「太陽が二つもある？」

「一つは月じゃないのか」

「ああこれね」

彼女は上の方のを指差して納得した。

「しゅうけい」

「しゅうけい？　それなんのこと」

志摩さんは私の腕を引っ張って、絵の近くに立たせた。

「ねえ、秋景、でしょう」

「なるほど、そういういい方があるのか」

三時間近くかかって、ようやく出口の所まで来た。そこには複製の絵や絵葉書を、いっぱい並べて売っていた。

「芸術はあそこまで、ここから先は商売」

「ぬけ目がないわねえ」

二人は笑いながら、博物館の庭に出た。

噴水の周りのベンチに腰かけて、しばらく休息した。私は煙草に火をつける。

雨模様の空に、大きな樹の枝が垂れ下がっていた。その向こうに、緑青を吹いた博物館のペルシャ風の屋根が見えている。ここでもキャラメルを食べた。

「六時までに帰ればいいの」

「じゃ上野公園の裏の方を散歩しましょうか」

「えぇ、鶯谷の方へ抜けましょう」

二人は立ち上がって、右手の方へ廻った。

寛永寺へ続く、灯籠の並んだ静かな道を辿る。スクーターが駈け抜けて行った。

「パリはこんなに騒がしくはなかった」

「ほんと」

ちょっとした笑いの後、

「あんな絵を見ると、もし別な時代にどこかに生まれていたらって考えるわね」

と彼女はしみじみいった。

「そういう気持から生み出されたんだろうな、……多元的宇宙という考え方は」

「多元的宇宙？」

志摩さんは少し興味のそそられたような表情をした。

「ぼくもよく知らないんだけど、宇宙はこれ一つじゃなく、Aダッシュ、Aツーダッシュ、と時間的にも空間的にも多元的に存在している、ということらしい」

「ということは、どういうことになるの」

「別の宇宙でも、ちょっと違う志摩さんとぼくが、ちょっと違う時間と場所で、こうして会っているということかな」

「わあ、面白いわね」

彼女はそういって、一瞬考えごとをしているように黙りこんだ。別の宇宙の彼女は、赤ん坊を産む機能を、喪失していないに相違ない。そして私は……、武蔵野の木立で首を吊っているかもしれない。

「鶯谷の方はこっち？」

曲り角に来て、志摩さんは子供のような仕草で指差して聞いた。

「多分そっちじゃないか」

と答えておいて、

「ぼくは犬のように方向が分かるんだ、頭の中に羅針盤があるらしくて、……ほら、音がしているよ」

と彼女に頭を近づけた。

「チックタック、チックタック」

「それじゃ時計だ」

二人は大笑いをした。こういうアベックも珍しいに違いない。散歩中の老紳士が、驚いて私たちの方を見ていた。

「猫のひげはなぜあるか知ってる、……三つのうちで答えるのよ」

今度は彼女がなぞなぞを出した。

「そんなのかんたんだ、威厳をつけるためだろう」

「さっそく違いました、あと二つ」

志摩さんはおおげさに指を折った。

「じゃ、あれで鼠を押さえる？」

私は次は自信なげに答えた。

「これも違いました。犬の勘の話から思いついたのよ」

「あっ分かった、虫の触角と同じように、あれがなかったら勘が働かないんだ」

「あたりました……ひげを切ると、細い塀の上なんか歩けないそうよ」

この後、猫の話になった。志摩さんとは、蛇の話にはじまって、動物の話が多かった。

鶯谷の駅に着き、プラットホームで、

「キャラメルがあるよ」

と私はポケットから取り出した。

「あげる」

「少しもってかない」

「一つちょうだい、今ねぶるの」

彼女はそういって手を出した。志摩さんはミルクの匂いがしないこともなかった。今にも降りそうな雨空の下に、カーブを曲って、不意に山手線の電車が入ってきた。

ゴッホ展にいってから半月ほど経った十一月の初めの夕方、中央線の吉祥寺の駅前の喫茶店グリーンで、私は待っていた。背後に井の頭公園があり、待ち合わせによく使う場所だ。井の頭線は高架になっていて、吉祥寺が終点だが、こぢんまりとした駅で、まるで遊園地の電車の駅のようだ。喫茶店は高架に沿って建っていたから、駅へ出入りする電車の音が響いた。耳をすますと、アナウンスまで聞こえる。

階段を上がった二階のすぐのコーナー、熱帯魚の水槽と木製の壁にはさまれたテーブルに、私は座っていた。私の前の席は空白であった。三十分ほど過ぎた頃、便所へ立ったついでに、一階を覗いてみたが、やはり来ていなかった。

それから更に三十分、今、ベートーベンのピアノ・コンチェルト「皇帝」が流れている。終楽章だ。これが終われば立とうと思う。志摩さんはもう来ないだろう。

ここへ音楽を聞きにきたとでも思うよりしかたがないか、と心の中につぶやき、伝票をつかんで私は立ち上がった。彼女はどこか投げやりなところがあるからな、……多分、こういうこともあるだろう。私は金を払いながら、まだそんなことをつぶやき続けていた。

駅前の公衆電話から、私は志摩さんの家に電話をした。いつものようにお母さんが出て、しばらくして彼女が出てきた。

「忘れてたの」

私はしいて柔かい声で問いつめた。

「風邪で寝てるの」

彼女はかすれた声を出して、ちょっと咳込んだ。

「だいぶ悪いの」

「昨日から、でも今日はだいじょうぶと思ったんだけど」

「連絡してくれればいいのに」

「ごめんなさい」

あやまられたら、私にはもういう言葉がなくなってしまった。それから二言三言話して、「お大事に」といって電話を切るしかなかった。

庭に面した和室に、(どういうわけか和室だった)布団を敷いて寝ている志摩さんの姿が、私にイメージされた。縁側の向こうの狭い庭の木々が紅葉しはじめていた。塀の向こう側の道から、子供たちの遊ぶ声が聞こえてくる。

志摩さんは横になって庭を眺めながら、子供たちの声を聞いて、一人とり残されている。生きることの無意味さを思っている。中性化し、水のようになっていく自分の身体のことを感じている。

やり場のないどうどうめぐりの思いの中で、吉祥寺の喫茶店で待っている男のことなど、はるかに遠いこと、どうでもいいことなのに違いない。彼女の身近には、枕元には、圧倒的なものが、多分〈死〉が座っていただろう。

十一月の中頃、新宿東口で、再度志摩さんと待ち合わせをした。半月に一度ということを、私は忠実に守っていた。しかしこの時も、彼女は出てこなかった。

人ごみで泡立つ改札口に、志摩さんの現れる幻想を見ながらの一時間は、私には相当こたえた。そのやりきれない時間の中で、私の決心はしだいに動かしがたいものになっていった。

彼女とは無理だった。あの牧師のようになるか、別れるかしかなかった。私が東京へ出て来た原因が取り除かれ、ここ数年強烈な現実逃避の夢想の中に巣くっていた死が、しだいに色あせはじめている今、彼女と共通の世界に身を置くことができなくなっている。彼女が現在住んでいるのは、Aダッシュの世界だ。互いに無理があるように思える。彼女の方で続けようとする気がない限り、早く別れた方が互いに傷つかずにすむ。私はぼろぼろにならないですむ。

黄昏の新宿駅頭での一時間は、私の考えを決心に移す一時間でもあった。ネオンの輝きはじめた繁華街を、志摩さんと一緒に歩いた新宿の夜を後にして、私は下宿に帰るために切符を買って改札口を入った。

土曜日、アンチ・ロマンの研究会を、私の部屋で開いて、徹夜で酒を飲んだ翌日の日曜日、まだ数人の男がごろ寝している間で、私は身づくろいをして洗面所に立った。

夜中、腹が減って庭の柿をむしり、それを食べすぎて、例によって私はてきめんに下痢をしていた。顔を洗った後、長い間、私は便所にかがんでいなければならなかった。

すべてが下から出てしまった後、急速に腹痛が遠のき、なんだかスポイルされてしまったような感覚の中で、今日こそ志摩さんに電話すべきだと、私は思った。新宿で待ちぼうけをくってから、十日近く経っていた。

私は黙って下宿を出た。十時になっていた。駅とは反対側のパン屋から電話をかけた。志摩さんは家に居た。

「あの日、めったに来ない静岡のおじさんが来て……」

それは事実かもしれないが、私はもうそんな言葉は聞きたくないと思った。

「いいわけは、志摩さんらしくないよ」

私は彼女の言葉を最後まで聞かずに、強い調子でいった。彼女は黙ってしまった。

「君とは短い間のことで、今更らしくこんなことをいうのも変だけど、やっぱりきっちりとお別れをいった方がよさそうだね、……どうにもならないみたいだよ」

この時道路を曲って、選挙カーがやってきて、うるさく連呼しはじめた。受話器の中でいっている彼女の声が、ぜんぜん聞きとれない。連呼のあいまをぬって、私はあわただしくいった。

「ちょっと待って、うるさくて聞こえないんだ」三分以上もがんがんやって、ようやく選挙カーは遠ざかっていった。

「やっと向こうへ行ったよ、志摩さんのいってることはかいもくわからなかった、……ぼくのいったことはわかった?」

「あなたのいったことは聞き取れたけど、意味がよくわからないの、……どうにもならないって?」

「だから、どうにもならないんだ、こんなことを続けていても。中村たちは、ぼくたちのことを、なんていったらいいか、普通の男女のように考えているらしいけど……、和枝さんは君の身体のこと知ってるの?」

「ええ」

「そうか、そうすると中村も知っているわけだ」

「そうでしょうね」

「彼ららしいな、ぼくなら、そういう問題についても対処できると思っているんだろうな」

「音楽をやる男の人はへなちょこだって、和枝さんはいってるもんね」

志摩さんはちょっと人ごとのようないい方をした。

「君自身はどう思っているんだ」

「どういうこと?」

「だから……」

同じ言葉を私が繰り返しはじめた時、さっき出て来た道から、再び選挙カーが現れ、「清き一票を、何の何某に」

とがなり立てはじめた。

「ちょっとタイム」

私はあわててそれだけいって言葉を切った。パン屋の前を徐行しながら、名前だけを連呼している騒音の中で、考えをまとめようとしたが、とても無理だった。

ようやく静かになって、

「今日は日が悪かったね、とてもさよならをいう雰囲気じゃないね」

と苦笑するしかなかった。

しばらくすると、「ほらさっきの何の何兵衛さん、今うちの前を通ってるわ……ねえ、聞こえるでしょ、よろしくって、あなたによろしくって」

と志摩さんは楽しそうに笑い、本当になんのために電話をしているかわからなくなってきた。長い電話になったが、ひっきりなしに選挙カーにじゃまをされて、話の内容は支離滅裂になってしまった。終わった後、私はがっくりして、喫茶店に座り込んだ。その時になって、これでもう志摩さんに会えないんだと思うと、今すぐにでももう一度顔を見たい、声を聞きたいという思いが、恋しさがひしひしと迫って、叫び出したいような衝動にかられた。

数日して、最初の時と同じように、下宿へ中村から電話がかかってきた。母屋の茶の間で電話を取りながら、私は一方的に聞くしかなかった。

日曜日、あの午後、志摩さんは中村たちの家へ行ったらしい。私のことを相談するためと、それから報告だった。

「どういうことなんだ」

「だからそういうことだよ」

中村はくどくどいったが、母屋の人がいる手前、あまりこみいった話はできなかった。

「どうにもならないよ」

私は志摩さんにいったのと同じ言葉を繰り返すしかなかった。中村は「わかった」とちょっと腹を立てたような口調でいって、電話を切った。

こんな残酷なことがあるだろうか……。部屋に帰って机の前に座り、私は子供のようにぽろぽろと涙をこぼした。……女を頭でなく、どうして身体で愛することができないんだ。

それから更に数日して、私は志摩さんに、初めての、そして最後の手紙を書いた。短い手紙だった。

一方的に別れをいったことを詫び、あの牧師さんの話は、最後までぼくを悩ませた、と正直に書いた。あんな風にはなりたくなかったことを述べ、最後に……私は死なない、ということは生きていくだろう、生きていかねばならない、だから君も生きて欲しい、そしていつか志摩さんのことを小説にしたい、と続けた。

……ひょっとしたら、その小説を君が読むかもしれない。そういう夢想をいだきながら、この手紙をおしまいにします。……大学三年生、一九五八年の夏を転機に、あのものういボレロのリズムと共に、私は生きることをはじめた。

寝台車は今、構内の複雑な線路を渡って、さかんに横揺れしながら、駅に入っていった。米原らしい。

とうとう一睡もせずに、夜の東海道を運ばれて来た。米原五時四九分、ここは琵琶湖畔、すでに関西だ。一九五八年の新宿の夜から、一九八五年の夏の大阪の夜明けに向かって、寝台車はゆるりと、北陸線との分岐点の駅を離れた。

再び交錯した線路を渡って、ゆるぎながら押し進み、やがてスピードを上げていった。カーテンの隙間から光の漏れはじめた、狭いベッドの中で、私は不意に、どうしようもない眠気におそわれた。

しなやかな闇

風の止った初夏の夕方、洗面器にタオルと石鹸を入れて、私は家を出た。「ゆ」と染めぬかれたノレンを割って入るのは数年ぶりだ。

番台の英《えい》ちゃんは、見事な白髪になっていた。七年前、長男を自動車事故で亡くして以来、頭がめっきり白くなっていたが、かつてそれは若白髪という感じであって、痛々しかった。しかし今はすっかり板についてしまっている。英ちゃんはなかなかの男前なのである。

「久しぶりやな」

番台の前の小さなテレビから目を離した英ちゃんの顔は、それとわかる老人顔であった。テレビは阪神対広島のナイターをやっていて、0対4で阪神が負けていた。わっと喚声が上がって、二人は思わず画面に目をやった。真弓が一塁に立っている。英ちゃんの横顔は、頬の肉がたるんで、しかも老人性の染みが浮いている。彼の立派な鼻さえ心持ちふやけて、威勢がないみたいである。

私はこの時、じわりと心にしみ込むものを感じた。英ちゃんと番台で顔を合わせるのは数年ぶりであるが、この感覚は数年前にはなかったものだ。鏡の前の脱衣棚でズボンを脱ぎながら、鏡の中の自分の顔を覗いた。そのつもりで眺めれば、目のまわりのたるみなど、老人性の影は着実にしのびよっている。

「いややな……」

そそくさと下着を脱ぐと、タオルで前をかくしてガラス戸を開け、浴場へ向かった。少し早かったせいか人は少なく、浴槽の湯はぶくぶく泡立っていて清潔そうだったが、あいかわらず熱かった。ここへ来た時いつもそうするように、浅い方の湯舟に横になって、縁にタオルを置いて頭を載せた。

今年は厄年である。しかし厄年ということがぴんとこない。いつの間にかうかうかと年を取ってしまった、という感じである。

もともと年齢を気にする方ではなかった。いつまでも若いつもりだった。時間と老化ということが結びつかない。おととしも去年も今年も、季節が移り変わるだけで、それはいつも同じであった。その間に年を重ねていくということを、あまり考えたことはなかった。《赤信号、みんなで渡れば、怖くない》といったところがあった。見なれたまわりの人間が、自分と共に少しずつ変わっていく。その変化に気づくこともあれば、気がつかないこともある。がそれは安心感を伴った日常の一部であって、いわば季節の移り変わりに似ていた。

しかし四十二歳になった今年、時々その年齢をかみしめるようになった。考えてみれば、大変な年である。自分ばかりがうかうか年を取ってしまったようでおちつかない。にわかにあせりのようなものを感じるのである。

英ちゃんは私より八つほど年上のはずだ。ということは、今の私の年ぐらいに息子を亡くしたことになる。

その年大学入試に合格した英ちゃんの長男は、入学式までの春休み、母方の里である三重県へ遊びに行っていた。実家の単車を乗り廻していて、ダンプカーと正面衝突した。真昼間、カーブした崖道での出合い頭の事故である。英ちゃんの頭に白いものがいっきに増え、この年、代々続いた材木屋の店を閉めてしまった。

私の場合でも、今そういう事件があったら、いっきにふけこんでしまうだろう。広島支店次長というのは、それほど大変な職務ではないが、気力を失くして、年齢的に二度と立ち上がれないかもしれない。会社の人間でそういうのを何人か見ている。会社を去って行ったのもいるし、残っている者もまったくの閑職にしかついていない。

広島での、会社や家庭の日常で感じなかった自分の年齢を、久しぶりに帰ってきた大阪の実家で感じるのも皮肉なことである。知らない間に倦怠を感じはじめているらしい。仕事や生活というよりも、人生そのものに、というべきかもしれない。このまま人生を終わっていいのか、という予感めいたものであった。英ちゃんの白髪の老人顔に、私は自分の心の奥を覗いた気持である。

昔から風呂屋に来た時は、浴槽の縁に腰かけたりして、洗わないで、もの思いにふけることが多かった。またそうしたいために出向いて来た。

「蔦《つた》ちゃん、どうしてる？」

浴場から上がって、裸でサイダーを飲んでいる背中に、英ちゃんが声をかけてきた。

「あいかわらずらしいわ」

発展家の妹のことを聞かれ、振り返ってちょっとサイダーにむせたような声を出した。

「まだ炉端焼、やったはんのかいな」

「おもしろうてしゃあないんやて」

「いっぺん食べに行かしてもらうわ」

「そらよろこぶわ、せやけど神戸やからね」

「地図書いといて、定休日に行ってくるわ……、耕《こう》ちゃん、今度はしばらくこっちにおるそうやな」

「三月《みつき》ほどや、本社でちょっと新しい仕事をやらされてるねん、おやじがそんなことというとったんかいな」

「おふくろさんや……カサたかいて、こぼしたはったけど、うれしそうにこぼしてはったで
……。それでなあ、頼みがあるんや、うちの遼子《りょうこ》、あいつもう三十や、結婚する気がのうて困ってるんや、ちょっと相談にのったってくれへんか。ちっちゃい時、よう耕ちゃんの尻追いかけまわしてたやろ、耕ちゃんのいうことならちゃんと聞きよるかもわからん、わしではあかんのや」

「へえ、りょうちゃんねえ」

私と妹とは六つ違いであって、妹と英ちゃんの長女は、また六つ違いであった。つまり、小

学校でそれぞれ顔を合わせたことがなかった。妹の蔦子と英ちゃんの長女の遼子は、ずいぶん個性が違っていたが、姉妹のように仲が良く、二人ともそのあたりでは、ちょっとした小町の評判を立てられていた。

遼子は少し影のある少女であった。材木と材木の隙間にもたれ、暗い中から目だけを光らせて、往来を見ていた。木の匂いが身体に染み込むぐらい長い間、遼子はそうしていた。

私の母は、そんな遼子を不憫《ふびん》がった。

「英ちゃんも、ちょっと身がってすぎるんちゃうか」

現に母は、近所のよしみで英ちゃんに何度か忠告した。しかし英ちゃんは笑ってとり合わなかったらしい。

「嫁さんも嫁さんや、もうちょっと気をつかうことがでけへんのやろか」

今度は、英ちゃんの若奥さんにあたった。

英ちゃんより三つ年上の若奥さんは、気っ風のいい勇み肌の人だったが、繊細な心づかいに欠けていた。ひどく鈍感なところがあって、英ちゃんが、五年目にしてやっと生まれた長男を溺愛することにも、そうして長女がそのために、自分の居る場所をなくしてしまっていることにも、心を砕くという素振りが見えない。ものごとをずいぶん単純化して考える性質らしかった。

彼女は大変なお喋りであって、最初、ぽんぽん出てくる勢いのよい言葉に「英ちゃんに似合いの嫁さんや」

と母などは好感をもったが、そのうちに、

「あの人、あたりまえのことを、ようあれだけ熱入れて喋れるな」

と気づきはじめ、彼女の話し相手になることを敬遠しだした。

遼子の母が実の母でないという噂を、その頃私は聞いた記憶がある。遼子は嫁さんの里で生まれ、したがって嫁さんは最初から身二つで材木屋に現れたのだが、その時の親子関係の様子がなんとなくぎこちなかったらしく、そのために立った噂らしかった。とるにたりない噂なのかどうか、そういうことに関心がなかったので、今まで一度も真偽のほどを、情報通の母にも確かめたことはなかった。

耕一郎、蔦子の兄妹に、遼子がなついたのは、まだ彼女が小学校に上がる前である。小学校高学年の蔦子は、幼稚園に入った遼子に、文字や足し算を教えてやっていたのを憶えているが、その頃の遼子のことは、妹を通じての記憶の方が多い。ただ「お兄ちゃん」といって、材木の陰から飛び出して来るしなやかな、目のくっきりした女の子の印象だけは、今も強く残っている。

「女は大学みたいなもんに行かしたらあかんな、おまけにアメリカへ二年も留学に行きよって。蔦ちゃんみたいに、高校卒業して、すぐに保険会社にでも入れたらよかったんや」

英ちゃんのいい方に、私は責任を感じた。遼子の進路決定にいささかの影響をおよぼしたのだ。彼女は中学生の頃、妹の部屋ではなく、私の部屋に入りびたっていた。勤めはじめて数年、部屋の主はいない時の方が多く、いつしかそこは遼子の勉強部屋のようになっていた。だからこちらの方が部屋に入るのを遠慮したぐらいである。そこには彼女の家にはない、知識の匂いというものがあったらしい。

〈本の匂いが好きやねん〉……高校時代から文学青年であった私は、壁一面の本棚を作り、五百冊ほどの雑多な本で埋めていた。いつしか遼子は文学少女に育っていった。文学少女に育つ家庭環境も充分にあった。文学青年から、あたりまえの社会人になっていった私と入れ替わりに……。

「りょうちゃんとは、もう十年以上も会うてへんからなあ」

「もうそうなるか」

英ちゃんは、苦味走った笑いをした。

〈うち、男っぽい男、嫌いやねん〉といった遼子の言葉が、不意に思い出された。〈臭いねん、ほんで怖いわ〉それお父さんのことか……とは、まさかいえなかったが、そう思った記憶がある。

遼子が高校に入学した翌年の春、私は結婚してここを離れた。最初の子供の時、女房は広島の実家へ帰って生んだから、当時大阪本社勤務だった私は、郊外の新居、といっても建売り住宅だが、そこを留守にして、晩夏、一ヵ月半ほどこちらへ帰っていた。休日になると受験勉強中の高三の遼子を誘って、映画や音楽会や美術展に出かけた。遼子は腕をからませ、柔かい乳房をこすりつけてきた。なんだか、女としてのデモンストレーションのように思えた。それを意識しながら、私もいった。

〈おれも、女っぽい女嫌いやなあ、なんか気持悪うて……あっさりしたのが好きやな〉〈せやけど、ちょっと意味違うのん、違う、お兄ちゃん結婚してるし〉〈そうやのうて、汗の匂いやとか生理的に嫌いなんやろ〉〈それもあるけど、なんか違う人間みたいな気がするねん、考え方やとか、それから生き方そのものが……〉

「こら阪神負けやなあ」

服を着終わった私は、洗面器をかかえ、英ちゃんの声にちょっとテレビを覗いた。

「りょうちゃんの話はまたゆっくりしましょ」

「頼むわ」

英ちゃんは、今度はひひひとひどく貧相に笑った。

私がそのスナックに着いた時、二人はまだ来ていなかった。カウンターの一番奥の方で夕刊を読んでいた女が、「いらっしゃい」といって顔を上げた。

「原さん、でしょ」

女はおしぼりと水の入ったコップを持って来て、

「蔦ちゃんとクラスメートの、みのりです」と自己紹介をした。

目の前の女の顔に、私はたちまち髪の長い三角形の小さい白い顔を読み取った。

「みのりちゃんて、なつかしい顔に会うもんや」

「生きてたんか、といいたいんでしょ」

笑うと二重まぶたになり、高校生の時の彼女の表情とぴったり重なった。

「みのりという店の名前で気づくべきやったね」

「でも、わたしがこんなことやってるて、想像できんかったん違います」

「意外やね、蔦子ならわかるが、……今日ぼくが来ることわかってたの？」

「珍しいお客さんを引っぱってくるて、杉岡さん、けど原さんとは思わんかったわ」

下町では、時間は連続しているようであった。広島転勤前も後も、正月と盆休みぐらいにしか子供連れで帰って来ない、十数年の歳月の中で、置き忘れていたことがらである。

「杉岡はその後どうですか」

「お父さんが亡くなってから大変みたいよ、あそこはいとこ兄弟金魚の糞みたいに大家族やから」

「しかし彼は親分肌のところがあるから、うまくやってるのとちがう」

「それがちょっと仇になってるところがあるみたい」

「なるほど……、というと、一番楽をしているのは、ぼくということになるか」

「そうやわ」

みのりはいかにも楽しそうに笑った。

みのりをそれほどよく知っていたわけではない。しかし今のいい方や笑い方の中に、かつての彼女を発見したような気がした。蔦子と一緒の時にも、彼女は時々しんらつだったのを思い出した。三角の顎がいよいよしゃくれ上がって三角形に見え、まじまじと彼女の顔を眺め直したことがあった。

ドアを開いて、増田が入って来た。

「ごぶさた」

「今日はどうも」

「いや」

そういって増田はカウンターに座ると、みのりの出したおしぼりで、眼鏡を取って顔をごしごしと拭いた。彼が眼鏡をかけはじめたのは高校時代からだ。

私はあらためて店内を見廻した。繁華街の中心部を外れているにしては、ちょっとしゃれた店だ。ドアや照明器具やカウンターやバックの棚が、王朝風の気分を出していて、クロスやジュータンが、全体として旅客機の機内のようなソフトな雰囲気を作っている。

「なかなかええ店や」

「工事は杉岡さんにお世話になって……、インテリアは増田さん」

みのりはそういって、増田の方へ三角の顎を突き出した。わりあい豊かな白い喉首が見えた。

「いつからこっちへ？」

増田はそんなみのりを無視して、こちらの方へ顔を向けた。

「今月の初めからや」

「三ヵ月ぐらい、いるんやて」

「それぐらいはいるね」

「何年ぶりや」

「結婚してここを離れて、数えてみたら十四年」

「なるやろなあ」

「早いもんや、うかうかしてられん」

「……酒を飲み、夜遊びをして、やがて死ぬ」

増田が焦点の定まらない目をしていった。

「なんやそれは？」

私はそんな彼を見返した。

「君が高校の時に書いた川柳やんか」

「へえ、よう憶えてるね」

「珍しく手紙くれたやんか、忘れもせんわ高校二年の秋」

「そういえば高校二年の夏からやな、酒を飲みはじめたのは、……杉岡の工場が堺にあって、大魚夜市《おおうおよいち》の晩やったね、三人でビール一ダース空けて」

「その年の秋や、君がそういうさとったような手紙を書いたんは、……杉岡の親戚の高校生の女の子と意気投合しとったやろ、あの晩彼の家の二階でトランプなんかしてやな、あの後彼女から手紙が来た、いうとったやろな、ほら、色の白いちょっと日本人形みたいな子」

「君はよう憶えてる」

「あの子、なんて名前やったかな？」

「さあ、知らんなあ」

「ぜんぜん記憶にあらへんか」

「ぜんぜん記憶にないな、ははは、それ君のこととちがうか」

「話にならんわ、手紙に、遅れてやってきた初恋とかなんとか書いといて」

二人が笑っている時、「今晩は」といって杉岡が入って来た。

「なんやえらい面白そうやで」杉岡は冷たい水を一息に飲んで「もう一杯」とみのりに差し出した。

「原さんの初恋の話……ところが原さん、ぜんぜん憶えたはれへんのやわ」

「そら初耳やな」

よく太った杉岡は、おしぼりで首すじを拭き「暑い、暑い」を連発した。

「しかし髪の毛うすなったな」

と私は不遠慮にいった。

「うすなったというより、あれへんやんか」増田が覗き込むようにしていう。「いわんといてくれ」杉岡はおしぼりを頭の上に載せてしまった。

笑い声の中で、私は不意に三人の関係を思い出した。高校生の頃、当時柔道部のキャプテンをしていた杉岡を中心に、三人の関係はまわっていた。私と増田が二人っきりになると、どこかぎこちなく間《ま》が持てなかった。共に大学に進むつもりの二人は、そんな時なんとなくライバルを意識するのであった。そのくせ三人になると、二人よって杉岡に共同戦線を張った。

「最初はビールにします、それとも水割り？」

杉岡のおしぼりを受けとり、笑い声のおさまったところで、みのりが声をかけた。

「最初はビールで乾杯や」

と杉岡は私の肩をたたく。

「じゃビールね」

みのりは冷蔵庫から霜のついたビールを取り出し、グラスを四つカウンターに並べた。

遼子がその店に現れたのは、飲みはじめて一時間近くたってからである。

店は混みはじめていて、その頃、L字型のカウンターの奥の部分に席を移していたが、壁ぎわの椅子が一つ空いていて、私、増田、杉岡と腰かけていた。その空席が遼子のためのものであることを、知らなかったのは私一人であるらしかった。

カウンターの中には若い女の子が二人増えていて、その一人と杉岡はカラオケでデュエットしていた。彼はなかなかの美声の持主なのである。

みのりと増田が「やぁ」といい、杉岡は目顔でうなずいた。ちょっと腰をかがめた大柄の遼子は、風のように、私の隣の席にハンドバッグをかかえて座った。

十数年会わなかった遼子は、まったく一陣の竜巻のようにして、姿を現した。私の予感が、遼子の形をして横に座っている。しかしずいぶん変わったものだ。こんな大きな大人の女になって……。

唄い終わった杉岡が、「よう来た、よう来た」と声をかけるまで、近々と女ざかりの彼女を眺めていた。

「顔を忘れていたね」

私は夢見心地でいった。遼子はこんな女だったのか……、いやこんな女だったのを知っていたが、忘れていたのだ。

「わたしは、お兄ちゃんの顔を憶えてたわ」

遼子は確信を持って言った。そうして私の顔を真正面から見た。遼子は十八歳から三十歳、私は三十歳から四十二歳、多分変化の度合いが違うのだろう。他の人ならこんなにまじまじ見つめられないはずだ。私の前に出現したこの女性は、いかなる意味を持つものか。いささかくたびれはじめた中年男と、かつての少女が変身した、この女ざかりの存在……。やっぱり遼子の顔は、目のあたり霧がかかっている。それにしても、どうしてこんな刺激的な真赤な服を着ているのだろう。

「別れたとき、りょうちゃんはまだ高校生やったからな」

「でも変わってないでしょ」

「化粧をするとこんなに変わるのかな……原型はあるけど、変化の部分の方が大きいな」

「苦労をしたから……」

「何かあったみたいやね」

三十をすぎてまだ結婚する気がないという、英ちゃんの言葉を私は思い出していた。

「わたしはわたし、だからもう顔忘れんといて」

「目をつぶってりょうちゃんの顔が浮かんでくるかな」

「じゃあ、目をつぶってみて」

私は言われた通り目を閉じた。高校生の頃の遼子の顔も、何も浮かんでこない。

杉岡の「いったい何しとんね」という声に、あわてて目を開いた。

「久しぶりね」

みのりがにこにこして声をかけた。

「ここへはよく来るの」

「お姉ちゃんに……蔦子さんに開店の時連れられてきて、それから何回か旧交をあたためているの」

「きょうは？」

「さっきみのりさんから電話いただいて」

「ぼくの知らないところで、地球は廻っているか」

「幸せな人は、過去を振り返らないわ」

私は思わず遼子の顔を見た。これは単なる皮肉だろうか……。

「ああ」

遼子はそういうと、ハンドバッグの中をごそごそとかきまわした。何が出てくるのかと見ているると、一枚の名刺をつまみ出した。

「こういうところへ勤めてるの」

私はその名刺を覗き込んだ。彼女のやわらかい髪が私の額に触れた。一度読んだくらいでは憶えられそうにない団体名が、その肩書きにあった。〈小沢遼子〉という文字が目に焼きつく。

彼女が「ああ」といってハンドバッグを開いた時、なぜかちょっと赤くなったようだった。こんなに色が白かったかと私は思った。名刺を見ながら、同じように覗き込んでいる遼子の顔が、このとき鮮やかに浮かんだ。

「うちの会社の近くやなあ」

「そうでしょ、ランチタイムなど御一緒にいかが……」

遼子はようやく笑顔を見せた。それはあでやかな笑顔で、やっぱり私の知らないおとなの女のものであった。

「お昼休み、いいね」

私の心はたちまちなごんだ。ビジネス街の昼休みは、エアポケットだ。日常というべきか非日常というべきか、そこには違った時間が流れている。

「今、住吉の方に住んでるんやて……友達と二人で」

英ちゃんに聞いた話を確認した。

「そう」

といったきり、その話を発展させる気がないらしく、顔を前に向けたままだ。そしてウイスキーの水割りにひとくち、口をつけた。

「名刺の肩書きのこれはどういうとこ？」

「弁護士のタマゴを雇ってくれるところ」

「りょうちゃんはそこで何をやってるの」

「給料をもらいながら弁護士の勉強」

「へえ、弁護士になるのか」

横でにこにこ笑っている女の顔を、再び見直した。やっぱり彼女はかつての遼子ではない。私などのつき合えない、まったく見知らぬ女だ。

「でも女性弁護士も多いのよ」

「りょうちゃんは、外大やろ」

「弁護士になれたとしたら変わり種ね、そういう人もいることはいるわ」

「このことはお父さんも知ってるの」

「弁護士になりたいということ？　まだ話してません……ずいぶん会ってないし」

父親を私が持ち出したことに、遼子はそれとわかる反応を示した。緊張感が一瞬走ったようである。今日会ったことは言わない方がいいかもしれない。

「それで何を弁護したいわけ」

「そこよ、問題は……」

「とうとう問題が出てきたか」

「出るべくして出た感じね」

彼女にすまして受けられると、ただ笑うしかなかった。

「隣は、いったいなんの話、しとるんや」

「なんか試験の話、したはんの違う」

増田と女の声に、私は苦笑して向きを変え返事をした。

「どこもかしこも受験地獄や」

「君とこも受験期か」

「結婚が遅かったから、うちはまだ小六や」

「そらまだええわ、うちなんか中三と中一や、女と男で、そらきついで、テストテストでたいがいまいるわ、テスト代だけでも馬鹿にならへんがな」

増田はしかし楽しんでいるようないい方だ。親に似て、きっと子供の成績がいいのだろう。

「一曲、唄わはりません」

カウンターの中の女の子が、遼子にマイクをすすめている。どうするかと見ていると、彼女はマイクを受け取った。そうして分厚い歌集をくっている。しばらくすると、聞いたことのないような歌の題をつげた。……ラヴ・イズ・オーヴァー？

一つ向こうの席から杉岡が拍手を送ってきた。彼の知り合いらしい隣の男も拍手に加わった。前奏がはじまり、カラオケにのって遼子の声が流れた。かなりむつかしい転調の多い曲だった。彼女の声はよくのっていてよく伸び、しっとり夜を感じさせる唄いぶりだ。もちろんこんな遼子は初めてだが、そう意外感はなかった。

酒を飲んでも、ちょっと上気した感じはあったが、彼女は顔に出ないタイプらしかった。しかもかなり強そうである。

「今夜はりょうちゃん、目がきらきらしてるわ、張りがあって、声につやがあったよ」

拍手をし終わって、みのりが遼子をひやかした。

「ありがとう」

ひどく素直に遼子は応じた。

遼子は切れ長な目で、黒目の割合が大きいのだ。時々まぶしそうに目を細める。目のまわりに霧がかかっているように感じるのは、ここに原因があるらしかった。

「ところでさっきの問題はどうなった」

「何を弁護するかということ？」

「弱い女性の立場に立ってとか」

「それもあるけど、……でも、この問題についてはまたゆっくり話します」

もう遼子の目は、中学生の時のようにくるくる動かなかった。動きを止めて、髪の毛の陰からじっとこちらを見つめていた。それは遠い日、材木の陰から目を光らせて、道行く人をじっと眺めていた幼い遼子に、似ていなくもなかった。


日曜日の昼下がり、私は実家の二階の和室に寝そべっていた。いろんな街の音が聞こえてくる。こんな下町の音を聞くのも久しぶりだった。

音楽が風に乗って窓から入ってくる。運動会の音楽のようだが、七月の初めに運動会でもあるまい。市場の売り出しか。カナヅチの音が連続的に響く。どこか近くで普請をしているらしい。

「なんか、あそこのとこにあったやろ」子供の声が自転車に乗りながら去って行く。相手の「あ」という返事が遠くの方でした。飛行機の爆音。

吹奏楽がとぎれ、近所から、下町には珍しいクラシックが聞こえてきた。あれはドヴォルザークだ。この部屋で、かつて遼子と聞いた曲だ。そういう青年が、今もこの近所にいるのだろう。

自動車のエンジン音。誰かが道を聞いている。「……を曲って……風呂屋……」英ちゃんとこの風呂屋か？　おかみさんらの立ち話の声。声が響いて、ほとんど聞き取れない。子供たちの叫び声が駈け抜ける。音楽は歌謡曲に変わった。

窓から入って来る風がタタミの上を流れて行く。横になっている身体の厚みぐらいの、透明な流れになって廊下へ抜け、階段を下る。それが見えるようだ。私は枕に頭を載せて、腹の上にタオルケットを巻いている。どんなに暑くても、腹の上にものを載せていないと不安なのだ。小さい時からそうだったような気がする。涼しくて、水の底にいるようだ。

私はこういう時、懐しいある雰囲気の中に身を浸したいと願った。子供たちのかん高い叫び声を聞きながら、ずんずん過去へ沈んでいった。「もういいかあ……」「まあだだよ」ああいう遊びを、今でもするのか。まるでタイムマシンに乗っているように、私の意識は時間を飛翔する。好ましい時代へ、好ましい時間へ。そういう時間が甦える雰囲気の中に、じっと身を浸していたかった。

——幼い遼子が浮かんできた。自転車の後ろに乗って私の腰のベルトをしっかりつかんでいる。逢魔が時、旧街道をすごいスピードで走っていた。遼子は小学二、三年、私は大学二、三年、……夕食までの黄昏時、自転車でよく散歩に出かけた。彼女はどこへでもついて来たがったし、どこへでもついて来た。私が散歩に出かける姿を見つけると、どんな遊びをしていても飛んで来た。そんな彼女がひどく可愛かった。少女のすんなり伸びた背中や足が、どう扱かったらいいか分からないほど、得がたいものに思われた。必死にしがみついてくる少女を背中に感じて、力いっぱいペダルを踏んだ。暗くなりはじめた町並みが、後ろの方へどんどん飛んで行った。

当時から風呂屋が好きだった私は、遼子を連れて行くことがあった。少女の、のっぺりした白い腹と、小さな三角の台地の真ん中を走る溝、関節とは反対側に反った腕や膝……は、それほど愛すべきものには思えなかった。遼子が私の足の間にぶら下がっているものを気味悪がったように、どこか気味の悪い生きものに感じられた。ところが、そういう生きものが背中にしがみついてくると、それは愛すべきものになった。よく光る黒目勝ちの少女を、その奥にあるものを、私はひどく感傷的に愛していた。

彼女の小学校高学年の頃は、私には卒業、就職という時期にあたっていて、少女のことに関心を払う余地はあまりなかった。少女に対する想い入れが、こましゃくれた大人びたものいいをするその年代の女の子の前で、しぼんでしまったことも事実であった。

遼子が中学生になって、再び私の前に、彼女は立ち現れてきた。非常に好ましい形で、ある日、不意打ちに、身近に遼子はいた。中学生の女の子というのは、普通どこか不恰好だ。成長期のアンバランスを、肉体にも精神にも持っていて、魅力はほとんど感じられないのだが、彼女の場合は違っていた。遼子は一足早く成人した女になっていて、人目を惹く存在であった。

私の方は、学生時代からのつき合いの長過ぎる春を送っていて、二年後輩の、いずれ結婚することになっている相手がいたが、その相手が卒業後実家のある広島に帰ったのをいいことにして、この時期、というのは私が社会人になって数年後、遼子と一緒の時間を過ごすことが多くなった。乳房のふくらみや、太股や腰のボリュームに圧倒されながら、できるだけそれに気づかないふりをしていた。

好ましい時代、好ましい時間へと過去をさかのぼるとき、イメージはいつもその頃をめざした。遼子と過ごしたあの頃、あの頃の私、あの頃の遼子、そして二人の思い出……。安心できる記憶である。他にはそういう記憶はない。

今、私がごろ寝をしているこの部屋は、遼子との思い出に満ちていた。彼女が高校受験の勉強に通ってくるようになる前から、彼女はこの二階へ、蔦子と私のいるこの二階へよくやって来た。しかし服や髪型のことばかりに気をとられている隣の部屋の住人よりも、そのうちに遼子は、むしろ私が目当てで来るようになっていることに気づいた。十二歳も年上の青年の方に、早くも娘らしい関心を抱いているように思えた。

遼子の勉強の面倒を私は見たわけではない。英ちゃんに礼をいわれて、あわてたものだ。筋向かいの材木屋の娘に同情的な私の母は、習いごとや遊びで忙しい年頃の自分の娘よりも、六歳年下の中学生の遼子を話し相手に選んでいたふしがある。娘がもう一人増えたと、まんざらでもない、いい方をしていた。

ひやびやした涼気の中で、手足はしびれてきた。身体はもう眠る準備をととのえ終わったが、意識の方はまだ好ましいイメージを求めてさまよっている。

――海、水、プール、それとも雨。水に結びついた好ましい思い出が、いっぱいあったはずだ。水中、海中、それとも雨の中。あれは泉南の海だ。遼子の足が、水中で踊っている。沖の飛び込み台だ。その夏、遼子はようやく飛び込み台まで泳げるようになった。しかしハシゴを登って、上から飛び込む自信がない。台の足元につかまって、ゆらゆらと浮いているだけだ。飛び込んだ私が、海底からそんな遼子の足を見上げた。

きらきら光る水面をバックに、白い足がゆらめいている。私は踊っている足を押さえようとした。すべすべと太くて手にあまる。遼子はあばれ、私はしたたか顔を蹴られた。顔を押さえて浮き上がってきた私を見て、「あっ、お兄ちゃん」と遼子は泳ぎ寄って来た。

「いたあ……」

「お兄ちゃんとわかれへんかったもん」

「ほんまか？」

「ほんまや、だいじょうぶ」

遼子は顔に当てた私の手を離そうとした。水中で二人の足がぶっつかり、二人はぶくぶくと沈んでしまった。

海岸に設けられたシャワー室の前で、私は海水パンツのまま、二人の服を持って立っていた。夕陽がシャワー室の板壁を照らし、板の目を浮き立たせていた。ドアを細目にあけ、遼子の手が覗いた。とりあえずバスタオルを渡し、次にパンティを渡した。

「きゃっ！」

遼子の叫び声に、思わず板戸を開いて私は中に飛び込んだ。屋根のないシャワー室に、何かに追われれた小動物が飛び降りて来て、開いた扉から逃げ出して行った。

「今のなに？」

「イタチらしいな」

「パンティが……」

見ると、遼子のパンティは濡れた土間に落ち、おまけにそれを私が踏んでいた。彼女はバスタオルを巻いていたが、下はすっぽんぽんだ。びっしり生えはじめた短い芝生のような陰毛が見えた。

「どないしょ」

「おれのパンツはき、おれズボンはくから」

「大きいやろ」

「尻の大きさかわれへんで」

私は服の中から自分のパンツを取り出した。

「かめへん！」

「早よはき、まる見えやんか」

「あっ！」といって、彼女はあわてて下の方をタオルで押さえた。すると陽に灼けていない白い乳房がぽろんと飛び出した。

遼子が高校生になってから、少し二人の関係はとぎれた。もう受験勉強に私の部屋へ通う必要がなくなったからだ。私の部屋へ来る口実がなくなったというよりも、彼女の気持の中で、私のところへくる口実がなくなった、ということなのだろう。彼女の家族や私の家族に対する、気兼ねのようなものも芽生えていたのかもしれない。なにしろ、もう高校生なのだから、中学生のように無邪気にふるまうことはできない、ということらしい。部屋の本は更に増えていて、本だけは借り出していった。

遼子が高校二年になった、その春、二十八歳の私は、かねてから待たせていた大学時代の後輩の女性と結婚した。最初の子供を生むために女房は実家に帰り、私も実家へ帰っていた一ヵ月半、女房を広島へ送り届けた八月の盆休み以後、十月初旬ぐらいまで……遼子との関係が復活した。

この時の遼子の気持が分からない。そして自分自身の気持も分からない。恋人同士というよりも、なにか……故郷に帰って幼なじみに会ったような感覚であり、親戚の子が大阪にやってきて、大阪の街を案内しているような感じでもあった。予定を組んで日曜ごとに二人は出かけた。

十月の最初の日曜日、私が親の家を去り、再び結婚生活に戻らなければならない前の日曜日だった。二人は大和路を歩いた。薬師寺から唐招提寺、秋篠寺を経て、平城宮跡を横断し、市街に入った。奈良町を覗いているときに降り出し、そのうちどしゃ降りになった。遼子の女物の傘では、とても間に合わない。春日大社の石段を上がった時にはびしょ濡れになっていた。まだ日暮には間があるのに、あたりは夕闇のようである。人っ子一人いない。さんざんな目にあったものだ。

横手にまわり、神社の大きな庇のしたで雨宿りし、身体や顔や頭を拭いた。……今なら、キスできるなあ、と私は思った。今ならキスをしても不自然ではないな、と思った。遼子も多分、拒みはしないだろう……と感じられた。誰もいない暗闇の白壁の前で、雨の飛沫を避け、ほんの身近に遼子がいた。髪の毛を拭きながら、彼女は私の方を見た。私はそっと顔を近づけ、そして遼子の唇をさぐりあてた。彼女はタオルを後ろに落とし、私にしがみついてきた。髪の毛が激しく匂った。

最初、歯ががちがち当たったが、すぐに柔らかく密着し、舌と舌がからみ合った。私はこんな接吻は初めてだ。唾液がだらだら流れ、それをむさぼりあった。遼子はキスは初めてのはずだと思う。なのにこれはどういうことだろう。だからこうなってしまったのか。それはキスというよりも、お互いの舌でお互いの口の中をかきまわし、お互いの唾液をむさぼり飲む行為であった。……私もそうだが、彼女の唾液の量も多かった。何度も二人の喉がごくりと鳴った。

雨が小降りになり、私たちは石段に腰かけた。そしてやはり、面白い玩具を与えられた子供のように接吻し続けていた。ようやく口を離した時、

「やっぱり、かいいね」

と遼子はいった。

「ええ？」

「痒い……カ……」

「カ？………ああそうか」

「蚊、まだいるんやね」

私たちは思い出したようにあちらこちらぽりぽり掻いた。これが遼子との最後である。以後彼女とは一度も会っていない。先月再会するまで……。


高速バスは名古屋を出てから、もう二時間以上も走り続けている。少し遅い昼食を名古屋の駅前でとった満腹感のせいと、山を切り開いてたんたんと伸びる中央道の快適な走り心地のせいで、いつの間にか眠り込んでしまっていた。

腕がこころよいものに触れている気がして、目が覚めた。三十歳の遼子が、少女のように私の腕をかかえて眠っている。私はそのままにして、なおうつらうつらしたが、意識はともすれば腕の方に行って、むずがゆかった。

今年は全国的な冷夏で、少しも夏らしい感じがしなかった。八月の初旬、夏期休暇を取って、四日間広島の方へ帰っていたが、一度だけ近くの海へ子供を連れて泳ぎに行ったきりだ。女房は生理中で海へ入れない。中学受験をひかえた子供を、遠くへ連れて行くことには女房は反対であった。何もそこまでと思うが、彼女は子供を名門の中学へ入れ、学歴社会のエスカレーターに乗せることが一番だと考え、早くも塾に通わせていた。女房の実家の敷地の一部に建てた家で、農家の庭に鳴く蝉の声を聞きながら、私は家でごろごろするしかなく、その意味からも夏休みらしくない夏休みだった。

四十歳を過ぎてから、なんだか自分だけが取り残されていくような気持に襲われるようになった。私はもう長い間、支店次長である。課長で広島転勤になって、六年以上になるが、ワンランク上がっただけだ。支店次長といっても主な仕事は営業であり、人に会うことが仕事の営業にあきあきしている。

私はもともとは建築の技術屋であった。本社に居た時には、設計をやっていた。そういう仕事には能力の向上があった。しかし開発ブームで技術者をかかえ過ぎた建設会社は、技術者を積極的に営業へ配転した。技術営業の第一陣の中に私は入っていた。

技術屋のままでいたところで悩みは同じだと思うが、あきらめはつく。建築技術の知識など、この六年の間にすっかり忘れ去っている私は、もうつぶしがきかない。このままで行くしかないのである。

六月一日付で、市場調査のプロジェクトチームに編入された時、私はむしろ喜んだ。これが一つの転機になって、仕事の上でも展望が開けるかもしれない。四十二歳の私は、若干勢い込んで、久方ぶりの本社の、そこが仕事場の七階の小会議室に乗り込んで来た。

大阪万博で始まり、田中角栄の列島改造で頂点を迎えた高度経済成長の爛熟期は、オイルショックで急制動がかかった。開発ブームが去った後の建設需要をどう掘り起こしていくか、そのためにこのチームが発足した、という説明を受けた。省エネで昨年の第二次オイルショックを乗り越えた一九八〇年、不確実性の時代の様相はいよいよ深まり、産業構造の変化にどう対応していくか、そのための市場調査である。課題は大きかった。だからやりがいもある。

ところが総勢七人のチーム員は、最初から頭をかかえた。私の会社では、市場調査などというのはやったことがない。これからは情報産業だという漠然とした見通しは持っていたが、それが建設需要とどう結びつくのか。東京二名、大阪、名古屋、広島各一名の営業マンと社長室二名のスタッフは、連日発展のないミーティングを繰り返した。スナック〈みのり〉で杉岡や増田、そして遼子と再会したのはそんな時であった。

六月の中頃からコンサルタントが入って、六月末にようやく構想がまとまり、プロジェクトチームが動きはじめたのは、七月に入ってからである。インタビューを中心とする仕事は、動きはじめてみると大変に忙しいものになった。遼子とのランチタイムでの逢瀬は、そんな中で週に二度ほど重ねられた。

遼子の事務所へ電話をかける時、私はいつもちょっと気がひけた。中年男が女の子を誘うというイメージがあって、電話をかけている自分の姿が目に浮かんだ。電話はいつも遼子が取った。そうして自然な形で言葉が返って来て、いつもほっとするのだ。電話の中では〈小沢さん〉〈原さん〉になった。

待ち合わせは本屋の雑誌コーナーを、はじめ遼子が指定して、いつもそこになった。食堂と喫茶店はその都度変わった。近況報告、共通の知人の消息、互いの仕事の話と話題はつきなかったが、それは浅い川の流れみたいで、深まりも止まりもしなかった。

七月末で、予定二百社の内、アポイントの取れない二十数社を残し、一応インタビューは終了した。八月の初旬、大阪在住の者を残し、次々と交替で夏期休暇をとった。

休暇が明け、大阪に帰って来て数日後、遼子と夜の街で会った。私は背広はたいてい会社に置いていて、営業で外出する時にだけ着用している。この夜もワイシャツ姿で腕まくりして、雑誌を眺めていた。裸の腕に、そっと裸の腕が触れてきて、横に遼子の顔があった。こういう形で彼女が現れるのは初めてである。

冷房していた書店から、むっとする夜の街へ、腕を組んで二人は出かけた。腕を組んで歩くのは何年ぶりだろう。ばらまかれたネオンと店の明りに照らされながら、遼子にみちびかれて、黙って街の通りを歩いた。

「ここ？」

「次長さんの来るようなとこじゃないけど」

そのスナックのカウンターを占めているのは、女の人の方が多かった。確かにこんなスナックは初めてだ。女の人がこれだけ大勢、酒を飲みに来ているのを見るのも初めてである。壁にはいたるところ、集会や催し物のポスターが貼られていて、入口には雑誌やパンフレットが置かれていた。女性関係のものが多かった。

そのスナックで、二人はわりあい静かにウイスキーの水割りを飲んだ。こういう女性の自立に関する問題に、遼子が深い関心を持っていることは判ったが、深くかかわっているようには思えなかった。だからそういうことを尋ねる気がしなかった。彼女は何かもっと他のことに、心を奪われているように思われた。

今、高速バスのリクライニングシートに、私の腕をかかえて子供のように寝入っている遼子は、ずいぶん面変わりしている。中学高校時代、彼女はふっくらした柔かい顔付きをしていた。目の下にも柔かい肉付きがあって、すぐにぽっかりしたえくぼができた。しかし今、遼子の寝顔にはそういうものは見当たらない。ひどくぎすぎすした感じになってしまっている。えくぼができたとしても、ぽっかりという感じではないに違いない。

駒ヶ根には五時過ぎに着いた。そこで私たちの他何人かを降ろし、バスは再び高速道路を走り去って行った。市内バスに乗り換え、駒ヶ根高原の大きな池の見えるバス停で降りた時には、二人っきりになっていた。

「そこの売店で聞いてみる?」

「聞かんでもわかるやろ」

「お兄ちゃんは、道を聞くのきらいやね」

池の土手の道では、少年が釣竿を持ってうろうろしていた。池の向こうに中央アルプスの山脈が広がっている。どこかで木の葉を焼いているのか、売店のある広場に、薄い煙が漂ってきた。少年以外に、人の姿はなかった。二人は木立の道の方へ入っていった。

「これはなんの木かな」

「白樺でしょ」

林の中のわりあい広い道を歩いて行った。木立の中に細い道がいくつかあって、トンネルのようになっている。木立の中は霧のようなものが降りかけていた。私はなんとはなしに緊張してまた声をかけた。

「空気がおいしいね」

遼子の方はリラックスしていて、私の言葉に深呼吸などをする。風はなかったが、数日前に雨でも降ったのか、木々は湿っている感じである。

「木の匂いがするね」

今度は遼子は匂いをかぐ恰好をした。私は大きな女もののボストンバックを持ち、遼子の方は小さな男もののボストンバッグ　を持っていた。

そういう林の中の一部が伐り取られ明るくなっていて、目ざす旅館があった。私には今度の旅行で、ひどく心はずむ瞬間と、ひどく心がめいる瞬間があった。しかもそれが同時に訪れるときもあった。女中に部屋へ案内されておちついた時は、ちょうどそんな気持のときである。先ほど、小さい和風旅館のこぢんまりした玄関で案内を乞い、女中に迎えられて、庭の見える廊下を先導され、踏み込みと広縁の付いた八帖の和室に着くまでは、心は弾んでいた。しかし実際に部屋に上がり込んでみると、とんでもない間違いをおかしてしまったようで、心はみるみるめいった。意味もなく部屋を見廻したりした。

「いま家族風呂があいてますけど、お疲れおとしに先にお入りになられますか」

と女中にいわれ「いや、後にします」とあわてて手を振った。確かに未解決の問題が多すぎた。九月初めに私が大阪を引きあげることもあって、それらの整理もせずにここへ来てしまった。

先週スナックで「一度海へ泳ぎに行きたいね」といったのに「海はもう遅いわ、行くとしたら山よ」と遼子がいい「今からじゃ宿がとれないやろ」と私があきらめたようにいうと「友達が旅行社に勤めてるから、聞いてみましょうか」と彼女は受けた。そして翌日に会社へ電話があり、八月の最後の土曜日ならあいているということで、思いがけなく今度の旅行が決まった。

「さて、と」

私はそんなことをいいながら、広縁の椅子に腰をおろした。遼子も前の椅子に座り、庭を眺めた。白樺の木立に白いもやがかかっていて、視界がきかなくなっている。

「やっぱり、先に風呂へ入りましょうか」

庭を眺めながら、スナックでいったのと同じ調子で彼女はいった。

「そうするか」

考える前に私は答え､立って行って床の間の電話を取り上げた。なんとなく立って来た彼女に、

「あいてるて」といって受話器を置き、

「りょうちゃんとは、よく風呂屋へ行ったね」

とわれになく弾んだ声を出した。

「どこへでもついていって、うるさかったでしょ」

彼女もやっと笑顔を見せた。そうしてえくぼを作った。

「それそれ、そのえくぼ……」

私は指でつついた。この時、遼子の顔は思いがけず間近にあり、ついと寄りそってきて、思いがけずキスをすることになってしまった。それはしごくなんでもないキスであった。

「あとで話すけど、わたし大変なことがあったの」

彼女はなんでもない風で離れて行き、自分のボストンバッグを取り寄せた。

「先に行ってて、後で行くから……」

私はそんな彼女のしぐさや言葉に心がなごんだ。

「廊下の突き当たりいうてたね」

遼子の肩に手を置き、旅館のタオルを手に取ると部屋を出た。

白いもやの立ち込めた庭に面した廊下を曲ったところに、家族風呂が二つあった。その一つに早くも灯がついていた。団体客には、一つが男湯に一つが女湯になるのだろう、入ると岩風呂になっていて、思いのほか広かった。

湯舟に身を沈めながら、自分の横へ、裸の遼子が入ってくるなど、信じられない気持である。手足をうんと伸ばし、目をつぶった。すると湯気の中で、ふうっと気が遠くなった。

脱衣室に人の気配がするまでは、そんなに長い時間ではなかった。見上げる私の前に、ドアが素早く開いて、白い豪華な花が現れた。

「ここ温泉かしら」

そんなことをいいながら、湯音をたて、遼子は横へ入ってきた。

「鉱泉て書いてあったね」

「こうせんて……ああ沸かした温泉」

彼女はそういってうなずいた。湯気のせいか遼子の目はうるんでいた。

湯の中で並んで足を伸ばしている遼子を、私はゆっくりと抱き寄せた。白い大きな乳房が私の胸との間でつぶれ、腹が、太股が、身体の上にゆらりと乗ってきた。それらは身体に吸いついてきて、湯の中でも重かった。三度目のキスは女の味がした。

風呂から上がると、部屋に夕食が準備されていた。明るい電灯の下で、二人分の料理は二人が座るのを待っている。

「お疲れさま」

遼子はそういってビールをついだ。冷えたビンを受け取り、私はつぎ返した。湯上がりの肌に山の夜気がさわやかである。

「何に乾杯?」

「わたしたちの再会に……」

彼女の肌は輝いていた。岩風呂でふれた裸の感触が私の中にある。二人は浴衣を着ないで、ラフな服装に着替えていた。

「もう少し早く二人で来るべきやったね」

「お兄ちゃんが早いこと結婚してしまうから」

「早くないよ、ぼくは二十八やった、りょうちゃんの高校二年になった春」

「もうちょっと待っててくれたらよかったのに……」

遼子の切れ長の黒々とした目に見つめられ、私の心はきゅうんとしぼり上げられた。ガラス戸の向こうでは、濃い霧が渦巻いている。

「やり直しがきかないことはない……」

私は一人ごとのようにつぶやいた。今度は彼女は黙っていた。その後、二人はものおもいにふけりながら、静かに食べた。彼女はしばらくして、

「レコードでなく、テープみたいに再生がきいたらね」

と残念そうにいって、あでやかに笑った。

林の中は霧のせいか案外明るかった。白樺のほかに、カラマツもありそうだった。私の腕を取って遼子は頭をもたせかけていた。歩いたり止ったり、止ってはキスをした。

「いったい何があったの？」

霧のため私の声は少しくぐもった。

「前から予感はあったけど、わたしは母の子じゃなかったわ……わたしの母は朝鮮の人」

遼子は一息にいった。遼子の表情はわからなかったが冷静なようだった。そういわれても、小さい時から彼女を知っている私には、実感がわかない。母が違うということは私は予感していたが、彼女の母の国籍が朝鮮だということの意味が理解できない。

「うかつやったわ、二十四にもなってそれがわかったの」

「六年前、……その春、ぼくは広島転勤になった」

「お兄ちゃんは広島で相談にも行けないし……相談に行ってもどうなるものでもないけど」

「どうして判った？」

「アメリカから帰って来て、就職する時、戸籍取り寄せて判ったの、それまで父まかせで……。母のところは、むつかしいちょっと読めない漢字が三つ並んでた……その人がわたしを生んだ母」

「英ちゃん……英治さんに、そういう過去があったのか」

私は今更のようにうめいた。

「その人は、わたしを生んですぐに死んでしまった。祖父が、今の母と父をむりやり結婚させてしまったらしい……祖母は、その精神的ショックで命を縮めてしもたんやて……お兄ちゃん、わたしの祖母、知ってる？」

「多少はね。……上品な影のうすい人やったね。ときどきうちへ来て、英ちゃんのことをこぼしてはった……あの頃、英ちゃん不良やったもんなあ……恰好良かったで、男前やし」

「そんなの恰好だけや……子供つくって、責任もようとらんくせに」

遼子の剣幕に少したじろいであわてて話を元に戻した。

「ということは、りょうちゃんが生まれる前に、英ちゃんは親に降参したということ？」

「金も力もない材木屋の若旦那やから、お腹がどんどんおおきくなって青くなったんでしょ」

「英治さんは、その人を愛してたんか」

「そういってたわ」

「親に相談したというのは、悪くばかりにはとれないと思うな」

「……出生届を出したのは父になっていた」

その意味をかみしめるように、私の腕を抱く手に遼子は力をいれた。

「りょうちゃんが生まれた時、英治さんはいくつやったのかなあ」

「ようやく二十……」

「それでは仕方がない。相手の人は？」

「まだ十八……今のわたしより、十二も年下……ハハ、ハハハハ」

「お父さんを、まだ許せないの」

「とっくに許してるわ……まがりなりにもわたしを生んでくれたんやから」

どういうわけか、この時から遼子は小きざみに震えだした。高原の夜は、八月末とはいえかなり肌寒いことも確かである。

「寒いか」

「ええ」

木立の中にはところどころ電灯がついていて、遼子の顔が白く浮かび上がっている。彼女の額に手を当ててみた。額はむしろひやびやとしていた。

「真ちゃんが自動車事故で亡くなったのは、りょうちゃんがアメリカにいる時やな」

「呼び返されたけれど、またアメリカへ発ったわ」

霧は木立の間を埋めて闇を形づくっていた。林は深く、山に直接続いているらしい。

「お兄ちゃん、怖いわ」

遼子は歯の根が合わないほど震えている。

「宿に帰ろう」

私は彼女を抱きかかえるようにして、引き返した。すごく歩きにくい。

「わたしが、日本人と朝鮮人のハーフだということが、わかる……」

「急にいわれても、返事のしようがない」

「わたしもそう、どうなっているのか、今でもわかれへん」

「りょうちゃんの、実母の家族はどうしてるの」

「ソウルに居るわ」

「日本を引き払ったのか」

「わたしを残して、引き払ったの。あの祖父のことだから、やり方は強引だったと思うわ……日本を離れたのは、わたしの事件だけが原因ではなかったでしょうけど」

「ぼくの高一の頃……朝鮮戦争が終わってたかな?」

「さあ……なんとも分かれへん」

遼子はくすんと笑った。

互いの体温を確かめ合いながら、しばらくは黙ってよたよたと歩いた。遼子の震えはだいぶ収まってきた。寒さばかりではなかったらしい。

「わたし外大でしょ。もう一度朝鮮語科に籍を置いて、勉強したわ、その時も、お兄ちゃんに会いたかった」

「来るつもりなら来られたんちがうか」

「人間が信じられなくなっていたから、行く勇気がなかったの」

遠くにぽおっと旅館の灯が見えてきて立ち止まり、抱きかかえている腕をゆるめた。すると遼子はくるっと向きをかえ、私の正面に、柔らかい正面を押しつけてきた。

「何年も前に帰ってしもたみたいやな」

「お兄ちゃんの背中で、……ほら、お兄ちゃんが腹ばいになって、本を読んだりしてたら、その背中をベッドにして……わたしあおむけに寝て、歌を唄ったり、いろいろ空想したり」

「空想?……どんな空想」

「お兄ちゃんのお嫁さんになる空想」

「いくつぐらいの時?」

「八つぐらいかな」

「お嫁さんになって、何をするの」

私は笑いながら聞いた。

「髭をそったり、耳掃除をしてあげたり、するの……」

「へえ……」

これだけ年が離れているのだから、お互いのお互いに対する思いの記憶はくいちがっていて当然かもしれない。私は遼子をいとしいものに思った。小さい時の遼子も、現在の遼子も……。やさしくキスをしながら、彼女の背中から尻への線を何度もなぞった。

「ソウルへは行ったの？」

「うん」

「会えたの？」

二人は再び闇の中を歩き出した。

「いちおうは……、でも、追いはらわれた、追いはらわれたみたいなものね」

彼女はそういいながら「くすっ」と泣き笑いのような声を出した。

「アパートにね、鉄筋コンクリートの大きなアパートやけど、大勢の家族が住んでいて、……現実があったわ。どんなに苦しんでも、お嬢さんのセンチメンタルね、わたしのは……、こんな嫌な日本を脱出して――お兄ちゃんと蔦子さんは別よ、わたしにとってかけがえのない人なんだから――、そこで、向こうの青年と結婚するつもりやったの、ばかみたいね」

旅館の前まで来て行き過ごし、バス停と反対の方に道をとった。しばらく行くと外灯のともっている、大きな池の前の広場に出た。冬にはスケート場になる大沼湖のはずだ。湖の面は一部霧は切れているが、向こう岸は見えない。霧が湯気のようにゆらめいた。

「何年ぐらい前のこと、ソウルへ行ったのは……」

「三年前、それから気が抜けてしまったみたいになって……。ソウルへ行くまでは気が張りつめていて、働いてお金も溜めたし、言葉もそうやけど、朝鮮についての知識に飢えていたから。……帰り、船の中で、ほらお兄ちゃんとよく聞いたスメタナの〈モルダウ〉、(わが祖国) の中のあれ聞いて、泣けて泣けて、涙が止まらないの……でも、その祖国は日本やったわ、どうしようもなく日本やった……だって朝鮮は知識の上でしか知らないもの、処置なしってとこね」

池の岸に立っている大きな松に、私は背をもたせかけた。そうすると遼子は、私の前に廻って背中を持たせかけた。こういう恰好を、急に背丈の伸びはじめた小学校高学年の頃の彼女はよくしたがった。私の手を自分の腹にまわして、うしろから抱きかかえられる感じがいいらしい。

「広島に居て、ぼくは何も知らなかった」

「知らないことは、それ自身罪だと、お兄ちゃんはいってたわね」

「そんなこと、いったかな」

「あの頃、お兄ちゃんは文学かぶれで……」

「文学かぶれ？」

「知らないことは罪だという意味はわたし自身のことやけど……お兄ちゃん、サルトルの影響受けて、そんな話、してくれたわ」

「よく憶えているね……りょうちゃんは高校生になるかならないかやろ」

「女の高校生は、立派な大人です。……だからお兄ちゃんとキスしたの」

遼子はそういって、私の顔に頭を押しつけた。彼女のやわらかい髪の毛は、白バラの匂いがした。

「わたしの考え方の基礎はあの頃に形成されたのね……うん、……自由の孤独か、いい言葉やねえ、自由という刑に処せられている」

「ぼくがサルトルを読みだしたのは、大学に入ってからやけどなあ」

「わたしにはお兄ちゃんという、かけがえのない先生がいたから」

「ソウル、失意の旅か……。このこと、つまり、りょうちゃんに朝鮮の血が流れてることを知っているのは、他に誰がいるの」

「今になってみると、日本人では父しか知らないわ」

「日本人ではか……お母さんは知らないの」

「わたしの中に朝鮮人の血が流れているということは、知らないみたい。……あの母が、知っていたらあんな風に育ててくれたかどうか」

私に背をあずけているものの異物感が、不意に私に湧き起こってきた。私は遼子の両方の乳房をわしづかみにして、指に力を込めた。

「息がつまるわ……、朝鮮の女を、いじめないで」

冗談とも本気ともつかない彼女の言葉に、私の心は一瞬凍った。彼女もずいぶんないい方をするものだ。思わず力が抜け、へなへなと座り込みたい気持になった。そんな言葉を冗談とも本気ともつかない調子でいう遼子に、私はかえってことの重大さを味わわされた。彼女のかかえている痛みの重さが、私にはずしんとこたえた。もっともっと遼子と話し合わなければならないだろう。髪の毛を押しつけているのは、しぐさは同じでも、かつての遼子ではないのだ。

「そのあたりにベンチはなかったかな……だけど寒くないか」

「寒いけど、もうだいじょうぶ………心が燃えてるから」

「心がねえ……」

私は身を離した遼子の尻をたたいた。彼女は後ろにまわってきて私の尻を同じ強さでたたいた。昔、時々こんなことをしたのも思い出した。

湖の岸をしばらく行くと、暗い中にもやっとパーゴラが現れ、その下にベンチがあった。二人は無言で寄りそって座った。

「なぜここへ来たのかな、ぼくらは」

私は多少自嘲気味にいった。

「さあ、なぜでしょう」

遼子は挑戦的に反応した。

「今の話を聞いて、逆にぼくはなぜここへ来たのか、はっきりしたような気もする」

かまわず、私は自分の考えを述べた。

「十何年か前の自分に帰りたいと、ぼくは今思っている。それはもちろん帰れないけれど、君を受け止めるためにはそれが必要なんや。年齢なんて関係がないという気がしてきたね、しなやかな精神みたいなものを、失ってしまったらおしまいや。ぼくは今、精いっぱい君を、りょうちゃんの痛みを受け止めたい。昔の、幼い頃の遼子を知っているぼくには、かえってそれができないかもしれないけれども。また、逆にいえば、そうだからできるかもしれない……これは理解であって、同情ではないよ」

まるで横にいる遼子を忘れたかのように、霧に閉ざされた闇に向かって、私は喋った。

「でも、お兄ちゃんはまた行ってしまうんでしょ」

彼女の言葉は、霧のせいかくぐもって聞こえた。

「行くとか行かないとかの問題とは違うと思うけどな……。君を知りたいのや」

私はちょっと気をそがれ、気弱く答えた。

「わたしは自分がわからないの。自分のところだけ、ぽこっと穴があいていて、その暗い穴が自分なの。自分と同じ人は他にいない、それを思うと、気が狂いそうになるわ。実際には日本人と朝鮮人のハーフの人はいっぱいいると思うけど、みんな一人だと思うの。そのことを考えないでおこうと思うんだけど、どうしてもそこから逃げられない。それは事実なんやから、どうしようもない。意味はわからなかったけど、小さい時からそうやった、そのことをひしひしと感じていた。その穴をお兄ちゃんが埋めてくれた、お兄ちゃんといる時だけ、お兄ちゃんの部屋にいる時だけ、わたしは自由になれた。……でも、大人になってしもて、もうだめみたいね」

ようやく晴れてきた月の光の中で、遼子は白い顔に、淋しそうな小さい笑いをもらした。

「聞くだけやね。……ぼくにはもうどうしようもない。だけど、りょうちゃんがぼくを必要としているなら、大阪転勤を申請してもいい。今度の仕事の関係で、それが通るかも分からない。

早くても来年になると思うけどね。人は誰かのために生きるべきやと、りょうちゃんの話をずっと聞いていて、今思ったよ。このままなにごともなかったように、広島へは帰れない気持や。それにあっちでは、女房の実家でもあるし、さしてぼくを必要としていないしね」

「ありがとう、気持だけでうれしいわ」

遼子は私の言葉を信用していないようであった。あるいは、私自身が自分の言葉を、自分の気持をおしはかりかねていた。

部屋に帰ると、二組の布団が並べて敷いてあった。夏にしてはかなり厚い布団である。私は今、遼子にお休みをいって、何もかも忘れ、その布団にもぐり込んで眠りたい心境であった。

「いささか疲れたね」

そういって縁側の椅子に座り、煙草に火をつけた。

「わたしは興奮しているせいか、あまり疲れは感じない」

彼女は座布団を私の椅子の横に持ってきて、椅子にもたれて横座りした。

「でも、なんだか恥ずかしい感じね」

といいながら二組並んだ布団の方を見やった。私もつられてそちらの方を眺めたが、とりたててそんな気持にはならなかった。

――遼子が泣きながら走っていた。

おふくろが階段の下から叫んだ。「お兄ちゃん止めたって」……階段を一段飛ばしに駈け降り、私が門口に出た時には、英ちゃんは引き返して来ていて、少女は向こうの角を曲るところだった。彼女はリレーの選手に選ばれたぐらいだから足は早い。

私は自転車を引き出して、遼子を追いかけた。英ちゃんは娘に対して優しいとはいえなかったが、こんな怒り方をする男ではなかった。裸足の少女には小学校の手前で追いつき、自転車を止めて「……乗り」といった。私の背中で遼子はしゃくり上げた。普段彼女はめったに泣く子ではなかった。

その夕方はかなり遠出して、河口の見えるあたりまで運河を下った。ダルマ船が波を引いて進むのが見える。盛土された小山みたいなところで、長いこと時間をつぶした。

遼子は弟を机の上から突き落としたらしい。弟は玩具に額を打ちつけ、顔中血だらけになった。真治は、いつも机の上に乗ってきてじゃまをする——。そんなことを、彼女はとぎれとぎれにいった。

「赤トンボや」

スカートのふくらみの下から、すっくと長い足を出して、夕陽の中で舞っている黒い塵のような虫の群れを、少女は追った。その長い足がたまらなかった。長い足のつけ根が……小便臭いパンツでしかなかったが。

その夜、遼子は私の家で夕食を食べ、ななめ向かいの自分の家へは帰らなかった。母が英ちゃんと話をつけ、家に泊ることになった。

「お兄ちゃんといっしょにねる」

気を沈めるため風呂屋へ連れていったのだが、風呂から帰った後、遼子は、そういってきかなかった。

「……もう寝ようか」

一服し終わると、私は遼子の髪の毛に指をからませ、何気なくいった。

「ちょっとお手洗いへ行ってくるわ」

彼女は立ち上がり、小さい鏡台から化粧バッグを取り出して、部屋を出て行った。

――妹の蔦子は、小さい頃から服や髪型ばかりを気にして、時間があったら鏡を見ていた。確かに彼女は美人だった。

高校を卒業すると、さっさと就職し、毎晩遅かった。男友達も多かったので心配していたら、二十を過ぎる頃さっさと結婚し、子供を二人作り、二人とも中学生になって手がかからなくなると、サラリーマンの夫を説得して、自分は炉端焼屋などをはじめ、客が多くてうけにいっている。

蔦子はあっさりした性格で、遼子を妹のように、彼女流のやり方でかわいがった。遼子が六つ下で、ふっくらした可愛い少女であり、蔦子に、本当に姉のようになついたからでもあった。

……りょうちゃんとこんなことになって、あの常識的な蔦子はどう思うだろうな、二人とも、もう彼女の前には顔を出せないなあ……。

遼子と入れかわりに、私が便所に立った。洗面所の鏡に四十男の顔が映っている。英ちゃんの風呂屋の鏡で見たのと変わりがない、やはりくたびれた顔である。果たして遼子を受け入れられるかどうか、女盛りで、爆弾をかかえた彼女を。

部屋に帰ると、枕元のスタンドに替え、奥の方の布団に遼子は寝ていた。手早く寝間着に着がえ、手前の布団に入った。

「静かねえ」

遼子はこちらに顔を向けてきた。解き放たれたつやのある多い髪の毛の中から、大きな黒目がきらきら輝いている。なんだかたじたじするような野性的な目の光り方だ。

「りょうちゃんは好きな人はいないの」

私も横向きになり、できるだけ平静な声を出した。

「それがいたの、アメリカに留学していた時……不思議なことに、コリアンの青年。……一年ほど同棲したわ」

「偶然やねえ」

「まったく偶然やわ……、そっちへ行ってもかめへん」

「ぼくも今、そう思ってたとこや」

私はそういって布団の片側をあけた。

遼子は、小学生の頃と同じように、ごそごそ私の布団に入ってくると、足を何度も伸ばしてネグリジェの乱れを直そうとした。

「ちょっと静かに……小さい時と変われへんな」

「せやかて、足にまとわりつくねん」

「まとわりつくんやったらかめへんやないか、まくれてるのとちがうか」

「ほんまはそうやねん」

彼女はそんなことをいって、とうとう布団をはぎとりもう一度入り直した。

「寒いなあもう」

「いま夏やよ」

「さっきまで震えてたん誰や」

「せやけどお兄ちゃん、うちのことわかってくれへんやないの」

「そのお兄ちゃんいうの、なんとかならへんか」

「耕一郎さんていうの！」

「それも変やな」

「ははは……なんか昔に帰ったみたい、安心したわ」

遼子は気持よさそうに笑った。ここに来てからの非日常が消え、日常が顔を出した。ここに来てからというより、十数年ぶりに再会して以来、ずっと非日常であったのかもしれない。こんなくだけた大阪弁で話さなかったように思う。遼子のちょっとした仕草が、二人の雰囲気をすっかり変えてしまった。同じ布団に入った効果ともいえるのだろう。

「りょうちゃんの恋愛はどうなったの」

「それがあかんの、ソウルへ行った時……わたしが行ったのは、アメリカから帰って三年目でしょ……彼はもう結婚してたの」

「手紙で連絡取ってなかったんかいな」

「わたしの事情も書いて、最初一、二年は熱烈な手紙書いてたんやけど、その後ちょっと変やなあ、と思たんよ、わたしが本気やということが、わからなかったのかなあ……完全な失恋。でもええの、わたしもう結婚せえへんから」

といって、遼子はむしゃぶりついて頭を押しつけてきた。小さい頃、たとえば雷を怖がって、こんな風にむしゃぶりついてきたことがあった。しかし今は大人の女である。同じようにされても困るのだ。とても受け止めきれない。彼女を押しやり、顔を上げさせて、私は別のことをいった。

「その結婚せん人の身体見たいな」

「風呂場の中で見たやんか」

「恥ずかしうてちゃんと見られへんかってん」

「今はちゃんと見られるの」

「見られると思う」

「わたしのことわかってもらうために見てもらおかな」

「ちょっと意味ちがうけどな」

そういいながら私は布団をはぎとり、彼女のネグリジェの紐をほどいた。

「……寒むないか」

「恥ずかしいて、そんなこと感じへん」

遼子はパンティをはいていなかった。布団に横たわった白い裸は、思いがけず大きかった。ひどく贅沢な料理であった。どこから手をつけたらいいのかわからないほど、大きな贅沢なるものであった。私は下半身にそっと布団をかけ、乳房をなぞり、軽く耳たぶを噛んだ。

「りょうちゃんの裸、ものすごくきれいやよ」

彼女の草むらの中の窪地はたっぷり濡れていた。昔に帰ったような二人の気持の触れ合いが、私の気持を解き放っていて、今私のものは久々に張り切り痛いぐらいであった。

私はそっと彼女の上に乗った。遼子はぎこちなく足を開き膝を立てる。かたくなった長いものがぬめっと一息に根元まで埋ってしまった。彼女は「お兄ちゃん」といってしがみついてきた。

「痛かった?」

「ちょっとだけ」

私はそのままじっとしていた。じっとしているだけでいい気持だった。

「ずいぶんしてないから、やり方忘れてしもた」

「わたしも……」

そういったとたんに、遼子は笑い出した。彼女の腹の筋肉が笑うたびにびくびく動いて、たまらなかった。

「どうしたの」

「だって、お兄ちゃんと、こんな動物みたいなことするなんて」

といってまた笑う。

「それがおかしいか」

「おかしいわ、ほんまにおかしいわ……ハハ、ハハ、ハハハハ」

遼子は上にいる私にしがみついて、腹をよじって笑った。


あまり眠っていないにもかかわらず、高原のすがすがしい空気のせいか、寝覚めはひどく気持がよかった。ななめに差し込む朝日が、木立に光の縞を作っていて、小鳥の声がその縞の五線譜の上を跳びはねている。

遼子は林に続く広縁のガラス戸を開け「おお寒む」といって、再び彼の横にもぐり込んできた。

「開けっぱなしやんか」

「お兄ちゃんが閉めてきて」

霧はすっかり晴れていた。しかし見通しがきかないほど深い木立である。よく見ると、縁側の近くに白い花が咲いている。立っていった私は、「これスズランとちがうか」と声をかけた。

「やっぱりそう……」

遼子は再び起きてきて、私の腕を取って白い可憐な花を覗いた。

「つっかけあるから、外へ出よかな」

「洋服ダンスに、ドテラがあったやろ」

遼子は二着のドテラを取り出してくると、白いやわらかいネグリジェの上に、ごっついドテラをはおった。私の方は旅館そなえつけの浴衣の上にドテラである。

彼女はつっかけで庭に降り、花の前にかがんだ。大きな腰が水に浮かんだ白鳥のようだ。私は縁側に腰かけ、「スズランは春のはずやけどなあ」とたよりなげにいった。

「そしたら、この花なんやろ」

「さあ……」

都会育ちの二人には、花の名はさっぱりわからない。

木洩れ日を受けて、遼子の髪が燃え立っている。ごわごわしたドテラの中の彼女は、猫のような柔らかい肉付きのよい線を見せて、今朝の光の中に、くうっと長い白い首を白鳥のように伸ばした。それはひどく満ち足りたしぐさであった。かがんでいる彼女のうずきが、導《つた》わってきた。彼女の身体が、腕が、足がのびやかにやわらかく、あたたかく私の下にあったことの快さが、甦ってきた。「さあ、布団あげましょう」そういって遼子は縁側に上がってきた。

……小鳥のさえずりの中で朝食をとりながら、

「人間と人間の関係て不思議ねえ」と遼子はのどかな声でいった。

私も箸を止めて、しばらく考えてからいった。

「男と女の関係はもっと不思議や」

彼女はちょっと目を細めて私を見ながら、

「男と女の関係て、どうしようもないもんかしら」

と意味不明のことをいい、私が答えないでいると、

「意味わかれへんやろね」

と自分から笑い出した。

「感じはわかるけどな」

私も笑いながら答えた。

「ぼくは思うんやけど、生きていることとの、はかなさみたいなものと、生きていることとの実感みたいなものの前では、あらゆるものは、あらゆる人間の営みは無力や、生きているて、ほんの一瞬やからな。仕事やとか生活やとか、そういった日常は、日本とか朝鮮とか、そういった国家や民族など、すべてまぼろしのようなものや。ところが男と女の関係てそうじゃないところがある。どこか永遠がある。そこのところに男と女の秘密があるんじゃないかな。こうしてこんなところで、何気なく、君と朝めしを食べていると、なんかそんな不思議を感じるね。こ

の時間は、ぼくの中で永遠に残るやろね、間違いなく」

太陽はぐんぐん昇って、八時を過ぎるとさすがに暑くなってきた。しかし深い林の中のこの宿は、空気がさらっとして気持がいい。

「その永遠というのは生命を超えて、という感じ？」

「うん」

「わたしのいいたい感じに似ていないこともないけど、やっぱりぜんぜん違うわ、もっと不健康やの。男と女は、お互いを食べつくしてしまうまで、お互い満足感がないのじゃないかな、やっかいな関係やな、泥沼の関係やな、ほんまの裸の関係は……という気持ね。そういうことを感じるの。わたしたち、こうならなかったかもしれないけれど、今は、こうなるしかなかったなあって。お互いを食べつくして……つくしてはいないけど、一応満足できるぐらいには食べつくした、という気持ね」

私のよく知っていた遼子は、こういう女だったのかと一瞬薄気味悪くなり、彼女の方をうかがった。そんな言葉をさらりと口にしながら、田舎風のみそ汁をおいしそうに飲んでいる。

昨日のバスの中のぎすぎすした感じはなく、彼女は今朝ふくよかな顔をしていた。昨夜のあのふくよかな身体につながったふくよかな顔をして、くっきりと底光りする目を、私に向けた。

——不意に私は、雨の日の春日大社での、遼子との初めてのキスを思い出した。彼女は高校三年生。この激しさは、互いの唾液をむさぼり合ったあの日に芽生え、ここまでつながっているのだろうか。そのことは、中学生の女の子が、平気で二十代の男の部屋に出入りする彼女の感性みたいなものと、表裏をなしているのではないか……。こうして彼女は、今、ようやく欲しいものを食べた——。

私を見つめながら、「うふっ……」などと遼子はふくよかに笑っている。

九時過ぎに旅館を出て、郷土館などを廻り、十時半頃バスに乗った。曲りくねった急な山道をバスが登る間、私たちはすっかり眠り込んでしまった。来る時のバスといい、バスの中ではよく眠る。

標高八百メートルの駒ヶ根高原から、千六百メートルのしらび平《だいら》までバスで約四十分、しらび平から二千六百メートルの千畳敷までロープウェーで約十分、そこから三千メートル級の宝剣岳まで登るのに約一時間、駒ヶ岳まで約二時間である。乗ってから五分もたたないうちに眠ってしまった私たちは、しらび平に着いた時、はじめて高さの感覚を味わった。

八月の終わりの休日のせいか、人出はそんなに多くなく、二台目ぐらいのロープウェーに乗れそうだった。そこはすでに空気がひえびえしていて、二人は待ち時間のあいだに、冬もののセーターを着込んだ。

「山のてっぺんは晴れていた？」

「雲がかかっていたみたい」

「……ガスか、これは寒いぞ」

「ビニールのレインコート二人分持ってきたわ」

「さすが弁護士のタマゴ」

「関係ないでしょ」

遼子はそういいながら、セーターを着る時に乱れた髪の毛を指でとかした。

「あの赤ちゃん、色が白うて可愛らしい」

彼女はそのままの恰好で、目顔で示した。私ぐらいの年配の男が、ぷくっとふくれた腹の上に乗せるような姿勢で、一歳ぐらいの女の子を抱いている。そうして二人が見ているのに気づくと、少し恥ずかしそうに笑った。その笑顔は年のわりには若々しかった。

「あの年であの赤ちゃんやったら、ちょっと大変やな」

「お兄ちゃんぐらいの年」

「多分ね」

「年齢て相対的なもんやと思うわ」

「それはそうやけど、会社には停年というものがあるから」

「人間には停年はありません」

「そのかわり死がある」

「死ぬまでは生きてます」

遼子は強固だ。

「まるで禅問答や」

と私は苦笑して逃げた。

「お兄ちゃんとわたしの子供やったら、どんな子ができるでしょうね」

私は一瞬ひやりとした。実は同じことを私も考えていたのだ。多分英ちゃんは喜ぶやろなあ……。その想像からあわてて逃げのびたところだった。こんなことあぶなくて答えられない。

私は沈黙を守ることにした。

ロープウェーの箱が降りて来て、人々の後から二人は乗り込んだ。赤ちゃんを連れた家族と並んで、正面の窓の所に立った。ロープは山の斜面を急角度に上がっていて、見上げると半ばから上は雲におおわれている。

箱がぐらりと浮き上がり、そのままずるずると吊り上げられた。谷をひとまたぎし、たちまち白い雲の中へ入る。雲を吹きはらうようにして、不意に目の前に絶壁が現れた。期せずして「わあ!」という叫びが私たちの口を突いて出た。ふわりと引き上げられ、絶壁すれすれに私たちの乗った箱は、その上方へ持ち上げられた。

「ああびっくりした」

「こんなロープウェーはじめてやな」

二人の言葉に、赤ん坊を抱いた男の人が、やっぱり気弱そうな笑いを見せた。窓枠にしがみついている彼の細君と、小学校四、五年ぐらいの男の子は、いずれも大きなリュックを背負っていた。

ロープウェーを降りると、階段状の駅の中にまで霧が流れ込んでいて、そこは晩秋の季節である。駅に接続した形で、山小屋風のホテルがあり、その食堂で昼食をとることにした。

「水。ものすごくつめたいわ、氷みたい」

手洗いから帰ってきた遼子は、目を見はっていった。

「顔を洗ってこようかな」

「いっぺんに目、覚めるわ」

「もう覚めてるよ」

入れ替わりに、人の立て込んでいる売店を抜け、洗面所に向かった。確かにその水は雪をとかしたように冷たく、顔を洗うと、生き返るような気持だった。

ロッジの食堂を出たのは、登山客でこみはじめた十二時過ぎである。

セーターの上に、そろいの白いビニールのレインコートを着て、「わたしたち、何に見えるかしら?」と遼子はいった。

「心中の道行き」

「心中?……そうやろか、こんな健康なカップルが」

「健康?」

「わたしは今、生きるのに意欲満々、若死にした母のためにも、人より倍生きんとね」

「それで司法試験にも挑戦してるわけか」

「そう、はりきってるの」

彼女はそういうと、先に立って歩き出した。

風がかなり強くて、ガスが吹きちぎられたように流れてくるが、視界は十メートルぐらいしかない。足元は花崗岩の原石でごつごつしている。道の両側にハイマツの低いかたまりがあり、道標以外、いったいどこを歩いているのかわからない。ガスの中に水蒸気がまざっていて、眉毛に水滴がつき、目の中に入ってくる。

やがて山の中腹らしいところに出てきた。白いもやの中に、山の斜面視界のきく限り、小さい柿色の花が咲きこぼれている。

「夢みたいな景色やわ」

遼子はうっとりして足を止めた。

「しかしきびしいやろね、こんなところで花をつけるのは」

「そうでしょうね」

「ぼくは寒さには弱いから」

「わたしも……夏がこれでは思いやられるわ」

彼女はそういって、ビニールの中から白い顔を見せた。

高山植物の花畑はまだ続いていた。白い花や赤い花、そうして紫の花もあったが、いずれもそれが精いっぱいというように、緑の中に小さく可憐に咲いていた。

花畑が途切れ、道は岩肌の中のかなりの登り勾配になってきた。

「昨日の今日で、体力が続くかな」

私は早くも息を切らしながらいった。

「昨日も元気、今日も元気」

遼子は半分ひやかしの調子でいう。しかし彼女も少し荒い息をしていた。

「お兄ちゃんとね、こんなことをしている、昨夜ね、こんなことをしていると思うと、すごく興奮したの。あの大きなお兄ちゃんとちっちゃなわたし、今こんなことをしている、と昨日、そう何度も自分にいい聞かせると、身体がすごく熱くなるの……あぁ、という感じ。何度もよ、次から次へと、潮が押し寄せてきて、もうどうなってるのかわからない。今、お兄ちゃんとしてるの、ああ……」

まるで山道を登るための掛声のような調子で、息を切らしながら遼子は喋った。いいながら岩に足を掛け、いいながら身体を持ち上げた。

彼女にそういわれ、不意に自分の奥底にあった意識が見えてきた。

私も——、そうだった、遼子の中に流れている朝鮮の血。彼女の血の半分にかりたてられていたのだ。私はあの時、確かに意識していた。もう一方の血の鮮烈さ、私の濁った日本人の血がそれを犯すことで、何度も犯すことで、私は生き返った。そうして血の闇のしなやかさに、恐怖をつのらせていた。血の闇の深さに、私はとりこめられ、その中に解き放たれ、限りなく登りつめていった。何度も……、こんなことは初めてだった。

私も、荒い息を吐きながら、足に力を入れ、ガレ場をよじ登りながら、切れ切れに、しかしはっきりと奥底にあったものを知った。愛し合うことにより二人の血は溶けあった、嬉々として……。遼子がいとしくてならない。

白い闇はばくばくと続き、いくら登っても眺望はひらけなかった。


九月の日曜日、まだ広島へ帰らず、風邪をひいて私は実家の二階で寝ていた。

雨が降っていた。下町に降る雨は、普段のにぎやかな休日から音を奪って、ひどく淋しいものにしている。早くから引退してアパートの家賃の上りで食っている父は、戦友会とかで、久々に張り切って土曜日に出かけて行った。階下からは、母が居るのか、買物にでも出かけたのか、なんの物音もしない。

多分もう十二時をまわっているはずである。朝八時頃、好物のおふくろの卵うどんを食べ、もう一度布団に横になった。そうしてぐっすり眠り込んだ。それがよかったのだろう。今度はすっきりした目覚めだった。

現在、ななめ向かいに英ちゃんの家はなかった。そこを売って、五分ばかり行った本通りに面した風呂屋を買収し、隣接した家に住んでいる。材木屋の跡地には、建材の倉庫が建っていたから、雰囲気としてはあまり変わっていない。私の方の敷地にはアパートが建っていて、空地はなくなっているが、家の方は昔のままである。下町は若者が出て行った以外、私の知っていた大人が老人になった以外、それから私の知らない子供たちが走り廻っている以外は、町のたたずまいそのものは全般的に変わっているようには見えなかった。遼子のような小学生や、蔦子のような高校生、私のような勤めはじめた若者がいるに相違ない。そういう下町が、私の寝ているところを中心にして、ずっと広がっているのを感じていた。

九月の第一週の木曜日に打上げをして、市場調査のプロジェクトチームは解散し、それぞれの店にメンバーは帰って行った。たまたま土曜日、大阪本社で西地区の営業連絡会議があり、広島支店次長である私は、一日遅らせて会議に出席した足で帰ることになっていた。ところが金曜日、杉岡や増田と飲み過ぎて、土曜日とうとうグロッキーになり、その会議を欠席する羽目になってしまった。土曜の会議には支店から営業の人間が来ることになっていたから、まあ欠席してもいいかという気安さもあった。金曜日の帰り、深夜雨になっていて、ままよと雨に打たれて帰り、そのため風邪まで背負い込んだ。がんがん頭の芯が痛いばかりでなく、土曜日の午後には熱も出てきて、頭そのものが上がらない状態になった。「年を考えや」と母にいわれる始末である。

そんなわけで昨日は一日中布団の中で過ごすことになって、母親に笑われた。一晩眠ると熱も引いてだいぶ楽になり、明日月曜日の午後には広島支店へ直接出社する予定で、今朝女房にもそのむね電話した。今日の日曜は、これは思いがけない、おまけの休日になった。

金曜日、遼子とはあっさり別れた。夜は杉岡たちと飲むことになっていたから、二人とも会社を少しばかり早退して、四時頃に会社の近くの公園で会った。

そこは市内には珍しく樹々の茂っている公園で、木蔭の芝生に靴を脱ぎ足を投げ出して並んで座りながら、二人はとりとめのない話をした。ベンチで本を読んでいる学生や、いねむりをしている老人や、少し広いところでキャッチボールをしている少年や、近くのマンションの住人らしい子供を遊ばせに来ている母親や、鳩を追っているよちよち歩きのその幼児や、夏の終わりの夕方の光に輝いている公園は、ひどくにぎやかであった。

来年の一月に遼子は、二度目の司法試験を受けるらしかった。だからこの秋は、よけいなことを考えている暇がないといっていた。しかし、広島へ遊びに来るようにすすめると、「そうねえ、息抜きに一日や二日なら……、原爆ドームも見たいし」とまんざらでもない返事である。

それからかなり本気で、だがさりげなく、これからのことを約束した。二人は共に十月初旬の生まれである。来年から毎年誕生祝いをかねて旅行しよう、その時二人がどんな状態であったとしても、それを最優先する。多分先に死ぬだろう耕一郎がこの世にある限りは……と誓い合った。

「北海道かどこかの旅先の旅館で、もう来られなくなったお兄ちゃんを、わたしは幾日も待つことになるのかな……」と、遼子は早くも感傷にふけったりした。

山から帰ってまだ日が浅いせいもあって、二人の中にはその余韻があった。別れるということの実感が、この時、二人にはせっぱつまったものとしてはなかった。ただそれが時々影のように心をかすめ、気をそらすために、あわてて話題を探すというところがあった。

公園が黄昏の色に染まりはじめた頃、二人は靴をはいて、芝生から立ち上がった。木の下道が暗くなりはじめた公園を出て、車のひしめく道を横断し、レストランに向かった。

夕食の途中で、杉岡たちと飲むことになっている「みのり」のスナックへ、誘ってみたが、その方は遼子はきっぱりとことわった。そして「あした、新大阪へ見送りに行こうかなあ」とひとりごとのようにいう。こちらの方は、会社の人間が一緒だから、と私は辞退した。別れの時間がしだいに迫ってきて、二人はとうとう黙りこんで、食事の後のアイスクリームをぼそぼそと口に運んだ。

人ごみの駅の階段の下で別れた。遼子は階段を数段上がって来て「お兄ちゃん、元気でね」といって手を差し出し、少し泣きそうな顔になった。私は手を握り返し、「あほ、今度出張の時に会えるやないか……電話する」と思わず強くいった。彼女はくるりと背を向けると、急いで階段を下り、人ごみの中に消えて行った。

《月のないしなやかな闇の中に、君はともづなを解いて、僕が棹を差した。棹は水底の土を捕え、舟は今、すべるように岸を離れていく。あまりに暗くて、君のいるところさえわからない。ただ

愛の痛み、という見知らぬ感情が、とものあたり、君の形をしてうずくまっていた。》

布団に横たわり、雨の音を聞きながら、私は、自分では詩のつもりのものを、さっきからしきりに考えている。ともすれば、奔流のように、遼子への想いがあふれるのである。かろうじてそれを、言葉で受け止めようとしていた。

朝鮮の子、朝鮮の血……、彼女の内なる朝鮮とどうやったらつながっていけるのか。朝の鮮やかな国。それがどうして問題なのだろう。どうしてその血はこんなに鮮やかなのだろう。こんなに私を切り裂くのだろう。駒ヶ根から帰って以来、私はひどく身近なものとして感じ、今まで無関心だった朝鮮のことを知ろうとした。今も枕元に、ページを開いたままの、金達寿《キム・タルス》の『朝鮮』という新書本がある。

ここ何日かで何度、読んだことだろう。たいてい暗記してしまった。広島へ帰っても、朝鮮に関する本を買い求め、この行為は続くだろう。それが遼子とつながる、理性的な唯一の行為のように、私には思えた。彼女が、自分の母が朝鮮の人だと知った時の衝撃と、それ以後に辿った道を、私も辿りたいと願った。傷口がぽっかり開いている。その赤さ……遼子の鮮烈な思いを知らねばならない……そうしなければ、彼女を理解したことにはならない。……だが、なおその堰を越えて、えたいの知れない激しい感情が、彼女への愛が、焼けるような想いが、波のように盛り上がってくる。

重い頭の中で、広島に居る家族のことを必死に考えた。私は子供を愛していた。子供のためになら、たいていのことは犠牲にできる。自分の欲望も、感情も……だが、女房の方はというと、愛しているのかどうか、自分でも自信が持てなかった。しかしできることなら、女房につらい思いはさせたくないと思っている。つくづく俺は、俺という人間は、四十二にもなって、何も考えずに行動していると思い、なさけなかった。

いやおうなく明日の今頃は、新幹線を降り、広島の町で食事をしていることになっているだろう。それでいいのだ、考えるとしてもそれからだ。私は強いてそう自分にいいきかせ、もう一度目を閉じた。

——どのくらい経っただろう。階下の声高の話し声で、うつらうつらしていた私の眠りは妨げられた。

ひどく楽しそうな声だ。おふくろのあんな明るい声は久しぶりだ。「……りょうちゃん」……遼子が来ているのか？　それにしては彼女の声が聞こえない。一人積もる話をしているおふくろに、遼子は相槌を打っていたらしく、やがて彼女の声も聞こえてきた。息子の耕一郎が居て、遼子が来て、母は楽しくてしかたがない、というような弾んだ調子だ。未だに母は、息子を広島に取られたように思っているのである。

「りょうちゃん、お兄ちゃんをええかげんに起こしてきたり」というおふくろの張り切った声に、「そうしますわ」という笑いを含んだような遼子の声が応じ、やがて階段を上る軽やかな足音が、寝ている私の耳に響いてきた。昔何度も聞いた、軽やかな足音である。

わが心の森ふかく

これを書いている今、私は八十歳になっている。当時私は二十歳、つまり六十年前の話である。『夏の名残りの薔薇』として、「あの正月」のことを書いたのは、そのことがあってから三十年後のことで、それは今から三十年前のことになる。三十年前の失恋を三十年後に書いたのであった。

それはそれなりの理由があり、今それを読み返しているのにもそれなりの理由がある。一言でいえば〈存在は記憶である〉という、八十歳になってつくづく感じる思いが、それであった。

八十歳にもなると、私の周辺の同年代の半分ぐらいが死んでいる。父母や叔父、伯母等、身近な人々はことごとく死んでいる。

これは物理的な事実で、心理的な現象ではない。記憶がある限り、私の中で、その人は生きつづける。現に母などとは今でも時々対話していて、ちゃんと受け答えしてくれる。私の心はやすらぐのである。八十歳になって、死が近づいていることもあるだろう。もうすぐ母のそばへ行けるのだ。

五十歳の時、つまり教会を去って三十年後、私は夜偶然その教会の前を通った。元有った場所に教会はなく、シートが張りめぐらされて解体中であった。タクシーを止めて降り、このあたりが進入口だろうというあたりのシートをくぐり、まだ骨格の残っている教会の内部に入り、さまざまな記憶に取り囲まれながら、一晩を過ごした。その記憶と、日記から生み出されたのが、『夏の名残りの薔薇』という作品である。

それから約三十年後、つまり去年の十二月二十五日のクリスマス、別の所に再建されていた教会に出かけた。

六十年も経っていて、当時の人はすっかり変わっていたが、ただ一人、当時の牧師の孫、若牧師の子供の女性が、こちらに用があって、東京から来ていて、私のことを記憶していて、叔母の響子ちゃんはまだ生きている、と話してくれた。

六十年前に結婚して、十年後に離婚したらしい。同じ頃結婚した私も、同じ頃離婚している。なんだかやることがよく似ていて、私はうれしくなった。この心理はかなり複雑だ。その複雑な心理が、この作品を書こうというもう一つのモチーフになっているのかもしれない。

響子ちゃん（本家筋の孫は、自分の両親がそういいならわしていたのだろう。自然な形でいった。私もそういっていたから、不自然に思わなくて、むしろ親近感を持った）に会いたくて、彼女の今居る所を聞いたが、牧師は子沢山で、長兄の若牧師と末っ子の響子の間には三、四人の兄弟、姉妹がいて年もずいぶん離れていて、響子の消息は分からないらしかった。当時の若牧師夫妻は東京にいて、十年前ぐらいに亡くなっていて、一番知っていそうなその二人から聞くことはできない。

彼女は手帳を取り出し、やっと電話番号を捜し出してくれた。家に帰って、どきどきしながら何度もかけたがつながらない。一週間ほどかけたが、うんでもなければすんでもない。私の記憶の中では、とうに響子は死んでいるのである。このまま死なしたままでいいのか。

ということで三十年前に書いた『夏の名残りの薔薇』（第一部と第二部で成っていて、高校時代と大学時代に分かれている）の中から、記憶がよみがえる、必要部分を書き出して、あの時代を生き直したいと思う。第二部の大学一年の失恋のあの正月さえ、生き直せたら、甦るはずだ。（ちなみに高校時代の中心的な部分は「エデンの東」というタイトルで別の所『漱石「満韓ところどころ」を読む』に書いている）

一九五六年（今から六十一年前）の七月七日、朝の十時頃、私は大阪駅に降り立った。夜行列車で、東京から帰って来た私の目に、夏の白い太陽に照らされた大阪駅の風景は、いかにもまぶしかった。はじめての大学の夏休み、初めての帰郷……。

右手に中央郵便局、正面に第一生命のビルと阪神百貨店、といってもその間は空間があって、戦後の闇市のバラックからあまり変わっていない汚い木造の商店が、低い軒をつらねてびっしり建っていた。その上に青い空がひろがっている。左手に曽根崎《そねざき》警察の古いビルと阪急百貨店。

市電が何台も停車していて、着いたり発車したりしているが、昼前なのでがらがらだ。

洗濯物を入れたボストンバッグを持って、私は「月光」か「銀河」から大阪駅のホームに降り、そこから最短距離の階段を下って、涼しい地下鉄に乗り、大国町で地上に出る。夏の陽の照りつける道を、汗も拭かずにわが家へ急いだ。

大国町のあたりは靴屋が多かった。土間に座った人が、木の切り株の上になめし革を置いて、鉄のタガネを当て、上から木槌で、たたいてくり抜いているのが、明け放した門口から見える。

関西線の踏切を越えたあたりから、まだいたるところ焼跡が残っていて、その上に重そうな、青空が載っている。市電の通りに出て、陰になった栄《さかえ》小学校の裏を通り、十三間掘川《じゅうさんげんぼり》の土手に上がる。

橋を渡ると、やはり焼跡の中に崩れかけた家が、夏草の中に見える。坂を下り、家の裏に廻ると、おふくろが洗濯物を干していた。

「ただいま」

「お帰り」

おふくろはまぶしそうな顔をした。

「ちょっと眠るわ」

私はそういって家の中に入った。

「布団、敷くか？」「ええわ、タタミの上でごろ寝する」

「下着、着替えるか、ランニングとパンツ」

母はそういって、先に六帖に入りタンスを開けた。夏はいつもその恰好でいた。

日曜、朝の礼拝が終わって、讃美歌の奏楽をしていた響子が、窓側の通路を歩いてくる。

「いつ帰ってきたん？」

「きのう」

「……ちょっと痩せたん違う」

「五キロ痩せた、自炊なんやけど」

「ろくなもの、食べてないんでしょ、料理がめんどうで」

「それもあるけど、水道もガスもなくてね」

「武蔵野？　そんなとこ、……ツルベで水を汲むの」

「まぁ、手押しポンプはあるけど」

「ふうん……なんか雰囲気あるな、水は冷たいやろ」

「まあね、井戸は深いらしいから」

私たちは窓ぎわの狭い通路に立って話していた。彼女は腰まで窓のある壁にもたれ、私は椅子の背にもたれ、向かい合っていたが、お互いの距離が近すぎた。産毛の生えたむきだしの腕、とがった乳房……彼女はひどく女くさかった。眠りたりて、そのまま出て来た私は、多分ひどく男くさかっただろう。それが息苦しかった。

「あっちへ行って、話をしよう」

響子はもう一度にっと笑ってそういった。

この日、久しぶりに教会の礼拝に出た私を、響子は離さなかった。小会堂の、夏の光に輝く庭の芝生が見える、窓の近くの椅子に腰かけ、東京の話を聞きたがった。

その後、喫茶店に行き、お互いの大学生活を、夢中になってかわるがわる報告しあった。


一九五六年八月二十六日、俺は初恋の人に河童の置物を奥津みやげにもらった。

この夏休み、どういう風になっていたのか、俺自身わからない。思想的にはまったく無神論者になった。もっとも霊魂の不滅は信じているが……。この夏休み約二ヵ月、俺は教会に通った。教会の人たちは親切だった。そして彼女とは親密だった。

しかし俺はいまだに分からない。何がどうなっているのか。俺を親しい友達と思っているのか、恋人のような感じでいるのか……。

俺は東京の下宿に帰ってから、彼女の夢をよく見る。河童の置物を見ると泣きたくなるほど懐かしくなる。夏休み中にいった彼女の言葉が、次々と思い出される。

彼女は少年補導員の仕事を一生の目的にしたいといっていた。その意味が私には分かるようで、もう一つ分からなかった。

彼女はフランス語に美を見つけ出すことはできないといった。「cafe」喫茶店でそういって注文した。

奥津……俺も行きたい。彼女と二人で。

彼女はそこで黄昏行く大山を望みながら、テラスの椅子で、俺のモーパッサン短編集を読んだといった。

本当に俺を愛してくれさえしたら……。まったく、俺にこんな純粋な感情があるなんて……俺はそれをセンチメンタルに片づけた。

もう何も欲しくない。その懐かしい思い出さえあれば――。

しかしこんなことを書くのはもうよそう。

こちらへ来る前の晩に、彼女が夢に出て来て、俺にこういった。未だにその言葉の意味が分からない。夢の中では成程と思っていた。起きてすぐ書いたから、これは夢の通りだ。

――私を愛してるといって、私を恋人か情婦にでもするつもりなの、もしそうなったとしても、私もあなたも少しも変わらないじゃないの、私は一生結婚なんかできないわ――。

もし夢になんらかの意味を認めるとすれば、これは彼女の気持を、無意識のうちに感じ取った結果といえる。

資料の中にルーズリーフの綴りがある。大学の講義は各学科ごと一冊ずつノートを作るのではなく、このルーズリーフ一冊ですませていたらしい。学期末にそれをばらばらにして、学科ごとに綴じ直して、編集していたのだ。

したがって、それは覚え書きをかねていた。日記に書かないような短い断編がいくつか残っている。当時の私の精神のありどころをさぐるのには、日記よりいいかもしれない。

〈友人を作らなければ。

しかし僕は他人との関係は作りたくないと思っている。だが孤独を捨てなければ……〉

大学に入って、私は孤独を守り続けていた。大学に対する失望は、そこへ集って来た学生に対する失望と重なっていた。

だから響子に話した大学生活も、このことは含まれていたと思う。

〈現代の学生は、何者をも信じない。しかしそれは彼らの責任ではない。彼らは軍人と共に戦火をくぐり抜けてきたのだ〉

〈妙な方法で、妙なものに妥協してはならない。つまり大人になってはならない〉

幾人かと話し合ったクラスメートに、私は変な大人を感じたらしい。私の大学には貧しいアルバイト学生が多かった。彼らに、大学生らしい夢を感じなかった。

〈自意識ほど嫌な感情はない。それを捨てた時にのみ、人は幸福になれる〉

〈正しいことは皆から認められない。しかし正しいことは正しい。歴史がそれを証明する。だからこれは歴史的真実である。もし正しい者が敗北するとなると……〉

〈信じる以外、いったいどんな真実がありますの〉（……これは文芸部の同級生の女性が言っ

た言葉である）

こういう言葉の中から、現在も私の精神の中に残るいくつかの痕跡を見ることができる。〈……夜の構内、小雨、霧、かすむ外灯、細く光るレール、濡れたプラットホーム……。小説は雰囲気である〉

これなどは今も根強く私の気持として残っている。

これらの中に、次の言葉が書かれていた。響子とのことがメモとして残っているのは、その数ヵ月でこの部分だけである。

〈電話口にて、

「君、今何してんの……」

「ほっときいなぁ！

あんた、いつでもそんなこと聞くなぁ」〉

こう書いた後、響子、君は勝気で高慢だ。というような文章がなぐり書きされている。

この電話はいつのことなのかわからないが、よほど頭にきていたのだろう。何ヵ月も経過してから思い出して、一人で腹を立てているような荒っぽい字で、その後の文章は判読ができない。

響子との関係の中で、この要素が大きかったのではないか。主導権はいつも彼女の側にあった。何かちょっとした言葉が彼女の怒りを爆発させ、私は訳もわからず立ち往生させられるのだ。

こういうこともあった。東京へ発つ前の冬、喫茶店で、何人かがいる中で、響子はマッチをすった。

「目をつぶって、これを消してみて……」

私は目を閉じて、彼女の手の燃えているマッチを、慎重に吹き消した。そうすると彼女たちはきゃっきゃっと笑った。

「それがキスする時の顔やて……ものすごく真剣な表情やったわ」

私は啞然としてしまった。それから赤くなった。まるで晒《さら》し者ではないか……。私はこういうことは苦手だった。さらりとかわせなかった。

しかしこういうことを思い出してみても、その夏、久しぶりに響子と会っていて、なぜそれほど用心深く臆病になっていたのかわからなかった。

何度目かの集会の時、私は彼女に『アンナ・カレーニナ』の本を貸した。そしてこんな風なことをいった。

「世界文学の地平線に、トルストイという巨大な山脈がそびえている。しかしその山脈に登ると、その向こうに今まで見えなかった、もう一つ巨大な山脈が横たわっているのを知る。それがドストエフスキーということらしい。しかしぼくの場合は、その逆で今ごろトルストイを読んで驚いている。君はトルストイから入る方がいいんじゃないか」

とにかくその夏、十九歳の私と、十八歳の響子は(彼女は早生まれだった)、大人に成っていた。私はいよいよ文学青年に、彼女はそんな青臭い私に影響されなくなった大人に……。

ただこういう違いの中で、何がどうなっていたのか分からないけれど、この夏二人はひどく親密だった。

資料を整理していてこの作品の中の「第一部」のいくつかの記憶違いを、ここで訂正しておく必要があるように思った。

彼女から旅行土産の河童の置物をもらったのは、高校三年ではなく、大学一年の時だった。彼女に誕生祝いを渡したのは、これも大学一年の冬ということになる。したがって、これらの行為の持つ意味は、第一部（高校時代が中心）で書いているのと若干違っている。

次に牧師館の座敷で、火鉢をかこみながらトランプをしたのは、これも高校三年ではなく大学一年の正月である。日記やノートや手紙、その他いろんなメモが出てきて、とうてい書ききれない。整理しきれないし、整理したところでつじつまが合わないと思っていたが、一九五七年の「あの正月」を中心に並べ直すと、つじつまが合ってくる。

その中で、一九五六年の秋、私は手紙で響子に愛を告白した、と第二部（大学時代が中心）に書いているが、そういう事実が資料から出てこないのだ。もちろん手紙の控えなど残っていることは考えられないのだが、そういうなんらかの形跡があってしかるべきだ。それがあった時から三十年後に書いた、これはどうやらフィクションであるらしい。なぜこんな大事なことがフィクションなのかわれながら分からない。

一九五六年（大学一年）の夏から秋へかけての記録が何も残っていない。日記もそのあたりの日付が抜けている。だからこの期間の空白を埋めることができないと書いていて、愛の告白の手紙の控えだけが残っているなどは考えられない。

このあたりのことは後ほどもう一度検証したい。

夏休みの時は、二人はひどく親密だったのに、冬休みの二人の様子が、ぜんぜん違っていた。夏休みは、待ちかねたようにあんなにいそいそと、帰った翌日教会へ出かけたのに、冬休みは大阪へ帰ってから、なかなか教会へ行かないで、ひどく逡巡しているのだ。

「君は南国のバラ」というタイトルで、南紀での思い出を中心に、小説をこの頃書き始めたと書いているが、これは事実であり、百数十枚の原稿は今手元にある。これを書き直して高校時代が中心の『夏の名残りの薔薇』という小説にした。このために日記を書かなかったということは考えられる。

記録が抜けているといえば、高校三年の正月過ぎから、大学入学の春までの数ヵ月も日記が空白である。これは当然受験勉強と入試のためだろう。

しかしこのあたりの資料を整理しているうちに私は別のことを考えはじめた。今もっとも蓋然性のある解答に行き当たって、全体を捉え得たような気がしている。

東京へ行くにあたり、響子と神の問題に対し、精算したつもりであったのではないか。東京行きは、そういう意味も含んでいたのではないか。

これは私の内面の問題としてではなく、東京の大学へ入ることは、大阪でのそれまでの生活環境と一応決別することであり、私はそれを選んだのだから。

こういう風に気持を切り替えていたとすれば、夏休み大阪に帰って、私は教会に行きやすかったに違いない。いわば客のような顔をして、いそいそと。

ところが事情が違ってしまった。響子はかつてないほど優しく、私は大人の恋をしてしまったらしい。その夏休みは、三十年経っても忘れられないような日々になっているのだ。三十年後の現在、これをもう一度書こうと思うのは、その夏があるからだ。

しかもやっかいなことに、これは具体的な記憶としてではなく、潜在意識、潜在した記憶としてあるのだ。これも第二部の記述の訂正になるが、こういうことでその夏、たがいに用心深く、会う回数は限られていたが、響子とはずいぶん話をしたに違いない。

夜遅くまで教会で話しこんで、日曜日一日中教会に居て、彼女と一緒に過ごしたのではないか。「その懐かしい思い出さえあれば……」というような日々。

再び東京の下宿生活に戻って、私はめんくらってしまった。夢中で過ごした夏休みを、冷静に振り返って、あの日記を書いたのだと思う。こういう前提で読むと、「何がどうなっていたのか分からない」と書いた意味が理解できる。また「愛の告白をした」と思い込んでしまったことも考えられる。

そうして秋から冬へかけての沈黙は、この戸惑いの延長として捉えられる。その気持を整理するために、「君は南国のバラ」を書き始めた……。

大人の恋愛が、この夏から始まったということを認識していたかどうか。多分認識していたと思う。私が響子に……「愛の告白をした」と錯覚したのはその潜在意識からだろう。——以後の日記の記述は大変に大人っぽい。そして以後の行動はその反動でずいぶんおどおどしている。

一九五六年、暮。

俺は神を信じていないが、女は愛している。教会へ行くべきか？

では、女を外へ連れ出せないか。女は牧師の娘だ。女は俺を愛していない。おまけに俺には勇気がない。おれの自尊心が許さない。顔さえ見られたら！

行くか、行くまいか……。

行かないで自分自身をもっと痛めつけるか？　しかし、牧師やその他の人に会うのは堪えがたい。では、誰にも会わないようにひそかに出かけるか。それは不可能だ。第一それは恥ずかしい。だが、出かけないことは彼女の視野の外に立つことだ。もし彼女が俺を愛しているのなら、それも方便だろうが……しかし彼女は俺を愛してはいない。愛していたとしても、それは時間と共に消滅する程度のものだ。そうして響子は、俺が心の底から彼女を愛していることを知らない。なぜなら、俺は教会へ行かないのだから……。

しかし俺が自分を痛めつけるために教会へ行かないのなら、それは一層好都合ではないか。では一体、俺にどんな喜びがあるというのだ。灰色の世界だ。東京は灰色だ。そして大阪は頭痛の種だ。

もし教会へ出かけて見て、彼女が愛するに価しない女性であることを、発見するかもしれない。なにしろ三ヵ月以上も会っていないのだから……こんな長い間、彼女と会わなかったことはない。彼女の顔を忘れてしまっている。

それに、もし出かけて大きな衝撃を受ければ、それはそれで素晴らしいではないか。

東京から若牧師に出した手紙はどうするのだ……。彼女はこれを一つの事前工作と受け取ったかもしれない。そんな中へおめおめと出かけて行くのか……もし出かけないのならそれは彼女の心の中にしこりを残すに違いない。


とうとう風邪をこじらせてしまって、出かけられなかった。俺は軽い気持で出かけようと思っている。

出かけないことの方が不自然ではないか……。人間的なつながりが、俺と教会の間に存在する。神を信じるか信じないかはその次の問題だ。牧師や教会をあなどるつもりはないが、俺は軽い気持で交際仲間の中へ出かければよい。その内にどうにかなり、なんとかするつもりだ。

十二月二十四日

これは俺のいつも使う手だ。
偶然をたより過ぎる、偶然を……。
しかし、ひょっとして響子は俺を愛しているかもしれない。俺が来るのを心待ちしているかもしれない。

同日

俺はクリスマス、とうとう教会へ行かなかった。華やかな場所へ出る気分ではない。

十二月二十五日

しかしやはり行くだろう。

十二月二十六日

日記が残っているものについては、できるだけそれにそって書きたい。
響子への思いを、こんな素直に書いた部分は他にはない。一夏、本当に彼女が好きになってしまったのだ。九月の日記のとまどいと十二月のこの激しい迷いと思いの間には、それほどの距離はない。

しかし私は、どうしてこれほど自虐的なのだろう。こんな男に、恋愛など、もともとうまくできるはずがない、女性との間がうまくいくはずがない、とつくづくかんがえてしまう。

——俺は神を信じていないが、女を愛している。教会へ行くべきか？——

こんな簡潔な文章は、今の私にはとうてい書けない。

現在予想する以上に、神の問題は私にとって大きかったようだ。そして神は、はっきりと教会と牧師の顔をしていた。牧師の娘を愛してしまった、ぎりぎりのところに私はいたようだ。そして多分、これが問題だったのだろう。現在では考えられないぐらい、自分の思想に忠実だったということか……。

今、……それまで私を苦しめ続けてきた神の存在……私の精神の成長に組み込まれてきた神との対面を迫られていた。それは信じる信じないの問題ではなかった。

——俺は誰に恋をしていたのか？

桜は最早その影をとどめない。響子はどうやら、俺に大人の愛情を示し始めたようだ。しかし俺は一体誰に恋していたのか。

彼女は元の彼女ではない。彼女が元のままであっても、俺は成長している。俺の心の中の彼女も成長している。俺は何を求めたらよいのか、俺の情熱は、愛情は……。

響子はどこへ行ってしまったのだ。彼女は最早永遠に存在しない。彼女は消えてしまった。

だが俺の見誤りではないのか。……そうであってくれたら俺は救われる。

期待と恐れが大きかったから、失望と落胆も大きかった。イメージの中の響子を育てあげ過ぎ、現実との落差にがくぜんとしたらしかった。

しかしこれには理由があった。それもあきれるような単純な理由だ。同じ時、私と同じような風邪を彼女もひいていたのだ。十二月の末の頃だ。彼女らしい張りが、すっかりなくなっていて、彼女はそのまま年を越すことになった。たいした風邪ではないが、私にはなすすべがなかった。

十二月二十八日

昭和三十二年（一九五七年）如月《きさらぎ》
一ヵ月の心の空白を埋めるために、私は書かなければならない。
私は大阪へ帰っていろいろと考えた。教会へ行くべきか、行くべきではないか……。だが、結局私は出かけた。
その年最後の日曜日、私は少し早目に教会へ行った。響子はストーブの前のベンチに座っていた。私は牧師さんに挨拶して、わりあい落ちついている自分に満足しながら、彼女の方に歩み寄った。彼女は黙って身をずらせて、自分の横を空けてくれ、私も黙ってそこに腰かけた。

響子は髪をばさばさにして、寝不足の顔をしていた。おまけにまるでかまいつけないその服装は、やぼったい色の田舎娘のような感じを与えるものだった。以前感じられた、勝気とか、弾き返すような力、張りは彼女には感じられなかった。

響子の感情的な距離があまりに近いので、私は驚かされた。彼女はまったく私の中に同化してきた。まるで他人という感じがしなかった。

礼拝がすんでからも私たちの話は続けられた。響子は私と二人きりになりたい気持をほのめかした。彼女は百貨店へ買物に行きたいらしかった。私は昼から餅つきだといった。

「そしたらあかんなぁ……」

と響子はいった。

私はできたら行きたいと思った。しかしこの時は彼女の魅力のあらかたは消え失せていた。だから無理してまで行くつもりにはならなかった。また明日なら行ける、などということも言わなかった。

夏休みに帰った時は、響子はあまりに成長した女になり過ぎていて、私は戸惑わされた。彼女が腕を上げた時、そこに黒々とした腋毛を見た。そこは夏の昼下がりの風が吹き通る、教会のアーチになった玄関だった。彼女は髪の毛をかき上げ、不用意に腕を上げた。私はまぶしかった。

おまけに彼女はひどく考え込んでいた。私が彼女に書き送った、勝気で高慢だといった言葉が頭を離れない、と響子はいっていた。そんな彼女の声の調子や表情は、私には悩ましいものだった。

夏休み中の響子の魅力は、完璧に近かった。悩んでいるらしい様子、控えめな勝気さ、女に成長した肉体、謙虚からくる優しさ、女らしさ、時々見せるほんの少し娘らしい陽気なはしゃぎ……私はずいぶん惹きつけられたものだ。

……が、冬休みは、響子はもぬけのからだった。何もなかった。虚脱状態だった。この数ヵ月、彼女は考え過ぎて、そういう状態になった。

その上、彼女は私に身近な愛情を示した。私の中に同化してきた。偶像は崩れ、私は愛情のよりどころを失った。

しかし、響子は正月は家へ遊びに来るように誘ったので、とにかく私は出かけていった。

……俺はやはり響子を愛している。彼女は魅力がある。俺は恋愛ごっこをしているのかもしれない。俺はそれで満足している。だが響子は……。

初めて会った時は、変化した部分ばかりが目についたのだ。再び俺は響子を見い出し、そして、もう一度彼女を愛し始めたのだ。

いみじくも、その正月は、十九歳から二十歳への端境期であったのだ。青年から大人への変化が、二人の間に劇的に起ったというべきか……。

（一月三日）

記録のこの部分を読み、三十年経った今、私は救われたような気持になっている。夏から秋へ、戸惑いと迷いの季節の中に彼女もいたのだ。「対岸から、この川を渡るかいなか……」彼女は考え過ぎて、そういう状態になった。

忘れがたい夏の日々を過ごした私と響子は、東京と大阪に離れていても、どうやら同じ精神空間の中にいたらしい。こうしたあてどのない迷いと不安が、彼女を疲れさせ、虚脱状態にさせたのだろう。

しかし、いくら当時の記録だからといって、全面的に日記を信用するのも問題があるように思う。その朝、響子は単に寝不足で、多少風邪気味であったに過ぎないかもしれないのだ。ただ感情的な距離があまりにも近いと感じたのは、彼女も同じだったのだろう、とは思う。再会が彼女を立ち直らせた。

二月九日の土曜日、東京の煙草屋の二階のコタツの中で、私は徹夜で書いている。響子と過ごした正月のことを。

正月の響子の家では、私は若牧師夫人の桜子さんに座敷に通されると、まず牧師や甲田夫人(響子の母親)、そして遊びに来ている人たちに新年の挨拶をすませ、別に彼らと話すこともないので、縁側の椅子に腰を下ろして庭を眺めた。

響子が、茶の間で家族の人としていた百人一首に、私を誘いに来た。私は入るといったまま、なお動かなかった。すると若牧師と友達との間で、吸盤のピストルの的打ちが始まった。私もそれに加わった。響子は、百人一首をやめて、こちらへやって来た。

響子の成績は二番だった。私は未経験のために、初めの方でやり損じて三番だった。しかし、私の成績は終わりになるほど良く、彼女はそれをいった。私は彼女が女性で二番だということに感心していた。女性は四人いたが、彼女以外の女性は吸盤が的にくっつきさえしなかった。

次に輪投げが始まり、これは響子はかいもくできなかった。私の方は平均並みだった。

トランプ……彼女はすぐ私のことを話題にした。私は敏感に感じた。トランプの札をめくって、合ったら相手の名前を指すゲームは、他の人と合った時にも、響子の名前が自然に出てきて困った。彼女も不用意に私の名前ばかり言っていた。

ゲームに飽いて人々が出かけた後、私は一人で占いを始めた。彼女はその時は私の横に座っていた。

彼女は火鉢で餅を焼き始めた。そのうち餅は全部焼けて、二人は餅を食べ食べ、あきずに占いのトランプに熱中した。……広い座敷には、二人以外誰もいなくなっていた。

それは彼女がよく知っている占いだった。私はその占いにあまり慣れていなかったので、しばしば彼女の助けを借りた。考えれば考えるだけ、占いは良い方へ向かうのだ。……私は少し残して失敗した。

私はもう一度やり直した。響子は、今度は私によりそい、初めから加勢した。二人の知恵でその占いは成功した。彼女はほっとした顔を上げて笑った。私もなにか明るい気持になった。餅を食べ終わり、今度は響子が始めた。ところが、それが運悪く失敗した。彼女はトランプを拾い集めると、もう一度やり直した。目をくばり、すばやく札をめくり、その上にトランプを重ねていく。勝気らしい目が黒々と光り、時には指を噛んで考え、今度は非常なスピードででき上がった。

私は楽しくなり、あきもせずに、トランプを繰ってタタミにカードを並べた。それは非常な苦戦だった。しかし二人の力でどうやら完成した。このゲームがこれほど度々完成するとは思わなかった。

そして次は響子……半ばで夕べの集会に若牧師が呼びに来た。二人は力と知恵の有りったけを合わせて、それを片づけた。響子と二人でやればなんでも成功しそうだ。彼女の粘り強さ、勝気さは私に必要なものだ。それにしても若牧師が呼びに来なければ、二人は何時間も同じことをやっていたかもしれない。

……礼拝堂へ行くまでの夜道、それはあまりにも短かった。私が響子を誘うほどの距離はもっていなかった。

夜の祈禱会の私はみじめだった。私は祈れなかった。響子の細々として震えている様な、それでいて良く響き渡る祈りの言葉に聞きほれていた。その集会に一人の青年が礼拝に来ていて、その祈りは激烈なもので、ひときわ際立っていた。

集会のすんだ後、響子はもう一度家の方に誘ったが、私は行かなかった。その青年……私よりどうみても男前の、しかも深い信仰を持っているらしい彼は、彼女と牧師館の方へトランプや百人一首をするために、連れ立って行った。

私は一人夜道を辿って家路についた。響子はその夜、かれらと興じて楽しかったかどうか知らない。

響子は翌日の青年会に来ることを望んでいたが、これも私は行かなかった。

私はあの見知らない青年のために、彼女への愛情をけしかけられ、おまけに嫉妬をいだかされていた。じぶんの感情がいまいましかった。信仰を失っている私に、勝ち目はなかった。

私はかつて、高校三年の夏の和歌山の南部の海辺の合宿で、馬場不二雄という男子高校生に、非常な嫉妬をいだいた。私はその感情をもてあました。そうなると攻撃的になるより、いつの場合にも劣等感にとりつかれるのだ。それにはこりていた。だから今度も本能的に敬遠したのだ。私は恋愛に対しては、以前よりもずっと用心深くなっていた。

その翌日から四、五日、私は田舎へ避難した。

厳しい冬の山や川を見てきた。手の切れるような冷たい水で顔を洗った。餅と野菜のいっぱい入った雑煮を食べた。そこには年寄り夫婦しかいなくて、かつて特攻隊で死んだという二階の長男の部屋で、私は持参していった本を読んで過ごした。その田舎には獅子舞いなどもやって来た。そこは祖父の生まれ故郷であり、寒いのに墓参りにも行った。響子のことは念頭を去らなかったが、しいて考えないようにしていた。考えてもしかたがないのだ。田舎から帰ってからは、妹と遊びまわった。

一月十三日、久しぶりに教会へ出た。

響子は私には近づかなかった。しかし何かの口実……写真代を兄さんの弘志さんに渡してくれといって、彼女に近づいた。とたんに響子と私の感情的な距離はせばまった。

帰りぎわ、教会には誰も居なくなっていた。私は詰腹を切らされたような気持で彼女を誘った。その時の様子を、ありありと思い出せる。響子は心理的にぐいぐいと私を追い詰めてきた。私は十五日に東京へ帰るつもりだったし、彼女は伊藤忠でアルバイトをしていたから、もう日はないとあきらめていたのだ。

玄関まで来ると、横の通路から彼女は玄関の扉を閉めるらしい風で、何気なく出て来た。私はなにか恋愛の義務のようなものを感じた。彼女は待っている。私が彼女を誘い出すのを……。

二人はそこで立ち話をした。もう一人の友達が来たので、彼が立ち去るまで、予想外に長い立ち話になった。その間、響子はどこへも行かないで、私の言葉を待っていた。

とうとう彼が立ち去り、いよいよ私の詰腹の番だった。私はなにげなく、ひっかかりを求めて言葉を投げた。案の定、響子はそれを宙で受け止めた。そして追及してきた。半分逃げ腰で、私はついに腹へ刀を突き立てた。そして掻きまわした。

私は少し赤くなり声がふるえ、そして落ち着いた。響子は初めから終わりまで落ち着いていた。さすがに声と、壁にかけようとした手はふるえていたが……。

これが二年半の響子と私の間の、初めての具体的な確実な言葉だった。

彼女は初め、あいまいな言葉でにごしていたが、やがてしっかりと私と二人で出かけることを承諾した。もうこうなれば、奈良を歩こうが、京都へ行こうが、それは問題ではない。二人の間に、今まで見えなかった橋が姿を現したのだ。二人の間に、渡っていける橋が、今はっきりと架けられたのだ。

その後、二人は長い間話し込んだ。まるでその半年間、互いに話し合うことを溜めに溜めていたように……、自分たちに関することを。

心配して若牧師がもう一度礼拝堂にやってきた。二時間以上経っていた。もう一度電話をかけることを約束して、響子と別れ教会を出た。

冬の深夜、家路を辿りながら、吹き飛ばされそうな星を眺めて、私は喜びよりも、何かしみじみと満ち足りたものを味わった。それは困難な仕事をやり終えたような、充実感とでもいうべきものだった。

十四日の夜、私は電話をかけた。

長い電話だった。半時間ぐらいかけていたと思う。二人で行く場所を何度も考え、何度も話した。どこへ行ってもいいように思えたが、どこも満足ではなかった。その間に他の話も入った。

二人のことは、教会でも話題になっているらしかった。若牧師と、その夫人の桜子さんはいいのだが、長老などもいて、うるさいらしかった。だから彼女は、かえって二人の仲を公然としなければならないと、いった。彼女は玄関の電話でそんなことをいうのだから、たいしたことはないのかもしれない。

二人の仲を公然とすることにより、若牧師や桜子さんの助けをえて、のりきろう、ということのようだ。気の強い響子のことだ。しかも牧師の末っ子、彼女は一番かわいがられていた。公明正大であれば、何も心配することはないと彼女はいった。

その後、響子は、本当は明日、女の友達との約束はあったが、そちらの方はことわったといった。そちらの方はいつでもいいけど、こちらの方は明日しかないから……といって、くすっと笑った。

私はその日の夜行（深夜）で発つことになっていたし、彼女は風邪をひいているらしかった。スケジュールがむつかしかった。無理をしないで、今度春休みに帰って来た時に行こうか、といった。響子はその言葉を受けつけなかった。私は内心嬉しかった。

電話があまり長くなるので、と私がいいかけたら、

「あんた、寒いのん」

ときた。電話の言葉は印象的だ。

とにかく翌日の二時、地下鉄の花園町で待ち合わせることになった。

十五日、私は三十分も早くから、そこで待っていた。響子は五分遅れてやって来た。私は階段の入口に腰かけたおばさんから、地下鉄の切符を買おうとした。

——響子は、行けない、という。留守番がいないから——。

「ごめんやで……かんにんやで……」

私は理解できなかった。また理解することを避けた。私はどこかで、大きな誤りを犯していたらしい。

その場で響子と別れ、階段を下り、一人地下鉄に乗って、難波で降り、そして私は散髪をした。これはなんといったらいいか、大変に散文的な成り行きだった。

(二月九日深夜、もしくは、二月十日早朝に記す)


三十年経った今、痛みは今も胸にある。だからこの部分を読み返すのが嫌なのだ。

あの夏休みに、誘っていれば、こんなことにはならなかっただろう。その行為に、こんなに意味を込める必要はなかったのだから……私がそうしたのではなく、状況としてそうなってしまった。

夏からの半年間の溜めに溜めた思いを話し合って、二人の間に橋が架かったと……言葉がある確実さを持ってかえって来る、という経験を知った直後の、衝撃であった。

以後、いろんな意味の込められたこのパズルのような謎解きに、私は苦労する羽目になった。十日の日曜日、短い眠りから目覚めた十九歳の私は、再びペンをとっている。

――私は、響子が拒否した理由を、いろいろ考えてみた。

「行けなかった」

第一に本当に留守番しなければならなかった。

もし本当に留守番をしなければならなかったとしたら、彼女の取る行為はたくさんあったはずだ。家に誘うこと。彼女は二人の仲を公明正大なものにしなければいけない、といった。教会の中ではそれでないとやっていけない。だから、二人きりだとしても、家に誘うことはできたのではないか。現に私が彼女を二人で奈良の薬師寺？へ誘った前の晩には、二人っきり、誰もいない教会で、二時間以上も話していたのだから。

が、彼女が本当に留守番をしなければならなかったとして、響子は私に断るのが精いっぱいで、他のことを考える余裕がなかったとは考えられる。私が大阪駅から発つ時間をしきりに聞いたから、駅まで見送ることを考えていたのかもしれない。

しかし私はそれを拒絶して、時間を知らせなかった。夜遅く、大阪駅の人ごみの中で見送られるなど、私には想像もできないことだった。……ということで、本当に留守番をしなければならなかったという、可能性は残っている。

第二に、二人の仲を公然とするために……響子はそれをさかんに強調していた……前夜かその日、家族の人に話をして止められた。

この最も大きな理由として、洗礼を受けている私が不信仰なのを、彼女の家族の人たちは知っている。彼女の父の牧師は一番よく知っているからである。彼女の兄の若牧師は、二人の仲が親密なのを、これもよく知っている。

私が不信仰だという理由以外に、あるいはそれも含め、二人がまだ学生だから、もし二人の愛情が深くなっても、どうにもならないと家族の人たちは彼女を止めたのかもしれない。これらはおおいにあることだと思う。

第三に、その他として友達らの中傷……二人のことは教会では当然話題になっていた……。それ以外の予想のつかない理由。

以上は彼女を外部から引き止めたものだ。

「行きたくなかった」

第一には、行きたくなかった。

これは約束したのが昨夜だから、否定することができる。私には、彼女がいやいや約束したとはとうてい思えない。話が長くなりすぎて、電話を置こうとすると、「あんた、寒いんか」

とくるぐらいだから……。もし心境の変化が起こったとすれば、その原因が問題だ。

第二には、行きたくなくなった。

友達は多いと思うが、愛情を前提として、二人っきりで外で会うという経験は、多分十八歳の響子にも初めてであったと思う。……彼女は、私がその逢引（デートという言葉はまだ一般的ではなかった。これはそんな時代の話なのだ）に、あまりに多くの期待をかけているかもしれないと思って、不安になった。

これは確かに、考えられる。しかし勝気な響子が、そんな不安ぐらいで気持を変えるだろうか。現に、何度も書くが、私が電話を置こうと思うと、その気配で「あんた、寒いんか」というような女性だ。

第三、その他……例えばもっと魅力のある誘いか何かがあって、その方を選んだ。

私は以上のように分析して、分からなくなってしまった。どれも本当のようで、しかしどれも違うようなのだ。人が信じられないということの問題は、私の人生に尾を曳《ひ》きそうであった。では私の取るべき行為は、一、東京で教会へ行き、もう一度信仰と取り組む。二、春休みの帰省に、もう一度彼女に試みること。それだけだった。

しかし、今度会うまで、私はいったいどうすればよいのだろう。この傷ついた気持を、どんな風に処理すればよいのだろう。

私はよく、地下鉄花園町の階段の入口付近を思い出した。銀行の石段で日なたぼっこをしている老人（そこには銀行が四つも軒を並べていた）。街角に立って車の流れを眺めている若者、着飾って映画にでも出かけるらしい若い夫婦（その日は成人の日だった）、地下鉄の階段の降り口で、椅子に座って切符を売っている老婆、まだ何枚か枯れた葉をつけているプラタナスの並木、その根元につながれた自転車、客を拾おうとしてのんびり走るタクシー、冬の昼下がりのぽかぽかあたたかい日ざし、ものうい休日の街の騒音、話し声……。

そんな背景の中で、響子は微笑み、あわてて微笑を崩し、かなり心配気な、いかにも困ったようなきびしい表情に戻った。

響子は、髪を乱したまま、ジャンパーをはおり、ポケットに両手をつっ込んで、サンダルをつっかけ、急ぎ足でやって来たのだ。理知的な、毛深い彼女の額の毛の生えぎわを、私は眺めていた。ダスターコートに両手を入れたまま……。

そんな、いかにも庶民的な感じのする休日の街角で、私は響子と別れた。そして一人、傷心をいだきながら、その日夜行で、東京へ旅立った。

——夏休み、夜行列車で東京から帰り、大阪駅に降り立った書き始めから、年が明けた正月明け、再び夜行で、東京の下宿へ帰るため大阪駅から旅立つまでを、書いた。

こうして私の初恋は終わった。

私はクリスチャンなので、そうしばしばではないが、この後も教会へ出かけた。そこで響子との間はどうなったか、そのエピソードの二、三を書いておきたい。

「私の取るべき行為」として書いている二番目の、春休みに帰省して、もう一度彼女に試みること、がまず最初である。

春休み、私は東京から帰ってさっそく教会へ出かけたが、二人はあまり話をしなかった。夏休みや冬休みとは、完全に響子の態度は違っていた。

しかし夜の集会が終わった後、私は新宿で買った誕生祝いを持って（彼女の誕生日は二月十二日という覚えやすい日だった）。牧師館を訪ねた。東京で心に決めた確認の作業が残っていた。

案内を乞うと、響子が出てきた。どうしてすぐ彼女が出てきたのか。彼女は勘の鋭い女性で、夜の集会で私の顔を見て、予感したのだろう。

私が誕生祝いを差し出すと、響子は、

「そんなん、もろてもええのかしら」

といった。

「いうほどのもんや、ないねん」

私はぼそっといった。

これは夏休みに、奥津土産として、河童の置物をもらったお礼のつもりだった。彼女は受け取り、

「ありがとう」

といった。その時の響子の目は、心なしか輝いているように見えた。

次の日曜日、彼女に会った時、響子は私に言い訳をした。あまり突然だったので驚いたと、そしてもう一度ありがとうといった。それは小さいチンチンをつまんだ「小便小僧」だった。


数日後に、教会の青年部のピクニックがあった。これはまたとない機会だった。

響子は私と二人きりなら行かないが、大勢なら行くだろう。私はピクニックがあると知った時、とっさにそのことを考え、真っ先に申し込みをした。参加者は非常に少なく、男三人、女四人、ＫＫＳ（高校生会）から上がったメンバーがほとんどだった。その中に響子の名前もあった。

教会へ集合するはずだったのが、私はそれを知らず、一人で阪急の梅田で待っていた。相当遅れて彼らはやって来た。私の顔を見て、彼女がどう思ったのかは、読み取れなかった。他の人は挨拶をしたから、彼女も挨拶をした。電車が来て席を取り、私は響子の横になった。他の人は二人に遠慮しているような感じだった。二人とも話は一言もしなかった。彼女はヘッセの

『郷愁』を読んでいたし、私は待っている間に駅の売店で買った、週刊誌を読んでいた。

西宮北口に着くと、乗り換えするらしかった。

「ここ」

「そうここ、ここで降りて乗り換えやわ」

はじめて口を開いたが、彼女がどんなつもりでいるのか、やはり分からなかった。

仁川《にがわ》へ着き、川沿いの道を歩きながら、私のすぐ近くで、響子は他の女の人たちと話していたが、私に対してどんな気持でいるのか、さっぱり分からなかった。二人の間に、今まであった信号装置は、完全に故障してしまっていた。

仁川渓谷にさしかかり、一行は谷川に沿ってよじ登った。ちょうど私が岩へ登りついた後へ、響子が来た。……彼女に手を差し出した。すると彼女はそれに気づかないふりをして、一人で登ってしまった。こんなことがもう一度あった。一行は急な崖を登った。そこを登るには、二つの道があった。私がまず登って、下の人の荷物と手を引っ張り上げてやった。響子の番になった。彼女は、私の方は見ずに、もう少し先の別の登り口を一人で這い上がった。

二人は相変わらず話をしなかった。山頂で昼食になった。私は弁当を持ってきていなかったので、途中でパンを買った。東京で下宿をしている時はパン食が多い。若牧師と彼女の兄の弘志さんと、彼女が共同で、寿司を分けてくれた。響子の心は私には分からなかった。が、そっけなく冷たかったことは確かだ。彼女は意識的に私から離れ、話をしなかった。私の方を見ようとしないし、明らかに避けていた。

昼食を終わると、下の砂原で野球をした。私は竹のバットを持って打者に立った。その時初めて、響子の視線を背中に感じた。が、彼女の心は、私の方には向かっていなかった。彼女の心は閉ざされていた。私は三振をした。

一行は五つ池に着いた。ボートに乗ろうとここまで来たのだが、季節が早かったせいか、ボート屋は閉まっていた。そこから宝塚の方へ向かった。

私は一番後から一人で歩いた。響子は十メートルほど先を女ばかり四人で歩きながら、尻取りのようなことをしている様子だったが、彼女らは笑い声も上げず、少しも弾まなかった。響子は私に対しては、つんとしてそっぽを向いていた。彼女の心は、私の方まで伸びては来なかった。

とぼとぼと、私は一人ずっと遅れてしまった。一行はばらばらになって、宝塚の入口で落ち合った。私にとって最後の機会は、ついに収穫をもたらさなかった。

弘志さんと私は、温泉に入りたいと主張したが、風邪を引くからと皆に引き止められた。実際その時には春の空は暗く、風は肌寒かった。一人とぼとぼ山道を歩いていた時には、私は堪えられないほどのゆううつにおそわれていたが、温泉に入りたいとはしゃぎだした頃には、最早恋は終わったと感じ、なにかせいせいした気持になっていた。

一人ぼんやりと、私は宝塚のホールのソファに座っていた。

仲間たちは、それぞれ広い宝塚の会場を、ボートに乗りに行ったり、博覧会を見に行ったりして、私の周りには荷物を置いたままで、誰も居なかった。この大劇場のロビーは広く、長椅子に休憩している人々も多く、ことに寄り添ったアベックの姿がいたるところにあった。

私は心地よいソファに深々と身を沈め、ホールの中とはうらはらの、窓の外の淋し気な木の間越しの黄昏の空の色を見ていた。そこはホールの中とは違って、寒々として、静かで悲しみに満ちていた。

帰りの電車が、日の暮れかけた摂津平野をひた走った。私は手帳に記した。

……これではっきりした。響子は俺を愛していない。

阪急の梅田の構内で、私は若牧師と握手をして別れた。

ネオンのまたたく、夕闇の大阪駅前広場にたたずみ、ゆっくりと伸びをした。

……俺は自由になった。

響子と、そして神から、今、解放された。

翌朝、電話をかけて、正月の時に行こうと話していた「戦争と平和」の映画に、響子を連れ出そうとした。彼女はそっけなくことわった。彼女の声は冷たく、すげなかった。あきらかに私を拒否していた。

四月八日

よく晴れた日だ。私と塚口は、朝早くから大和路を歩いた。塚口とは小学校以来の友人で、現在東北大学に行っている。彼は昔から抹香臭い趣味を持っていて、今日は彼に引っ張り出されたのだ。

私たちは近鉄の大和西大寺から、奈良電鉄に乗り換え、西ノ京で降りた。軒の低い家並みを曲ると、こんもりした林の上に、薬師寺の東塔がそびえている。私の一番好きな建物だ。どこの塔よりも一番完成されているように思う。

私たちは金堂のらんかんにもたれて、松の枝越しにしばらく眺めていた。東塔の石段を、外人のアベックが上がって行く。腕を組んで、話し合いながら……。私は急に悲しみが込み上げてきた。正月に、響子と行き先をあれこれ候補に挙げた時、ここも挙がっていた。

好きな塔を眺めて、一人で喜んでいてもしかたがないではないか。彼女が一緒にいなければ無意味ではないか。この塔を、二人で眺めてこそ意味があるのだ。素晴らしいものとはそういうものではないか。愛する人のために存在するのだ。

だけどそれは不可能だ。何故、不可能なのだろう。ひょっとしたら響子は私を愛しているかもしれない。……急に鳩がいっせいに舞い上がった……こんなにことごとく彼女を思い出すようでは、そう簡単に響子を放棄することはできないかもしれない。

私たちは金堂に入り、黒く光る仏像を眺めた。これは雷に当たってこうなったのだなどと、塚口はいろいろと説明してくれたが、私は半分も聞いてはいなかった。響子となら、よけいな説明はいらない。塔を見上げ、微笑すればいいのだ。

薬師寺を出た私たちは、唐招提寺に向かった。ここで仏像を案内してくれたのは、年頃の大和娘だった。彼女がここで働いているのかどうかは分からなかった。柱にもたれて、仏像をながめているのを、私が声をかけたのだ。

彼女は仏像についてはよくわしかった。塚口とはよく話が通じて、彼女がちょっと離れた時、彼女と友達になりたい、住所を聞いてほしい、と彼はすばやくささやいた。自分で聞けていうのや、俺は今それどころではないと、後の方は心の中でつぶやいた。

私たちは東大寺に向かって、大和路をてくてく歩いた。春日大社から新薬師寺、そして白毫寺《びゃくごうじ》……高畑の坂道を下って来る頃、日はとっぷり暮れた。東大寺の森に夜霧が降り、私たちは再び奈良から電車に乗り、ネオンの街に帰って来た。

塚口と奈良に遊んだ数日後、私は夜行列車の「月光」に乗った。人いきれと、煙草の煙のむんむんする車内で、私はぐったりとなっていた。名古屋、豊橋、浜松、静岡を過ぎた汽車は、東海の月夜の海岸を、一路東京に向かって走っていた。外はさんさんと月の光に照らされているけれど、中は通路にいっぱい人が立ち、むしあつくて堪えがたい気分だった。

私は疲れ、身体が痛く、頭ががんがんして、吐き気を催しそうだった。人に囲まれた狭い座席で身動きもならず、じっと暗い窓の外を見つめていた。

学生服の上着のポケットに触れ、無意識のうちに万年筆を抜き取り、それを右手で握っていた。悲しみのかげが心をよぎったのだ。

それを確かめるために、私は今、万年筆を手にとっている。きゅうんと胸をしめつけたものはなんだったのか。……やがて、過去がぽっかりと甦って来た。

……いつ頃のことだろう。私の万年筆の止め金が折れていたから、多分高校三年の冬だろう。私は初めて買ったその万年筆が大変気にいっていた。セーラーの太い、ペン先の小さい、キャップはステンレスで、軸がグレーの色をした万年筆……。

「その万年筆？」

「あんたのと同じや」

響子はちょっといたずらっぽい目をして笑った。

「あんたのは？」

「止め金が折れたから家に置いてあるねん」

ＫＫＳ（高校生会）の集会の後、私たちは二階のバルコニーの後の小部屋で、卒業後のことをいろいろと話し合っていた。そういう時だ、こんな会話を交わしたのは……。

響子の万年筆の握り方は独特だった。中指と薬指の間に万年筆をはさんで、字を書いた。わざとそうしているのかと思ったが、そうでもないようだった。とにかく癖の多い女の子だ。字はあまり上手とはいえなかった。

同じ時だった。響子はマッチの軸を一本取り出した。一本に火をつけ、その頭を他の一本の頭に近づけ、それが発火すると同時に二本を押しつけ、ふっと吹き消した。片方を離して見ると、二本は見事にくっついている。

「あんた大丈夫やわ、試験はきっと通る」

彼女は嬉しそうに顔を上げ、きらきら光る目で私の顔を見た。

「そうか、ありがとう」

別にそれを信じたわけではないが、私も嬉しそうにいった。

これはだから、東京へ試験を受けに行く前の土曜日ということになる。響子は失敗しないように、神妙な顔をしてその占いをやった。

一九五八年七月十三日（日曜日）
一年半ぶりに、私は教会へ出かけた。
朝、教会へ行こうと思って、八時半から起きていて、しかし決心がつかずに縁台にぼんやり腰かけていた。私は決断力が弱く、よくこういうことが起こった。

十時頃、浜崎がトヨエースに乗ってやって来た。このために一応は教会へ行くことを断念したが、彼との話の中で教会のことが出てきて、実は今朝行くつもりだったというと、彼の車で送ってやろうというので、にわかに行くことを決心した。

浜崎は高校時代から無二の親友で、高校二年の夏休み、二人でこの教会に来たのであった。そして最初のクリスマスの頃、年末から年明けまで、私は郵便局でアルバイトをしていて、クリスマスの演劇に出られなくなり、私の代役をやってもらったのである。

浜崎はどこか加減が悪いのか、大変に痩せていた。彼の家族は多く、彼は長男で苦労が多い。そんな彼に家族の人は無関心である、と思われ、運転している浜崎の横に腰かけながら、私は一人腹を立てた。そのうち、車は教会の横に着き、私一人を残して、彼は帰って行った。

一年半前まで、教会へ来ていた時に感じていた、いつもの感覚が戻ってきた。私の感覚の中でその一年半はまったく空白であった。しかし私の気分はそうはならなかった。なぜなら私は教会の玄関の前に立っていたし、浜崎は帰ってしまったのだから。

玄関に入り、下足箱に靴を入れ、スリッパをつっかけた。まったくいつもの通り、何も変わらなかった。私には重い気分であっただけだ。潜り戸を押して、礼拝堂に入った。

私は会堂の中を見廻すことができなかった。気持の中に、やはり一年半の重いこだわりがあった。潜りから一番近い席に腰かけようとしたが、そこには女持ちの荷物が置いてあったので、そのななめ前の席に腰を下ろした。私は二、三分、例の通り頭を下げたが、祈ってはいなかった。今日は老牧師が説教をしていたが、何を言っているのかさっぱり分からなかった。しいて分かる必要もないと思っていた。ななめ後ろの、私があやうく座りかけた席に、茶色のスカートをはいた女の人が座った。茶色のスカート……響子の好きな色だ。私もその色が好きなくせに、彼女に先にそういわれると、茶色は下品だなどといって、彼女と口喧嘩したが、実は私も好きな色だといい、それは木の色だといったりした。

響子か？……だが、私は後ろを振り返ることはしなかった。説教が終わり、祈りの時間になった。再び顔を上げると、響子はオルガンの前に座っていた。彼女はこの一年半の間、すこしも変わっていないように思われた。短大だから、今年の春には卒業しているはずだ。

私は前に座っている人の頭に隠れるようにして、讃美歌を唄った。すぐ前のあたりで聞こえるきれいなソプラノは、高木さんだろう。彼女は少し見ぬ間に、とにかくだいぶ美人になっていて、自信あり気だった。その後献金になり、もう一度讃美歌と最後の祈りがあって、朝の礼拝が終わった。

司会をつとめていた若牧師の報告が終わる頃には、私はやっと落ち着きを取り戻した。礼拝の途中、二度ほど、抜け出して帰ろうかと思ったが、もう大丈夫だった。どんなことがあっても、私は失態を演じない自信がついた。若牧師が壇を下りて来るのを待ち、まず彼に挨拶をした。

次にオルガンの蓋を閉じてやって来た、響子と挨拶を交わした。それはなんということもない挨拶だった。初恋の原因になった人がそこにいたけれども、イメージの中のその人とはずいぶんと違っていた。その後は、彼女はどこかへ行ってしまったが、私は少しも気にならなかった。

彼女の兄の弘志さんに、昼から教会の大掃除を手伝ってくれないかといわれ、私はオーケーをした。もう一度、教会の仲間に入るのかと思い、私はいささかうんざりしたが、どうせこの夏は退屈だし、それもいいかと、あまり思いわずらうことはしなかった。

私の響子に対する感情は、やはり変化しているようだった。まだ一度会ったきりでは分からないが、以前のようなときめきや緊張、晴れがましさや恥ずかしさ、あせり、苛立ちといった波立ちが少しも起こらなかった。私には充分な余裕が生まれたように思う。

こういう状態の中で、もし再び恋愛感情を抱くことがあっても、それは今までとは質的に違うものになるだろう。後で私に訪れた、やりきれない淋しさは、このことに原因していたと思う。

昼食は東京でいつもしているように、商店街でラーメン（大阪ではこの頃たいていうどん）を食べ、玄関で待っていた弘志さんと打合せした。

教会の表側にあるヒマラヤシーダーに登り、茂り過ぎた不要な枝をノコギリで切り落としながら、私も、生きるためには勝ち抜いていかなければならない。とそんなことを考えていた。私には神はなかったが、この世には善も悪もない、人間しかいない、という実存的な信念があった。

教会の人たちは以前のようなよそよそしさはなく、なぜかひどく身近な生な感じであった。

彼らをよそよそしく感じたのは、高校生だった頃の私自身に、原因があったのかもしれないと思った。私も生な形で接することができた。まったくこの世には人間しか存在しない。私には神は不在だったが、何も恐れることはなかった。

彼女の兄さんと二人、教会の庭のヒマラヤシーダーの枝を次々と切り落とし、すっかりほこりだらけになってしまった。桜子さんに、仕事の前に、服を着替えなさいといわれ、全くそうするべきだったと後悔した。響子の居る牧師館でそんなことをするのが嫌で、私は断ったのだが、そんなことにこだわる必要はなかったのかもしれない。

私は服に付いたほこりをはたき、洗面所で顔を洗って、小会堂でオルガンを弾いていた宮本さんの脇に立った。彼女は私より二つほど上であったが、なかなかオルガンが上手だ。彼女が弾き、私は唄った。そうしていると楽しい雰囲気だった。

「この曲、知ったはります？」

「モーツァルトのトルコ行進曲」

私はいそいそと答えた。

宮本さんは一曲弾く度に、私の顔を見、首をかしげた。ちょっと所帯じみている感じであったが、悪くない雰囲気を持っていた。彼女は、話を聞くと、商店街の真ん中辺のカバン屋の娘であるらしかった。響子が以前手伝っていて、私と会い、修学旅行の話をしたのは、その店だった。

かなりして宮本さんは帰り、入れ違いにパラソルを差した高木さんがさっそうと現れた。私は彼女に椅子をすすめて座らせ、一年半ぶりに言葉を交わした。

「もう教会へ来んとこ思たんと違う」

彼女は開口一番そんなことをいい、私を閉口させた。

「去年の夏も、今年の春休みも大阪へ帰らなかったし、……それから、正月は帰ってきたけれど、ほんの少し居ただけだし……」

私は嘘も交えて、しきりに弁解した。高木さんは、ふんふんと聞いていたが、私の言葉を信用したかどうかは分からない。

高校三年の夏休み、南部の海辺の教会の合宿に参加したのはこの教会では響子と私と、二年生では野々宮と高木さんだった。

高木さんは、花園町の交差点の、私の叔父が石鹼屋をしている隣の、食堂の娘だった。スタイルが良く、歯切れのいい大阪弁で喋るので、それを聞いているだけで楽しくなった。

彼女と話していると、弘志さんが風呂に入れとすすめにきた。私は響子に会うのがおっくうだったし、彼女も私に顔を合わせるのはめんどうだろうと思って、今度も断った。

私たちは近くの高砂湯へ出かけることにした。小原君が牧師館からタオルを借りてきて、

「今、響子さんが風呂に入ってる……」

と報告した。

私は瞬間、南部の海辺の波打際で見た、響子の水着姿を想像したが、目の前に高木さんが立っているのだ、それはすぐに消えてしまった。

私たちは古い下町の風呂につかり、汗とほこりを落とした。島田君もやってきたので、帰りは四人になり、アイスキャンデーを食べながら、教会の前まで帰り、大掃除の出来映えを眺めて話し合った。

裏の木戸から入ると、弘志さんはそこで私たちに夕食を食べていけと、さかんに勧めた。私はやはり、こんなに辞退したことがなかったぐらい、しきりに断った。まったくいい気になって教会に残っているうちに、取り返しのつかないことになってしまったと、私は後悔した。響子はこんな私をどう思うだろうと考えると、まったく気が重かった。

しかし桜子さんが出て来て彼女に勧められると、他の人の手前もあって、もうことわりきれなくなった。私たち四人は一緒に玄関を上がり、テーブルに着いた。幸いなことに、そこには響子は居なかった。

牧師の家庭というのを久しぶりに見て、私は小説を書くためによく観察しておこうとそんなことを考えた。丸い眼鏡の若牧師はよく太っていて、よく食べた。色々と御馳走があって、味の方もなかなかのものだと思った。若牧師は機会を捕えて神の話をはじめたが、桜子さんが子供の話を途中からしたので、それは中断されてしまった。彼女にしてみれば、食事の時ぐらいという気持があったのだろう。若牧師はちょっと気の抜けた顔になったが、それでもまたにこにこと話を続けた。

私たちは御馳走さまといい、牧師館を出た。これでやっと帰れると思い、教会堂の方へ聖書と讃美歌を取りに戻った。すると安井さんが入って来た。彼女に会うのも一年半ぶりだ。彼女は東京の下宿へ数度手紙をくれ、ぜひもう一度教会へ来るようにと書いてよこした。私はその誘いの通りこうしてやって来た。私たちはそんな立ち話をした。彼女はちょっとばかり恥ずかしそうな様子だった。

そうこうしているうちに、宮本さんが入って来、他の人も次々と入って来た。気がついてみると、もう夜の集会の始まる時間になっていた。そんなわけで、この日曜日、私は一日中教会に居ることになってしまった。

私たちがそんな風に玄関で話していると、響子のやって来るのが見えたので、あわてて便所へ行くふりをして逃げ出した。私はいったん玄関を出て、日の暮れたプラタナスの歩道をぶらぶらした。私はそこで少しばかり感傷にふけるつもりだったが、感傷はどこからもやってこなかった。ネオンがともったり消えたり、ヘッドライトを光らせた自動車が無数に走り過ぎ、アベックがなかむつまじく腕を組んで私の前を行き……私はばかばかしくなって、再び教会の玄関の階段を上った。

集会が始まり、私は一番後ろの席に腰を下ろした。弘志さんが来て私の横に座ったが、彼はしばらくすると忙しそうにして立って行き、その後に小さい子供を二人連れ、なおかつ赤ん坊を抱いた女の人がやって来た。響子が遅れて入って来て、私の前の椅子に座った。

私の横の婦人の抱いている赤ん坊が泣き出したので、響子が引き取り、立って行き、赤ん坊を両腕に抱いてあやした。しばらくすると赤ん坊はすやすやと眠り出し、響子は女の人にちょっと笑ってみせ、後ろの方のベンチに座布団を敷き横にした。するとその次の子が今度はむずかり出し、女の人はその子を膝に乗せた。私はもう一人の子を横に座らせ、響子の手渡してくれたウチワであおいでやった。気持がよくなったのか、その子は私にもたれて眠ってしまった。しばらくすると、後ろの方で寝かしていた赤ん坊が再び泣き出した。響子は私からウチワを受け取ると、ベンチの横に座り、赤ん坊をあやしながら風を送った。一度泣き声は止んだが、また泣き始め、彼女は赤ん坊を抱いて揺らしている。それでも泣き止まず、

「やっぱりあかんわ」

といって母親のところへ連れてきた。

「おなかへってますねん」

といって女の人は赤ん坊に乳房をふくませた。その間、二人の子供の面倒を響子と二人で見ることになった。

かつての雰囲気が、いつのまにか二人の間に戻っていたが、集会の合間でもあり、私たちは直接にはほとんど言葉を交わさなかった。それでいて、二人の連携は、あの正月のトランプのようにうまくいった。確かに響子とは他人ではない。それは当然であるが、だからといってど

うこういう問題ではなかった。

そんなこんなで集会は終わり、その婦人には礼をいわれたが、結局私は説教を何も聞かずじまいである。私は宮本さんと小原君と、私たちを送って行くといって出てきた弘志さんと、五人で教会を出た。

教会を出てしばらく行くと、響子が後から走って来て、私の横を歩いていた宮本さんと手を取り合って喜び合った。なにがそんなに嬉しいのかわからないが、その動作が少しも不自然ではなく、私までが嬉しくなってしまった。宮本さんと響子は、教会の中でも姉妹のように仲が良かった。

商店街の入口で、響子は「芳月」へ行こうと皆んなを誘った。私はその時金を持っていなかったので、帰るつもりでいた。私は右へ折れ、続いて小原君も一緒に続こうとしたが、彼はたちまち誘いかけられ、彼は私の顔を見た。するとすかさず響子が、

「行けへん」

と私の方を見た。

「お金がない」

と答えると、

「ううん、ある」

となお私の顔を見る。

困ったことになったと小原君を見ると、彼もちょっとばかり弱ったという表情をしてみせた。宮本さんや安井さんがわいわい誘い、私はとうとうのこのこと出かけることになってしまった。私は実際一日中教会にいて、やっぱり緊張し続けたのが、かなり疲れを感じていた。

国道を渡る時、そんなことでもたもたしていて、信号が赤に変わり、私と宮本さんが取り残されてしまった。どういうわけか、私たちは電気ミシンの話をしていた。私の家でも最近買い、妹たちがいじりまわしていたので、宮本さんの話がよくわかった。

二人は知らずに「芳月」の前を素通りしていたらしく、前から知った人が来て、後ろから響子たちも物陰から出て来て、大笑いになったが、私も宮本さんもきょとんとした。

「せやから隠れ、いうたのに」

「わかれへんかったもん」

「えらいとこ見つかりましたなあ」

「大勢そろうて、どちらへ……」

「……アイスクリーム」

ここでまた笑いがはじけた。

向こうから教会のよく知った人が来たので、響子たちは横丁へ隠れていた。そこへのこのこ私たちが来たので、響子が声をかけたが、私たちは気づかず通り過ぎ、その人と出会ってしまったということらしい。

芳月では四人掛けのテーブルであったので、女三人、男三人と隣り合わせのテーブルに座ることになった。女の子が注文を聞いてきたが、私は人の金を当てにしていたので黙っていると、響子は隣の席から声をかけてきた。

「何にする」

「皆んなのするのでいいよ」

私はすまして答えた。全員アイスクリームになり、再び大笑いだった。

小さな喫茶店だったたし、夜も遅かったせいか、客は私たちしかおらず、弘志さんは芳月の女の子をからかい、私もあいの手をいれたので、女の子たちはきゃきゃあ笑った。東京でも中村らと喫茶店の女の子をからかうのに、ちょっとばかり精を出していて、私は無理をしているような気がしなかった。

幸いなことに、私には余裕があった。そういう自分を客観的に見ることができた。だから私は、女の子を笑わせていても、きざにならないですんだし、弘志さんと組んで、響子たちをもずいぶん笑わせた。

そこを出る時になって、小原君が私の分を出すといい出してきかなかった。

「わたし、とにかく彼の分は出す」

と響子は怒ったようにいい、譲らなかった。

「わたしが白河さんを誘ったのだから……」

と彼女はいった。

私たちは外へ出て、商店街の入口で別れ、私は響子に、

「ごちそうさま」

と礼をいった。

「どういたしまして」

今度は彼女がすましていい、彼女の方でも一年半にこだわっている様子だったが、本当のところは分からない。

人通りのとだえはじめた商店街を、次々と別れて一人になって歩きながら、今日の出来事の中で、ちょっと気にかかることを思い出した。

響子はひょっとして、もうすぐ結婚するのではないか、もしくはそういう相手が決まったのではないか、という私の受け取りだ。

なぜそんな風に思うようになったかと、私はある場面を頭の中で再現して、それを検討してみた。

牧師館の夕食のテーブルに、私の知らないいくつか年上の青年が、一緒に着いていたのだ。教会でそんな男を、私は見たことがなかった。一年半教会を休んでいる間に、新しく入った信者だろう。若牧師や桜子さんに、家族並みの扱いを受けていた。

「浩ちゃん」と彼は呼ばれていた。「こう」などというのはいっぱい字があり過ぎて、どうに

でも書ける。私は、彼は一体何者だろうと最初思ったが、そのうちに忘れてしまった。

九月四日　朝

――駅の構内で――

朝、私は久しぶりに、非常な悲しみに襲われた。

夢の中で、近鉄の上本町《うえほんまち》駅の構内らしい人の交錯する雑踏の中で、響子を捜していた。彼女はここを通ってどこかへ行ったのだ。どこかへ……多分、足早やに雑踏を抜けて、出口の方へ……。彼女は最早二度と、この人混みの中に姿を現すことはないのを、私は知っていた。この人混みを横切って、彼女はどこかへ行ってしまったことだけを、私はなぜかはっきり感じていた。もうどこを捜しても響子のいない、しかし彼女の通り過ぎたぬくもりの残る、駅の雑踏を、悲しみに胸を閉ざされながら眺め、立ちつくしていた。

目が覚め、悲しみの中で、響子をまざまざと思い出した。彼女のぬくもりを……。私の恋せる唯一の女は、閉ざされてしまった。人混みに足を速め、どこへともなく去って行ってしまった。私はもう一度目を閉じ、さきほどの雑踏をはっきりと思い浮かべることができた。やはりそこには響子はいず、彼女の通り抜けた駅の構内だけが、もの悲しく置き忘れられてあった。

十月三日

『響子への新しい最後の手紙』

神田の印刷所へ行った帰り、銀座を歩きましたが全部透明に見え、秋は水の底です。ブリヂストン美術館でポール・クレーの絵を見て、「らんぶる」でラヴェルのスペイン狂詩曲をリクエストしました。

私がまだあなたのことを思っていることに驚きもし、うんざりするでしょうが、もう御安心ください。私には、ラヴェルの好きな或る女性との、新しい恋愛がはじまろうとしているのですから……。

この際、私はどうしても、あなたのかつての、あるいは今の私に対する気持を聞きたいと思い、筆を執りました。私に、答えるほどの感情を持ったことなどないとお考えになるなら、例えば、地下鉄の花園町で待ち合わせをした日、どうしてあなたは私に断りを言いに来たのですか。それはそれとして仕方がないとしても、それ以後どうしてあんなにそらぞらしくなったのですか?……仁川や宝塚へ行った時。

それらのことはあなたにとっては、たいしたことではなかったかもしれませんが、私は大変なショックでした。私はそれ以来、根強く女性に対する不信感や劣等感を抱くようになりました。ですから今、その原因を探求してそれを取り除き、新しい恋愛にそなえなければなりません。

素直にいつわらず、ご迷惑でも、私に関することなら何でもお答えください。私はそのことについては色々と考えましたが、今の私にとっては、あなたの真実の気持を知ることのみが、本当に大切なことなのです。

私の友達に尖端恐怖症の男がいましたが、それは彼が小さい時、フォークで目をついてあやうく失明しそうになったからだ、ということを知って以来、彼の恐怖症はしだいになくなりました。

女性に対する私の不信感や劣等感も、最初に恋した女性に嫌われた、無視された、その他……原因を知ることにより、しだいに治療されるのではないかと考えます。

どうか一人の人間の愛情の人生に、明るい光を投げかけると思って、あなたは私をどう思っているのか、もしくは思っていたのか、あなたの私に対する真実の気持をお聞かせください。

返事をくださらないとすれば、私はただあなたの人格に失望を感じます。

白河静雄拝

甲田響子様

十二月二十八日
その年の最後の日曜日、私は久しぶりに礼拝に出た。
……礼拝が終わって、桜子さんと話していると、しばらくして彼女は、
「響子ちゃんが、あなたに、何か大事な話があるといってるわ」

といい、響子を捜してきて、私の前に立たせた。

二人が潜りから廊下へ出て、玄関とは反対の、人があまり来ないところで向かい合うと、彼女は少し顔をこわばらせ、すぐに、私に手紙の返事を書かなかったことを謝った。

それがすむと二人は急に気楽になり、二年前の親密さをたちまち取り戻した。そうはいっても二年の歳月があり、私はあらためて今昔の感を深くした。

私は彼女の言葉を聞く前に、彼女の様子から、響子は響子として悩んでいたことをおもい知った。長い間の空白と思っていたのはそうではなく、あながち私の悩みが一人相撲でなかったことを知った。

久しぶりに、私たちはよく喋った。互いのことを……。

「白河さんを、教会の中で、ただ一人、話のできる友達だと思っていた。白河さんを……神の問題で熱心に話し合ったり、自分たち年頃の問題を真剣に打ち明けられる、唯一の人として、信頼していたし、頼もしく感じていた。楽しかったし、今思い返しても懐かしい。

それでよかったのに、白河さんがあんなことをしたので、わたしは大変なショックを受けた」

(仁川から宝塚へ行った日の翌日『戦争と平和』の映画に誘い、けんもほろろに断わられ、その日のうちに激しい決別の手紙を書いたことをいっているらしい)

「あなたも苦しんだかもしれないが、どうしてだろうと私も苦しんだ。本当にどうしていいかわからなかった」

彼女が一番恐れていたのは、私がしだいに教会に来なくなるのではないか、ということだった。そしてその恐れた通りになってしまった。

「白河さんさえよければ、もとのような友達に戻って欲しい。クリスチャンとして、親しい友達として、これからも長く、つき合って欲しい」

この時の彼女の、私を教会に引き止めて置きたい気持を、私は素直に受け止めることができた。

「ぼくの心の中には十字架があり、それはそんなに簡単に消え去るものではない。多分一生残っていくと思う。それがある限り、ぼくはクリスチャンだ。（八十歳になった私は今もクリスチャンである）」

「あぁ……」

これが私の返事であり、本心だった。

「では今までのような、友達でいてくれる」

「でもわたし、堕落したでしょ……」

「どうして、大人になったということ」

「昔のように、あんなに思いつめて、ものを考えんようになったわ……今度のことは別にしてよ」

「じゃ、ちょくちょくショックを与える必要があるな」

「こりごりやわ」

二年前の二人の雰囲気をすっかり取り戻していたが、どこか違っていた。私たちは笑い合いながら、それを感じていた。

その時の私の心を横切った言葉は、もう遅すぎる、という言葉だった。彼女が謝り、自分の気持をいい、彼女とのかつてのような、親密さを取り戻したのは確かだが、どう考えてみても今さら遅すぎる、という気持だった。

なぜそれが遅すぎるのか……頬を紅潮させながら、目を輝かせ合って、神の問題や、お互いの人生に対する態度、お互いの性格や足りないところを、必死になって話し合った思い出は、私にも懐かしい。しかし現在、それをする必要はなくなっている。三年経っているのだ。十代から二十代への三年、人生の端境期、二人はそこを越えてきたのだ。もう一度そこへ戻れない。ではどうすればいいのか？……恋愛を抜きにして大人の親密な、男女関係がありうるだろうか。それがあれば素晴らしいのだが……。まだ恋を知らない頃、もしくは知りはじめた頃、それは確かにあった。しかし私の一方的な恋愛感情が、それをぶちこわしてしまった。

彼女のいうように、そんな男と女の友情が私たちの間に、期待できるのだろうか。男と女の間に、本当の、親密な友情がありうるのだろうか？……こういう疑問形で日記は終わっている。

……ということで、六十年の歳月を越え、作品は冒頭に戻る。

響子がまだ生きているとしても……会わない方がいいだろう。六十年前の記憶の方が、私には大事だ。『わが心の森ふかく』それは生きている。その響子が、どの響子よりも私には大切なのだ。

初出一覧

山崎の鬼　『紅い螢』所収（二〇〇八年）

浜　寺　『春嵐』所収（二〇〇二年）

凪　『初期作品集』所収（一九九九年）

ボレロ　『春嵐』所収（二〇〇二年）

しなやかな闇　『しなやかな闇』所収（二〇〇三年）

わが心の森ふかく　『夏の名残の薔薇』所収（二〇一七年）

〈著者紹介〉

高畠　寛（たかばたけ　ひろし）

1937年大阪生れ。國学院大学日本文学部卒。

著書：長編『夏の名残りの薔薇』(関西書院刊)

：評論『いま文学の森へ』(大阪文学学校・葦書房刊)

：小説集『しなやかな闇』(同上)

：小説集『コンドルは飛んで行く』（大阪文学学校・葦書房）

：小説集『神神の黄昏』（鳥影社）

：評論・小説集『漱石「満韓ところどころ」を読む』（同上）

：小説・評論集『渓流のヴィーナス』（同上）

現在、大阪文学学校講師、社団法人大阪文学協会理事。

山崎の鬼

季刊文科コレクション

定価（本体1500円+税）

2018年3月16日初版第1刷印刷
2018年3月26日初版第1刷発行
著　者　高畠　寛
発行者　百瀬精一
発行所　鳥影社 (www.choeisha.com)
〒160-0023 東京都新宿区西新宿3-5-12トーカン新宿7F
電話 03(5948)6470, FAX 03(5948)6471
〒392-0012 長野県諏訪市四賀229-1(本社・編集室)
電話 0266(53)2903, FAX 0266(58)6771
印刷・製本　モリモト印刷・高地製本

ISBN978-4-86265-668-1 C0093

高畠　寛　著

渓流のヴィーナス

還暦を迎えなお残る「人生の伏流」としての男性のさがを、軽妙な筆さばきで昇華させた表題作はじめ、日本人の本質をえぐる「評論金子光晴〈おっとせい〉を読む」を収録。

（本体一五〇〇円＋税）

漱石『満韓ところどころ』を読む

表題作は漱石の満州旅行記への鋭い批評で、それは著者の、現今の世相に対する危惧につながっている。他に、震災で残された者の痛みを描いた「バスタブの中から」など、熟達の小説五篇。

（本体一五〇〇円＋税）

神神の黄昏

失踪した女友達の夫が残した「神神の黄昏」と書かれたノート。そこには「沈黙の島」硫黄島守備隊二万一千人から、米軍に救い出された生き残り一千名のうちの一人であることが綴られていた。この硫黄島の徹底した抵抗がもたらしたものは何であったか。表題作他三編を収録。

（本体一五〇〇円＋税）